Ti Jean L'horizon

Ti Jean L'horizon est le héros traditionnel des contes créoles, ces mille et une nuits des Antilles. A la fois Chat Botté et Mandrake, justicier populaire, il part à la recherche du soleil qu'une bête venue d'ailleurs a avalé, faisant tomber « la nuit grise » sur Fond-Zombi. Il erre ainsi de la Guadeloupe jusqu'à son pays d'origine, la terre d'Afrique, pour arriver au Séjour des Morts.

Ti Jean L'horizon est une fascinante quête amoureuse. Au sortir de l'enfance, Ti Jean a été frappé d'amour. Egée, la « la petite guenille au souffle très rafraîchissant », ne le quittera plus. C'est toujours elle qu'il cherche, qu'il revoit au pays du roi Emaniema.

D'origine guadeloupéenne, Simone Schwarz-Bart a fait ses études à Pointe-à-Pitre, puis à Paris et à Dakar. Rencontre André Schwarz-Bart en 1959 et écrit avec lui Un plat de porc aux bananes vertes (1967). Aime passionnément Tchekhov. Pluie et Vent sur Télumée-Miracle a obtenu le prix des lectrices de Elle en 1973 et a été traduit dans dix pays. Ti Jean L'horizon a paru en 1979.

Du même auteur

Pluie et vent sur Télumée-Miracle
roman, 1972
Grand prix des lectrices de « Elle »,
et coll. « Points-Roman », 1980

Un plat de porc aux bananes vertes
roman, 1967

Simone Schwarz-Bart

Ti Jean
L'horizon

roman

Éditions du Seuil

TEXTE INTÉGRAL.

EN COUVERTURE : illustration Gilbert Raffin.

ISBN 2-02-005769-7.
(ISBN 1ʳᵉ publication : 2-02-004993-7).

© ÉDITIONS DU SEUIL, 1979.

« Les paroles du nègre n'entament pas sa langue, elles n'usent, elles ne font saigner que son cœur. Il parle et se retrouve vide avec sa langue intacte dans sa bouche et ses paroles sont allées rejoindre le vent. De bouche en bouche, les ravines et les cours d'eau et l'air lui-même ont tourné et soudain ils en sont empoisonnés. Pourtant nous ne pouvons vivre sans ce travail incessant de la langue, sans toute cette germination de contes qui sont notre Ombre et notre mystère. Et comme le léopard meurt avec ses couleurs, nous tombons mortellement avec notre Ombre, celle que tissent nos histoires et qui nous fait renaître chaque fois, avec un éclat différent... »

Ainsi parlaient les Anciens, voici encore quelques années, avant cette fournée d'êtres « sans haut ni bas, sans centre ni noyau » comme ils nous désignaient, nous, la nouvelle génération... et ils ajoutaient toujours, à demi tristes à demi narquois : « Mais vous autres, sur cette île à la dérive, ce que vous recherchez passionnément c'est l'ombre des nuages, tandis que vous abandonnez la vôtre à l'oubli... »

Mais je ne prétends pas, ô je ne prétends pas qu'ils ont dit vrai...

Livre Premier

Où l'on voit l'histoire du monde jusqu'à la naissance de Ti Jean L'horizon, suivie des premiers pas du héros dans la vie.

1

L'île où se déroule cette histoire n'est pas très connue. Elle
flotte dans le golfe du Mexique, à la dérive, en quelque sorte,
et seules quelques mappemondes particulièrement sévères la
signalent. Si vous prenez un globe terrestre, vous aurez beau
regarder, scruter et examiner, user la prunelle de vos yeux, il
vous sera difficile de la percevoir sans l'aide d'une loupe. Elle
a surgi tout récemment de la mer, à peine un ou deux petits
millions d'années. Et le bruit court qu'elle risque de s'en aller
comme venue, de couler sans crier gare, soudain, emportant
avec elle ses montagnes et son petit volcan de soufre, ses vertes
collines où s'accrochent des cases rapiécées, comme suspendues
dans le vide et ses mille rivières si fantasques et ensoleillées
que les premiers habitants la baptisèrent ainsi : l'Ile-aux-belles-
eaux...

En attendant, elle se maintient sur une mer couveuse de
cyclones, une eau de couleur changeante, qui vire constamment
du bleu le plus tranquille au vert et au mauve. Et elle nourrit
toutes qualités d'êtres étranges, hommes et bêtes, démons,
zombis et toute la clique, à la recherche de quelque chose qui
n'est pas venu et qu'ils espèrent vaguement, sans en savoir la
forme ni le nom; elle sert aussi de halte aux oiseaux qui des-
cendent pondre leurs œufs au soleil...

A vrai dire c'est une lèche de terre sans importance et son
histoire a été jugée une fois pour toutes insignifiante par les
spécialistes. Elle a pourtant eu ses saisons du mal, connu de

grandes fureurs autrefois, larges et beaux épanchements de
sang dignes d'attirer l'attention des personnes lettrées. Mais
tout cela est oublié depuis fort longtemps, les arbres eux-mêmes
n'en ont pas gardé le moindre souvenir, et les habitants de l'île
pensent que rien ne s'y passe, rien ne s'y est passé et rien ne
s'y passera, au grand jamais, jusqu'au jour où l'île s'en ira
rejoindre ses sœurs aînées qui tapissent le fond de l'océan.

Ils ont pris l'habitude de cacher le ciel de la paume de leurs
mains. Ils disent que la vie est ailleurs, prétendent même que
cette poussière d'île a le don de rapetisser toutes choses ; à telle
enseigne que si le bon Dieu y descendait en personne, il finirait par tomber dans le rhum et la négresse, tout comme un
autre, ouaye...

Au cœur de ce pays perdu, il y a encore plus perdu et c'est
le hameau de Fond-Zombi. Si la Guadeloupe est à peine un
point sur la carte, évoquer cette broutille de Fond-Zombi peut
sembler une entreprise vaine, un pur gaspillage de salive. Pourtant ce lieu existe et il a même une longue histoire, toute chargée
de merveilles, de sang et de peines perdues, de désirs aussi vastes
que ceux qui hantaient le ciel de Ninive, Babylone ou Jérusalem...

Les premiers occupants de Fond-Zombi étaient des hommes
à peau rouge qui vivaient le long de la Rivière-aux-feuilles,
derrière la case actuelle de man Vitaline, juste après le pont
de l'Autre-bord, là où se voient encore d'énormes roches gra-
vées de soleils et de lunes. Ils avaient une façon particulière de
poser leur œil sur le paysage, d'où le nom chatoyant qu'ils
donnèrent à leur petit univers : Karukéra, l'Ile-aux-belles-
eaux, ainsi que vous l'ai déjà dit. Le nom de Guadeloupe lui
vint plus tard, à l'arrivée d'hommes pâles aux longues oreilles,
esprits inquiets, tracassés, auxquels la beauté des eaux échappa
semble-t-il, tandis que prenaient en grande considération l'ar-
deur du soleil tropical. Après avoir balayé les hommes à peau
rouge, ces philosophes se tournèrent vers les côtes d'Afrique
pour se pourvoir d'hommes à peau noire qui trimeraient désormais pour eux; ainsi, pour une simple raison de soleil, l'escla-

vage s'installa sur l'ancienne Karukéra et il y eut des cris et des supplications, et le bruit du fouet couvrit celui des torrents...

Tout cela était loin, à l'heure où commence mon histoire, et les nègres de Fond-Zombi ne pensaient pas qu'il s'y trouve un seul événement digne d'être retenu. Parfois, au fond d'eux-mêmes, quelques-uns se demandaient si leur passé ne comportait pas un faste, malgré tout, une auréole susceptible de leur donner un certain éclat; mais craignant de s'exposer, ils gardaient soigneusement cette pensée dans leur ventre. D'autres allaient jusqu'à douter que leurs ancêtres fussent venus d'Afrique, bien qu'une petite voix leur susurrât à l'oreille qu'ils n'avaient pas toujours habité le pays, n'en étaient pas originaires, vraiment, au même titre que les arbres et les pierres, les animaux issus de cette aimable terre rouge. Et de ce fait, quand ils songeaient à eux-mêmes et à leur destin, surgis de nulle part pour n'être rien, à peine des ombres errant à Fond-Zombi, sur un bouchon d'herbes sauvages, il venait à ces oublieux une sorte de vertige en suée folle, amère, qui les rendait malheureux un instant. Alors ils secouaient lourdement leur pauvre tête meurtrie, et, s'assurant de la présence d'un visage connu, un buisson familier, une case à moitié démantelée sur ses roches, lançaient un grand éclat de rire vers le ciel et tout était bien : ils avaient retrouvé leur place dans le monde...

Voyez-vous, c'étaient des hommes de sable et de vent, naissant de la parole et mourant avec elle. Ils connaissaient la vie comme le bœuf connaît la tique et s'ingéniaient à la réinventer, jour après jour, jusque dans le milieu des piquants de la canne, et jusque sous la grattelle des fourmis rouges des bananeraies. Leurs pieds n'étaient pas tout à fait posés sur la terre. Et lorsque deux femmes du village se quittaient, après l'une de ces petites conversations où l'on fait valser le temps, elles se murmuraient en guise d'au-revoir, toujours :

— Au rêve...

En ces époques anciennes, révolues, jours d'avant la lumière et la route goudronnée, d'avant les poteaux électriques qui n'ombragent rien, Fond-Zombi ne ressemblait guère à ce qu'il est aujourd'hui; se souviennent encore quelques vieilles mangoustes à poil blanc, qui chaque année vont en porter les dernières nouvelles sous la terre...

Ah jeunesse, jeunesse, le Fond-Zombi d'alors n'était pas les bois, mais derrière les bois : non pas le trou mais le fond du trou. On quittait le bourg de La Ramée avec sa mairie, l'école, le cimetière aux flamboyants, le wharf tout vermoulu et vrombissant de moustiques. Et puis l'on s'engageait dans un petit chemin fou qui partait de la route coloniale pour s'élancer vers la montagne, d'un grand coup d'aile, comme pressé de se perdre dans les nuages. Bananes à gauche, champs de cannes à droite, c'était une seule et même propriété de blancs, une seule et même terre travaillée depuis la mer jusqu'aux premiers contreforts du volcan. De chaque côté de la route naissaient des petites cases en bois montées sur quatre roches. Elles semblaient collées les unes aux autres, par grosses touffes qui s'éclaircissaient à mesure qu'on lâchait la plaine maritime pour l'intérieur. Puis les touffes devenaient de maigres bouquets, deux ou trois huttes coiffées de chaume, pas plus, dansant dans de courts espaces de terre battue, lisse et reluisante comme du marbre...

Au bout d'une heure les bois surgissaient de toutes parts, livrant des combats d'arrière-garde aux cultures de cannes qui montaient d'année en année, colline après colline. Et des ombres se couchaient en travers de la route, s'étalaient et s'épaississaient, acajous et petites-feuilles, galbas, génipas et gommiers, courbarils, bois-rada aujourd'hui disparus, balatas et mahoganys encombrés de lianes qui arrêtaient la vue, fermant le monde. Puis il y avait le petit pont de l'Autre-bord, suspendu au-dessus d'une ravine sèche, une rivière morte, quoi, hantée par un lot de mauvais esprits qui se tordaient et gesticulaient, dans l'attente qu'un humain manque une planche et dérape, vienne les rejoindre. Et c'était alors Fond-Zombi dans une éclaircie fantastique de lumière, mornes après mornes, en chapelet, avec ses cases juchées en dépit de raison et comme accrochées au ciel par des cordes invisibles : juste quelques maisons d'hommes, maisons de zombis livrées à elles-mêmes au milieu des grands bois, appuyées contre la montagne Balata qui semblait prête à basculer dans le vide, elle aussi...

Le village proprement dit n'était qu'une simple enfilade de cahutes, le long d'une route poudreuse qui finissait là, au pied des solitudes du volcan. Ainsi rangées à la queue leu leu, elles faisaient penser aux wagons d'un petit train qui s'élancerait dans la montagne. Mais ce train-là n'allait nulle part, il s'était arrêté depuis toujours, à moitié enfoui sous la verdure : n'était jamais parti. Les cases faisaient face à la mer et regardaient le monde, mais le monde ne les voyait pas. D'où que l'on fût, on découvrait une bande d'eau au loin en contrebas, à deux lieues environ, un bon coup de bicyclette pour ceux qui vivaient de la pêche. La plupart travaillaient sur la terre des blancs, savanes dominées par la flèche des cannes à sucre et coteaux gras plantés en bananes. Mais il y avait aussi une poignée de pêcheurs, quelques artisans, boutiquiers qui détaillaient l'huile et le rhum, la morue sèche, deux ou trois marchandes de poisson à la criée et se tenant à part, jouant un peu les aristocrates, des scieurs de long qui découpaient de la planche dans les bois, sur des échafaudages, vers les cimes nimbées de brouillard. Tout ce monde paraissait tombé en arrêt, comme la route. La vie quotidienne ne différait guère de ce que les plus anciens avaient connu du temps de l'esclavage. La forme et la disposition des cases remontaient à cette époque et leur pauvreté, allure de misère : simples boîtes posées sur quatre roches, comme pour souligner la précarité de l'implantation du nègre sur le sol de Guadeloupe.

Pourtant, c'était une contrée de collines verdoyantes et d'eaux claires, sous un soleil qui resplendissait plus bellement chaque jour de l'année. Par calme plat des nuages se formaient, lui voilaient un peu son éclat; mais d'ordinaire il étincelait de tous ses feux, accompagné de brises et alizés divers qui nettoyaient le fond du ciel et soutenaient les humains...

Ces créatures de sable et de vent ne constituaient pas toute la population de Fond-Zombi. Tout au fond du village, passé

le pont de l'Autre-bord, un sentier étroit gagnait des collines
posées les unes sur les autres, en escalier géant, comme pour
escalader les pentes embrumées du volcan ; là, sur un plateau
d'accès difficile, vivait un petit groupe de solitaires définitifs,
des farouches complètement retranchés du monde et qu'on
appelait les gens d'En-haut...

Les solitaires du plateau étaient les habitants les plus pauvres
de Fond-Zombi, de la Guadeloupe et des îles voisines, et peut-
être bien comptaient-ils parmi les humains les plus pauvres
du monde entier. Mais ils s'estimaient supérieurs à tout l'univers, car descendaient en droite ligne des esclaves qui s'étaient
révoltés autrefois, avaient vécu et étaient morts les armes à la
main, bien souvent, sur les lieux mêmes où s'élevaient aujour-
d'hui leurs cases délabrées. Ils ne se tourmentaient pas, comme
ceux du village, ne s'interrogeaient pas sur la couleur de leurs
boyaux : savaient, savaient qu'un sang noble courait dans leurs
veines, celui des braves qui avaient construit ces mêmes cases
rondes et blanchies à la chaux. Ils ne se demandaient pas non plus
si la Guadeloupe comptait dans le monde : savaient, savaient que
des événements extraordinaires et d'un faste inouï, sans pareil,
s'étaient déroulés dans les misérables bosquets qu'ils hantaient,
et c'étaient les hauts faits qu'avaient accomplis leurs ancêtres...

Tous les soirs, les farouches s'asseyaient en bordure du plateau, face aux lumières tremblantes de la vallée, et racontaient
à leurs enfants des histoires d'animaux d'Afrique, histoires de
lièvres et de tortues, d'araignées qui agissaient et pensaient
comme les hommes et mieux qu'eux, à l'occasion. Et puis au
milieu d'un de ces contes, un vieux de la vieille montrait l'herbe
que le vent du soir courbait sous leurs pieds nus, et il disait
d'un air pénétré : sentez, petite marmaille, c'est la chevelure
des héros tombés en ce lieu. Alors on parlait de ces nègres
défunts et on disait ce qu'avait été leur destinée ici-bas, sur
cette même terre, les combats désespérés dans l'ombre, et la
course et la chute finale, le foudroiement ; et tout soudain, à
un moment toujours imprévisible, il tombait du ciel un drôle
de silence à l'intérieur duquel les héros remontaient de la terre,
devenaient perceptibles à chacun...

De taille fort élevée, bien plus hauts que ceux de la vallée,

ces gens-là avaient une face impassible aux pommettes larges
et ocrées, avec des yeux étirés, imprenables. Ils ne plantaient
guère, n'allaient pas dans la canne et n'achetaient ni ne vendaient, leur seule monnaie étant en écrevisses et pièces de gibier
qu'échangeaient dans les villages, contre le rhum et le sel, le
pétrole, et puis des allumettes pour les jours humides, quand
les pierres à feu donnaient mal. Après l'abolition de l'esclavage,
ils avaient tenté de parler à ceux de la vallée, les gens d'En-bas,
comme ils les appelaient, pour leur dire la course des héros
dans l'ombre et la chute finale et le foudroiement. Mais les
autres avaient ri, d'un curieux petit rire pointu, et ils avaient
dit que ces événements n'en étaient pas, qu'il ne pouvait s'agir
de vrais événements car, enfin, en quels livres étaient-ils écrits ?
Certains villageois avaient été jusqu'à mettre en doute la réalité de ces histoires. Selon eux, à leur connaissance, depuis le
temps que le diable était un petit garçon, aucun dindon de
nègre n'avait jamais pu accomplir d'actions aussi glorieuses,
incroyablement fastueuses. Les affranchis avaient prononcé
ces dernières paroles avec une sorte d'aigreur, acidité triomphale,
comme s'ils s'enorgueillissaient de savoir reconnaître leur
nullité et tiraient une valeur secrète, une jouissance spéciale
et un mérite tout particulier à être les derniers des hommes,
sans discussion possible. Mais les farouches ne l'avaient pas
entendu de cette oreille, et il en était résulté une hargne considérable entre eux et ceux de la vallée. Ils ne se mariaient ni ne
croisaient leurs sangs, ne buvaient pas ensemble et détournaient
le regard, ostensiblement, lorsque le hasard des bois les mettait
face à face : bref, leurs chemins ne se croisaient plus...

Ceux d'En-haut parlaient des gens de la vallée comme de
caméléons, de serpents en mue éternelle et d'experts en maca-
querie, et, pour le dire tout net, comme de singes consommés
des blancs et qui se délecteraient à faire juste ce pourquoi ils
ne sont pas nés. De leur côté, les bonnes gens du village se gaus-
saient volontiers des barbares du plateau, ces empesés d'ignorance, ces enragés de ténèbres qui se torchaient encore le derrière au caillou. Mais ils évitaient d'aller plus avant, baissaient
aussitôt le son de leur voix, car les « enténébrés » avaient pouvoir de se métamorphoser en chiens et en crabes, en oiseaux,

15

en fourmis qui venaient vous épier, vous harceler jusque dans votre couche. Ils pouvaient aussi vous frapper à distance, vous faire tomber dans des fosses qui n'existent pas; et nul sorcier des terres basses ne savait comment déjouer leurs maléfices, dénouer ce qu'ils avaient lié, amarré dans l'ombre... car leur science venait en droite ligne d'Afrique et le coup lancé était imparable, sans appel...

Leur chef avait assisté aux combats des héros anciens, mêlé sa poudre sèche à la fumée des batailles qui s'étaient déroulées parmi les taillis sauvages, dans les temps et les temps. Les os de ses compagnons avaient blanchi, s'étaient pulvérisés et dissous au plus profond de la terre, cependant qu'il continuait de raconter leurs exploits aux enfants, le soir, face au soleil couchant. L'homme portait le nom de Wademba, le nom-là même qu'il avait ramené d'Afrique dans les cales d'un bateau négrier. Mais depuis qu'on le savait immortel, les gens du plateau l'appelaient bonnement le Vert, ou bien le Congre vert, aussi, parce qu'il s'était lové sur ces hauteurs comme un congre vert au creux de son roc, et rien ne l'en délogerait plus...

Wademba avait le visage immobile des siens et leurs pommettes larges, ocrées, leurs yeux imprenables. Mais il dépassait les plus hauts d'une tête et tout son poil était blanc, cils et sourcils, poitrail, ainsi que sa chevelure en folie qui buissonnait, donnait de loin l'impression d'un cotonnier en fleur. Quelques antiques de la vallée se souvenaient l'avoir entrevu dans les bois au temps de leur jeunesse, et c'était déjà un grand vénérable, disaient-ils, à la barbe et à la chevelure blanches comme coton : pas de doute, Dieu l'avait oublié pour ses maléfices, condamné à l'éternité...

Il en alla ainsi pendant cent et cinquante années, cahin-caha, entre un soleil et deux éclairs, jusqu'au jour où la route goudronnée et ses poteaux électriques précipitèrent Fond-Zombi en plein cœur du vingtième siècle...

2

Ce jour fatal rencontra l'homme toujours accroché à son plateau, avec ses compagnons du déluge qui résistaient encore, ne savaient plus très bien à quoi. Quand la route goudronnée traversa Fond-Zombi, puis atteignit le pont de l'Autre-bord, les révoltés comprirent qu'ils avaient perdu la bataille et saoulés par l'esprit de la défaite, deux ou trois enténébrés se glissèrent le long du sentier, puis d'autres, d'autres encore, en cascade, ne laissant derrière que les plus farouches, tous des congres verts, quoi. La plupart des femmes s'étaient laissées couler, attirées par la magie de la plaine, de la route goudronnée et des poteaux électriques. Les mâles se virent en surnombre et l'équilibre traditionnel se rompit. Mais après un temps de flottement, il s'installa parmi eux une façon nouvelle, une harmonie imprévue, fantasque, plusieurs cases d'hommes se regroupant autour d'une même congresse, qui les servait tous indistinctement.

Wademba conserva longtemps le privilège d'une épouse à lui seul, la dénommée Abooméki, qu'on appelait aussi la Silencieuse. C'était une créature très simple, sans nulle coquetterie, ne montrant de goût bien déterminé que pour les longues jupes de fibres végétales qu'elle faisait mousser, tourbillonner autour de ses hanches, dès qu'elle se croyait à l'abri des regards. Mais au bout de plusieurs années, elle se languit de la vie excitante des gens d'En-bas et lui demanda permission de partir, à son tour, de dévaler la cascade, comme on désignait maintenant le sentier...

L'homme le lui accorda, mais sous condition qu'elle lui laisse une petite fille qu'ils avaient eue ensemble et qui lui tiendrait compagnie, désormais : l'enfant s'appelait Awa...

Awa, la fille d'Aboométi, avait à peine une dizaine d'années lorsque sa mère descendit la cascade. C'était une enfant plus ronde et plus frisée qu'un fruit à pain, aux yeux très écartés l'un de l'autre, pareils à des gouttelettes en suspens, ... des gouttes d'eau après la pluie et tremblantes, consentantes à leur chute...

Avec ses deux sous de fesses par-derrière, et ses petites prunes de Chine par-devant, elle rayonnait comme une femme et les vieilles congresses souriaient sur son passage : voyez comme la chair jaillit de la chair, tout d'un coup, disaient-elles ravies par ses hanches mousseuses, prometteuses, qui apporteraient bientôt de nouvelles forces au plateau. Heureusement, ces rudes vieilles n'imaginaient pas toutes les chimères qui traversaient la cervelle de l'enfant, dont les yeux cherchaient déjà ce qu'ils ne pouvaient voir et c'était peut-être cela qui les rendait si beaux, en ce commencement de sa vie. Ainsi, quand elle s'adonnait aux jeux de l'amour, au lieu de gigoter doucement dans l'herbe, paisiblement comme il se doit, soudain la voilà qui décollait de terre et se mettait à flotter en esprit, soulevée par une vague de douze mètres au moins vers un garçon qui n'était pas d'ici, qu'elle n'avait jamais vu, jamais, et dont le visage l'attirait plus que tout au monde...

C'était là tout le plaisir qu'elle trouvait à se rouler dans l'herbe, peut-être... cette vague toute-puissante qui la halait vers l'ailleurs...

Elle rêvait aussi à la plaine, aux jupes disparues de sa mère et n'aurait vu aucune honte à descendre la cascade, son tour venu. Elle n'avait jamais senti courir dans ses veines le sang de la noblesse. Au fond de sa tête ronde, elle regardait secrètement ceux d'En-haut et ceux de la vallée du même œil tendre, plein de désir et de mélancolie, que posait sur les créatures de l'air et de l'eau, des forêts, qui toutes appartiennent à la grande famille des choses vivantes et qui meurent. Mais elle n'en disait rien, attentive à devancer les désirs de Wademba qui la traitait volontiers en servante, voire en petit animal d'intérieur qu'on caresse ou écarte du pied, selon la saison...

L'Immortel pouvait rester des semaines entières sans lui adresser la parole. Elle avait beau vivre à son ombre, à son odeur, lui faire son feu et sa cuisine, laver son linge ou tisser les bandes de coton dont il entourait ses reins, l'homme ne la voyait pas. Et puis de temps en temps, il avait comme une souvenance et l'entraînait dans les bois, lui enseignait les plantes et leurs vertus cachées, les liens subtils qui les amarrent aux diverses parties du corps humain. Le plus souvent, il entrait en furie au milieu de la leçon de feuilles et l'injuriait sur les quatre faces : elle n'avait pas le don, disait-il, une tête quasiment pleine d'eau et quant à son esprit ?... un collier de perles sans fil pour les maintenir et qui roulent les unes sur les autres, à l'infini, voilà ce qu'il disait. Toutefois, si elle s'était montrée bonne élève, il lui grattait le haut du crâne et demandait à ce qu'elle exprime un vœu, n'importe lequel, pourvu que ça ne se rapporte pas à l'existence faillie des nègres d'En-bas. Les yeux baissés sur les désirs de son âme, Awa cousait craintivement sa bouche par-dessus. Mais un jour qu'il lui souriait, la considérait même avec une sorte de tendresse, elle se risqua pour la première fois et exprima sa vieille envie de connaître le goût du poisson de mer. Wademba eut un petit rire badin : C'est tout ce qui te chagrine ? s'écria-t-il étonné. Et saisissant un panier, il esquissa la silhouette d'un bateau contre le mur de sa case, puis souleva une jambe, l'engagea froidement dans le dessin et disparut, comme avalé par la paroi toute noire et luisante de suie ; un peu plus tard, Awa le voyait revenir par la même voie magique, son corps nu ruisselant d'une eau qui laissait des traînées blanchâtres, et le panier rempli de petits poissons multicolores...

Une autre fois, elle s'en revenait de la corvée d'eau, une calebasse juchée sur sa tête ronde et crépue, quand les yeux étirés de l'Immortel se mirent à luire d'une drôle de lueur. La désignant du doigt, comme pour la signaler aux invisibles, il déclara d'un ton sentencieux qu'elle ressemblait à une petite gousse de vanille bien noire, toute prête à embaumer la terre entière. Puis il cassa une tige du papayer qui fleurissait devant la case, l'enduisit d'une goutte d'huile de carapate, poussa l'enfant à l'intérieur de son antre et l'étendit sur sa couche : glissa très doucement la tige de papayer au creux le plus intime de sa nature. Il parut satisfait de voir qu'elle avait été ouverte par les garnements de son âge. Et il procéda ainsi plusieurs semaines, dégageant peu à peu l'ouverture et la façonnant, lui donnant de l'aise, jusqu'à ce que l'enfant fût en mesure de le recevoir à la table étroite de son corps. Entre ses grandes mains elle se faisait légère, toute pénétrée par son rôle de gousse de vanille bien fendue, qui exhale son parfum. Mais une tristesse lui venait à cause du garçon inconnu, dont le visage avait subitement cessé de lui apparaître tout en haut de la vague; et plus que jamais, ses yeux se tournaient vers les petites lumières qui montaient de la vallée, le soir, quand on évoquait les héros du temps passé...

Elle s'enhardissait maintenant, il lui arrivait de se couler jusqu'à une petite éminence, aux abords de Fond-Zombi, d'où pouvait observer les gens du village sans en être vue. Elle aurait voulu marcher sur la route goudronnée, ses pieds la picotaient rien que d'y songer, et puis entrer dans l'une de ces amusantes cases en bois et faire connaissance avec le monde, savoir enfin ce que ces zèbres-là pensaient de la vie. De loin toutes leurs attitudes la charmaient, l'exaltaient, jusqu'à cette exubérance d'eau qui bout, fait des bulles sans arrêt; et la manière qu'ils avaient de lancer de grands éclats de rire vers le ciel, comme pour se moquer des jugements qui tombaient sur leurs têtes, en pluie continue, depuis les halliers misérables du plateau...

Elle trouvait leurs jeunes hommes plus lisses, plus brillants au soleil que ceux du plateau; on chuchotait qu'ils faisaient plus délicatement l'amour et cette pensée la troublait, la faisait divaguer, du haut de sa petite éminence, car ne voyait pas très bien ce que ça voulait dire...

De prunes de Chine en goyaves, pommes-cythères, ses seins montaient doucement au soleil. L'année où ils atteignirent la grosseur des mangues, deux jeunes scieurs de long établirent un échafaudage, dans la montagne, à quelques jets de pierre du plateau. Dégoulinants de sueur, ils étincelaient jusque dans leurs cheveux courts et humectés d'huile, avec chacun un rond de cuir au poignet et une chaîne d'argent à grosses mailles autour du cou; tapie dans les profondeurs d'un taillis, la pauvre fille les comparait amèrement aux jeunes gens déguenillés d'En-haut, toujours hirsutes, les bras et le cou nus, sans le moindre ornement, leurs ongles bleus et recourbés comme des griffes...

Elle venait surtout aux heures de midi, pour le plaisir de voir manger ces êtres brillants, la façon dont piquaient dans une écuelle posée entre leurs genoux, avec une fourchette métallique, et puis engoulaient sans attraper le moindre gras autour de la bouche. Un jour, ils eurent une dispute en plein milieu de la cérémonie et l'un d'eux s'en alla, pestant contre son compagnon, tandis que l'autre haussait négligemment les épaules et reprenait son repas comme de rien. Il mangeait en artiste consommé, enfournant de petites pelotes de nourriture, le torse raide, les lèvres pincées sur une mastication lente, choisie, qui faisait à peine battre les veines de ses tempes. Prise d'une merveille, Awa sortit de son refuge et vint au-devant de l'inconnu qui se leva, dans l'air immobile de la clairière, tout rayonnant en sa peau laquée de soleil, une de ces peaux d'homme bien cuite et transparente comme un maïs grillé. Il recula d'un pas, vaguement effrayé par la sauvageonne aux pieds nus. Puis elle le toucha aux épaules et pesa sur lui, souriante, fraîche, un balisier rouge tout droit, et basculant dans l'éblouissement il oublia toute crainte, se laissa mollement glisser dans l'herbe. Déjà, elle avait soulevé sa camisole et les jambes déployées vers le ciel, écartait sagement de ses doigts les bords nacrés de son coquillage. Mais à sa grande surprise, le jeune homme rabattit vivement le pan de cotonnade sur les cuisses d'Awa, et prenant un air malheureux:

— Tu es belle, plus charmante qu'une fleur de coco, mais je ne suis pas du tout pour ces manières de voltigeuse; laisse-moi te dire que j'appartiens à la famille L'horizon et que ça ne se passe pas comme ça, chez nous...

— Et comment ça se passe? demanda-t-elle en un soupir d'aise, charmée, transportée à l'idée de cet univers où les choses de l'amour se font délicatement.

— Nous disons d'abord des mots doux, des paroles sucrées...

— Des mots...? balbutia-t-elle.

Des larmes roulaient aux joues d'Awa tandis qu'il lui décla-
rait une passion éternelle. Puis ils mangèrent, descendirent
boire à l'eau d'une source, regagnèrent la clairière et firent les
mêmes gestes au son de la même musique. Awa connaissait
maintenant l'ordre dans lequel devaient se dérouler les choses de
l'amour et le respecta ; et décollant enfin de terre, elle s'aperçut,
sans nul étonnement, que le visage tout en haut de la vague de
douze mètres était celui-là même du scieur de long...

L'homme la regardait toujours ébloui, fasciné, n'en croyant
pas ses yeux de cette aubaine qui lui était tombée du ciel, quasiment nue, avec une méchante camisole sur les épaules et une
liane en guise de ceinture. Apaisée, l'œil frais comme une tanche,
Awa l'étudiait maintenant à loisir et le trouvait haut sur ses
jambes et bien planté, justement proportionné de la nuque aux
talons. Cependant quelque chose de fragile se dégageait insidieusement de lui, la jeune fille ne savait trop quoi. Et soudain
elle comprit qu'il appartenait bel et bien à la race nébuleuse
des nègres d'En-bas, à ces créatures de sable et de vent qui versent
à chaque mouvement de la terre, selon l'expression de Wademba ;
mais n'en était-il pas ainsi d'elle-même, après tout, qui avait
toujours maintenu à grand-peine les contours de son corps
dans l'espace ?

A la nuit noire, elle l'accompagna dans la vallée où le garçon
avait une petite case de planches toutes fraîches, odorantes,
qu'il venait de construire...

L'arrivée d'Awa souleva un vent de panique parmi les âmes
inquiètes de Fond-Zombi. Les nombreux amis du galant l'adju-
raient de la renvoyer dare-dare, sans délai ; sinon les maléfices
de son sorcier de père viendraient le chercher, lui, Jean L'horizon, jusque dans le dernier recoin de sa case, et quand bien
même il se ferait plomber le corps de tous les charmes et contre-
charmes de la terre. Jour de malheur, les protections les plus
hautes et les plus subtiles ne lui serviraient de rien, car nul ne
pouvait s'opposer aux entreprises de l'Immortel : s'enfuir ?...
enjamber la mer ?... hélas, les distances n'existaient pas pour

le vieux magnétiseur des ténèbres et c'était peut-être lui cette
mouche sur la table, semblant lisser innocemment ses pattes,
ou bien cette fourmi à votre bras écoutant vos paroles et riant
par avance, derrière ses mandibules, aux misérables contre-
sapes qu'on envisageait. Le jeune homme écoutait ces propos
dans un rêve et ne lâchait pas des yeux le visage d'Awa, bien
décidé à faire son malheur jusqu'au bout, son malheur plein
et définitif, disaient les gens : son beau malheur, leur répondait-
il en souriant. Alors on s'inclina devant ce sourire fatal. Et
par une matinée lisse et calme, toute suintante de sérénité, le
peuple entier conduisit la nouvelle enfant de Dieu à l'église
de La Ramée, où le prêtre la fit renoncer à Satan, à ses pompes
et à ses œuvres. Puis, sans crier gare, l'homme blanc projeta
quelques gouttelettes d'eau dans les yeux de la fille sauvage :
et c'est ainsi qu'elle devint Éloïse...

Le temps d'un battement d'œil, elle avait appris à laver,
raccommoder, vous cuisiner un bon ragoût chrétien et mettre
la table, voire piquer son manger de la fourchette, à coups
légers, délicats, comme si n'avait fait que ça toute son existence.
Et puis elle amarra solidement ses reins et entra dans le feu des
cannes à sucre, et ce fut là sa deuxième victoire aux yeux des
gens de Fond-Zombi. Mais l'heure de son triomphe n'avait
pas encore sonné. Car voici qu'une nuit d'avant le Carême,
nuit chaude et odorante entre toutes, les gens du voisinage
furent réveillés par des cris particulièrement sonores, glorieux,
aptes à entraîner les plus récalcitrants...

Les musiciennes de l'ombre n'étaient pas rares au village,
et quelquefois il arrivait que les cris se répondent, de case en
case :

— Ah, une telle, quel voyage...

— Ouais, tu peux le dire, mais allons toujours, fille, allons
plus loin.

Et les cris de reprendre de plus belle, car à quoi servirait
d'avoir un homme si ce n'est pour voyager avec lui, naviguer
et flotter, voler, à quoi?...

Les musiciennes de l'ombre n'étaient pas rares, mais il émanait de la nouvelle, il s'était mis à jaillir de la gorge d'Éloïse
une telle richesse et variété de sons qu'on eût dit un orchestre

23

tout entier, tambours et violons, flûtes, guitares et voum-tacs, lancé à l'assaut du ciel. Aussitôt, gagnées par la contagion, d'autres voix s'élevèrent dans le noir et roulèrent de toit en toit jusqu'aux premières maisons du village, à la façon d'une onde vivante qui vous soulevait, bon gré mal gré, vous obligeant à participer au concert nocturne. On en jasa longtemps de cette nuit où les humains s'étaient mis à voler ensemble, comme des anges qui se tiennent par la main. Les plus timides et les plus honteuses, celles dont les cris redescendaient toujours dans les talons, d'habitude, s'en donnèrent à cœur joie. Et plus d'une vint remercier la pauvre Éloise, la féliciter de la beauté immortelle de son chant, qui avait bien failli délocher Fond-Zombi de la terre pour l'envoyer dinguer parmi les étoiles...

Dans l'enthousiasme, on avait complètement oublié qu'elle était fille de sorcier : de l'histoire ancienne que c'était, de la bricole inutile, à ranger sur l'étagère des pots cassés. Mais le dénommé Jean L'horizon s'en souvenait, lui, de jour comme de nuit, et parfois une crainte lui venait d'être frappé d'un horrible mal, quelque saleté qui serpenterait longtemps dans son cœur, à son insu, avant d'éclater à la face du monde. Il appréhendait surtout qu'on lui noue l'aiguillette, à cause précisément, voyez, pour avoir détourné le sang précieux de l'Immortel. Cette crainte fondait toujours sur lui de façon imprévue. Le nègre paraissait content de la vie, bien content que sa mère l'ait accouché, et puis le voilà qui portait négligemment deux doigts entre ses cuisses et d'un air lugubre :

— Je parle, je mange et je bois comme un imbécile, mais qui sait : peut-être que ma gloire ne se lèvera plus jamais ?

Aussitôt Éloise lui tendait une main secourable et c'étaient des rires, des serments éternels, pain doux et gâteaux sucrés, comme sous l'échafaudage de la clairière, la première fois...

Éloise voyait bien que l'homme marinait dans un triste bouillon. Et tous les jours que Dieu tisse, comme disaient les gens de la vallée, elle était tentée de prendre le sentier pour demander consentement au père, ainsi qu'avait fait Abooméki la Silencieuse, en son temps. Mais elle craignait qu'il ne la retienne, s'étant peut-être habitué à son jeune corps vivant, à son parfum de vanille éclatée. Or elle aimait son scieur de long, cet homme qui la gavait jour et nuit de mots doux, à l'abrutir, car disait-il un baiser sans parole est un beau cou de négresse sans fil d'or; et ne se résignant pas à le perdre, tous les jours que Dieu tisse, elle remettait sa démarche au lendemain...

Leurs sangs allaient si bien ensemble qu'elle tomba enceinte dans l'année de son baptême. Mais elle ne sentait pas le poids de son ventre, qui lui paraissait gonflé d'air, tel un ballon de baudruche; et le sixième mois toutes ses espérances tournèrent en eau et en sang. Dix ans passèrent ainsi. Jean L'Horizon devint comme fou devant le maléfice, où chacun avait reconnu la marque et la griffe, le coup de patte unique de l'Immortel. Et quand la femme s'alourdit encore, il prit un air songeur et l'on vit que le nègre renonçait, s'apprêtait à baisser pavillon. Un jour qu'Éloise s'était endormie, lasse de porter un nouvel enfant mort, il emplit silencieusement une valise et s'en fut vers la route coloniale pour y attendre le car de service. Le véhicule était conduit par le dénommé Max, Max Armaggédon, bien connu pour avoir la main la plus douce et la plus chanceuse du réseau. Max pouvait conduire saoul comme une bourrique, ou carrément renversé en arrière et les pieds sur le guidon, histoire d'amuser la galerie : tout son monde arrivait toujours à bon port. Or, voici qu'à la sortie de La Ramée, juste avant le tournant de l'usine à glace, un rocher se dresse subitement en travers de la route, obligeant le chauffeur à un coup de volant qui le précipite droit contre un arbre. Une portière s'ouvre au même instant. Et comme projeté par une main invisible, un client de l'autocar s'envole sur les cornes d'un bœuf qui broutait tranquillement sa vie, juste à quelques pas de la route. Cet homme volant sans ailes était Jean L'horizon soi-même. Le chauffeur jeta vivement un coup d'œil en arrière : la roche en travers de la route avait disparu...

A ce moment précis, Éloise se tenait assise dans sa case, bouffie de peine, une main posée sur l'énigme de son ventre et songeant aux années qui venaient de s'écouler, de s'enfuir avec l'homme qui roulait présentement vers la Pointe-à-Pitre, à ce qu'une

voisine venait de lui annoncer. Soudain quelque chose écarta
ses cuisses, elle se sentit assaillie, pénétrée par un corps invisible ; et comme elle reconnaissait l'élan, l'attaque fabuleuse de
l'Immortel, une vague d'écume l'emporta et elle sut confusément que cet enfant-là vivrait, ne se dégrapperait pas, non, de
ses entrailles...

Le défunt au cimetière, Éloise entra en grande considération
de son ventre qui battait, se démenait déjà comme un deuxième
cœur. Alors son chagrin s'adoucit, elle s'efforça même au sourire, de temps à autre, car il est bien connu que la peine de la
mère n'est pas profitable à l'enfant. Et le moment venu, poussée
par une déférence obscure, elle mit bas à la manière traditionnelle des gens d'En-haut, agenouillée au pied du lit et les mains
jointes sur la nuque, les coudes prenant appui et courage sur
la traverse de bois. Lorsqu'on lui présenta le ti-mâle, elle reconnut aussitôt l'arête frontale épaisse, têtue, qui faisait comme
une avancée de casque au crâne solaire de Wademba. Mais les
matrones ne prêtèrent aucune attention à ce signe, toutes éblouies
qu'elles étaient par la longueur prodigieuse du nouveau-né et
sa densité de plomb fondu, luisant. L'une d'elles joignit les
mains :
— Un peu plus, et ce grand pendard serait resté prisonnier
des boyaux d'Éloise...
— Oui, il est déjà tout fin prêt pour le combat, approuva
une autre en faisant observer la façon dont le ti-mâle serrait
les poings, les pouces rentrés à l'intérieur, comme pour donner
plus de force aux coups dont il gratifierait un jour cette femme
folle qui court les rues, cherchant qui dévorer, la vie...

Après un débat tortueux, passionné, où certaines vieilles
firent preuve de la plus haute fantaisie, il fut décrété que le
petit guerrier porterait bonnement le nom de son père, défunt
et regretté Jean L'horizon. Mais cette appellation ne valait
rien aux yeux d'Éloise, pure comédie qui laissait l'enfant sans

protection dans la vie, tel un oisillon sans bec ni plumes. Un nom d'Afrique il lui fallait, un protègement sérieux, efficace, qui plomberait son fils et l'empêcherait de verser à tous les mouvements de la terre, comme ces gens de la vallée; et c'est pourquoi le huitième jour, après avoir porté l'enfant sur les fonts baptismaux, elle le confia à une voisine et prit secrètement la direction du sentier d'En-haut...

Il n'avait pas plu depuis longtemps et la terre était sèche, avec des reflets de cuivre rouge, patiné. Éloise avançait à travers une végétation exsangue et qui luttait, à bout de force, s'évertuait au soleil pour la simple raison qu'avait pris la peine de lancer des racines. Elle s'arrêta à l'entrée du plateau, décontenancée par des images d'abandon : cases croulantes à ciel ouvert, que soulevaient çà et là des cônes de termites crevant la surface du sol. Une seule hutte se tenait encore debout au milieu de la désolation, et le vieil homme assis dans l'ombre des murs noircis, sur un tabouret de bois sculpté, lui parut éternel. Elle eut aussitôt l'impression aiguë que le vieux magnétiseur des ténèbres l'attendait, derrière ses paupières de tortue ancienne :

— Tu sais pourquoi je suis venue, soupira-t-elle.

— Je sais pourquoi tu es venue, mais je sais aussi que tu es venue pour rien...

— Cet enfant est pourtant le tien, jailli de l'écume de tes reins...?

— Awa, c'est toi qui le dis, lâcha-t-il en un sourire ironique.

— C'est ton enfant, le vent du soir lui-même le sait, c'est ton enfant et tu n'as pas de nom pour lui, rien à poser sur ses petites épaules...? Tu veux donc qu'il soit à la merci des forces du mal, qu'il erre sans protection dans la vie, livré au premier qui voudra s'emparer de son âme et la jeter aux chiens : à l'injure du temps comme une bête, c'est ça?

— Awa, Awa, ne m'éclabousse pas de ta salive, je t'en prie. Il n'y a aucun nom que je puisse donner à ton enfant, car tu l'as dit toi-même, il sera dans la vie comme une bête, une bête sauvage qui trouve d'elle-même son chemin; et si je lui donnais un nom d'Afrique, ce nom s'enroulerait autour de sa gorge comme un collier et l'étranglerait... Hé, veux-tu une chose pareille pour lui? acheva-t-il en un ricanement.

— Je suis descendue parmi les gens d'En-bas, mais tu l'as bien voulu, sinon tu aurais pu me retenir d'un seul doigt : et maintenant tu te venges sur l'enfant que tu as fait toi-même, sur le sang de ton sang, Wademba... Pourquoi m'avoir laissée partir si tu voulais que je reste; et pourquoi avoir fait cet enfant, si c'est pour le livrer aux Puissances du mal?

— *Voyez-moi ces petites femelles...* Écoute, petite puce d'eau, essuie tes larmes et veille à bien comprendre mes paroles : il n'y a pas de nom pour cet enfant, car son nom l'attend devant lui, son nom est quelque part devant lui et le moment venu, il viendra se déposer sur sa tête, comprends-tu?

Cependant Éloise était loin, n'entendait plus. Elle avait porté les deux mains à son visage et les doigts joints au sommet de son crâne, se balançait mécaniquement à la manière d'une endeuillée. Au bout d'un temps, un son étrange lui parvint et, revenant au monde, elle vit que la bouche de son père s'ouvrait en un rire grêle : assis, nu sur son tabouret, les genoux contre les épaules et le torse droit, écaillé, luisant comme un vieux tronc d'arbre poli par le vent, Wademba la fixait de son regard éternel et riait...

Alors une vague de colère souleva la petite créature, pour la première fois de sa vie. Elle avait reculé d'un pas, tremblant de tous ses membres, et tout soudain elle eut une illumination et dit, la voix encore trempée de larmes :

— Je le vois maintenant, c'est toi qui m'as envoyée parmi ceux d'En-bas et voilà que tu ris, tu ris de moi?...

Elle était comme une égarée, elle avisa le bâton du vieux à l'entrée de la case et s'en saisit, lui assena un coup violent sur le crâne :

— Tu m'as envoyée en bas et tu ris?...

Puis elle porta un second coup et s'écria, stupéfaite :

— Tu as séché mes enfants dans mon ventre et tu ris?... tu ris?...

Elle proféra bien d'autres paroles, ce jour-là, rappelant son enfance lacérée, sa jeunesse obscurcie, pour finalement en arriver à l'envolée fantastique de feu Jean L'horizon, cet homme dont le seul péché était de l'avoir rendue heureuse. Et, chaque fois, elle ponctuait son grief d'un grand coup sonnant et carillonnant, qui faisait voltiger les touffes de coton sur le crâne insondable de l'Immortel :

— *Voyez-moi, voyez-moi cette petite femelle,* prononça-t-il soudain d'une voix distraite.

Un flot noirâtre avait jailli et l'homme vacilla sur son tabouret, chuta lentement à terre, comme un arbre, cependant qu'Éloise considérait d'un œil absent l'immense carcasse étendue à ses pieds. Mais se soulevant sur un coude, le vieillard balayait tranquillement le sang de ses yeux et se remettait à rire, de plus en plus fort, avec une sorte de gaîté terrifiante qui fit reculer la pauvre Éloise, lâcher mollement son bâton, se reculer encore; et puis tourner les talons et s'enfuir à toutes jambes, traverser le plateau en ruine, dévaler halliers, sous-bois aux herbes coupantes... poursuivie par ce rire qui ne s'arrêta que tout en bas, le soir, aux premières lueurs de Fond-Zombi...

3

On l'avait baptisé du nom de son père, mais ceux de la vallée évitaient de l'appeler ainsi, Jean, Jean L'horizon, crainte que le défunt n'en profite insidieusement pour répondre à l'appel. Éloise n'aimait guère cela, elle non plus, entretenir la confusion entre les vivants et les morts... et pour éviter ce mic-mac son garçon répondit longtemps aux seuls noms de Hep, Holà et Psitt; puis quelqu'un eut l'idée de l'appeler Ti Jean, et c'est sous ce modeste emblème que le héros fit son entrée dans le monde, lui qui devait un jour bouleverser soleil et planètes...

Enfant, à peine tombé de la mamelle, il avait la grâce un peu lourde d'un jeune pachyderme, avec des jambes comme des petites colonnes de bronze et des pieds ronds qui s'accrochaient mal à la terre, le faisaient trébucher. C'était un animal farouche, aux poings toujours serrés, crispés comme à l'intérieur du ventre maternel. Et lui voyant cet air hargneux, mécontent, Éloise se demandait d'où venait que ses entrailles n'avaient pas enfanté la joie de vivre en personne. En vérité, c'est ce qu'elle comprit plus tard, le bonhomme était tout entier concentré sur ses muscles et ses os qui avaient encore besoin de lui, de son attention constante et réfléchie pour atteindre à leur perfection. Il avait tant de choses en train au fond de son corps, que sa bouche en oubliait de sourire, de parler, si bien que ne lâcha pas un traître mot avant l'âge de quatre ans. Mais du jour où il se décida, ce fut pour mouler des phrases d'un seul tenant et d'une voix haute, claire et précise, qui évoquait étrangement le timbre de l'Immortel!...

A cette occasion, Éloise vit bien que les gens de la vallée étaient des cultivateurs d'oubli. L'enfant avançait parmi eux avec le masque de Wademba, sa voix, avec la même démesure d'âme qui transpirait aussi dans ses yeux étirés, imprenables, et nul ne semblait s'en apercevoir. La seule chose qu'ils remarquèrent, ce fut la façon dont sa petite queue se dressait au milieu des combats de son âge, pour reprendre sa forme ordinaire à la fin des hostilités. Ti Jean se promenait encore tout nu dans le monde quand ce phénomène se produisit pour la première fois. Émerveillés, les gens prirent plaisir à provoquer sa colère juste pour voir l'organe se mettre debout, hérissé, tendu comme une fronde. Mais cette gloire n'avait rien de suspecte à Fond-Zombi, et après le spectacle les hommes disaient simplement entre eux, avec juste une pointe légère de regret :

— Il y a toutes sortes de verges sur la terre, des fastueuses et d'autres qui le sont moins, voire certaines qui seraient fourchues, à ce qu'il paraît. Bref, le Bon Dieu fournit toujours davantage que l'esprit de l'homme ne peut imaginer, il fournit tant et plus et voilà : l'enfant d'Éloise avait hérité d'une verge en or!...

Bien qu'il fût tôt monté en graine, l'enfant ne se servait guère plus de sa langue que man Éloise et leur case était la plus silencieuse de Fond-Zombi, sinon la plus silencieuse de toute la Guadeloupe. Il lui arrivait de dresser l'oreille sans raison, comme s'il venait d'entendre un appel, et Éloise avait beau balayer la case du regard elle ne voyait qu'une mouche ordinaire sur la table, une fourmi courant sur les lattes du plancher, quelque insecte vibrionnant. Alors elle s'interrogeait, prise d'un malaise bizarre, se demandait si Wademba avait jamais lâché l'enfant d'une semelle, depuis l'heure de sa naissance; et quand un grand chien noir venait à rôder aux alentours, elle s'affolait et lui jetait des pierres...

Oui, l'enfant n'était guère plus causant qu'une bouteille. Mais sitôt qu'il put se tenir sur ses pieds ronds, on le vit toujours au-dehors, trottant et se faufilant sous les vérandas, à l'affût de la moindre parole qui courait dans le village. Son esprit en tirait parfois des conclusions surprenantes. Ainsi, une voisine s'écria un jour devant lui : ah, si la terre pouvait parler, elle nous en apprendrait des choses. C'était là propos que l'on jette au vent, sans y prendre garde; mais le jour même Éloise surprenait son fils couché dans le jardin, l'oreille contre le sol, à capter les voix mystérieuses montant des profondeurs. Une autre fois, quelqu'un lança que seuls les arbres savent ce qu'il en est de l'homme, et malheureusement ils sont muets. Se tournant aussitôt vers le fils, Éloise le vit s'éloigner de sa démarche légèrement pataude, hésitante, et ne put s'empêcher de rire, un peu plus tard, en le découvrant amoureusement collé au goyavier de la cour, le visage tout illuminé par l'attente des voix tapies dans les nœuds de l'arbre. Elle rit encore, les jours suivants, chaque fois qu'elle le voyait embrasser le tronc du goyavier, et puis le rire mourut subitement sur ses lèvres : l'enfant courait maintenant par tout le village, avec des yeux qui semblaient devenus aveugles, ne plus rien reconnaître, tandis que sa bouche s'ouvrait à tous les vents comme pour demander... est-ce bien vrai ce que je vois, ce que j'entends?

Cette course s'acheva le jour où il prit le chemin de l'école de La Ramée, là-bas au bord de l'Océan. Il en revenait avec un air de sérénité profonde et ce fut la seconde surprise pour les gens du village : en dépit de son manque de goût pour la parole, l'enfant d'Éloise avait une tête aussi ample qu'un estomac de baleine, avec des colonnes comme les blancs pour ordonner toutes choses, même pareil, à l'intérieur de son esprit. Le soir, à la lueur de la lampe à pétrole, elle s'émerveillait à le voir fourré dans ses livres, les palpant du même air d'attente radieuse dont il caressait autrefois les troncs d'arbres, pour y entendre la voix du monde. Il en fut ainsi une ou deux saisons, et puis la joie des livres disparut et Éloise se retrouva devant un enfant qui revenait silencieux de l'école, bricolait au jardin, charriait une touque d'eau pour sa mère, et s'asseyait dans un coin d'ombre en posant ses menottes bien serrées sur les genoux, soudain immobile et raide comme la mort...

Visiblement les livres s'étaient tus et l'enfant avait renoncé aux voix du monde, ne sortant même plus pour aller se baigner en rivière. Assis dans l'obscur, les yeux calmes et éteints, il semblait ruminer perpétuellement quelque offense, se draper dans un outrage qui lui aurait été fait; et le voyant ainsi, Éloise se demandait d'où venait que ses entrailles n'avaient pas enfanté la joie de vivre en personne, alors qu'elle s'était tant appliquée à sourire, durant sa grossesse?... tant et tant?...

Il en alla ainsi jusqu'à la chute de man Justina, qui défraya longtemps la chronique de Fond-Zombi et du voisinage. Man Justina n'était pas une vraie sorcière mais une engagée, plus exactement une *morphrasée*, une de ces personnes lasses de la forme humaine et qui signent contrat avec un démon pour se changer la nuit en âne, en crabe ou en oiseau, selon le penchant de leur cœur. Un beau matin on la découvrit à l'entrée du village : noyée dans son propre sang. Rentrée d'un vol nocturne, elle avait été surprise par les premiers rayons de l'aube et s'était aussitôt aplatie au sol, terrassée par la sainteté de la lumière. Elle gisait au milieu de la route et son corps d'oiseau reprenait lentement forme humaine, des mains naissaient au bout de ses ailes et de longues tresses d'un blanc étourdissant se mêlaient aux plumes éteintes d'un crâne de chouette. Les gens se tenaient

un peu à distance, notant tous les détails utiles, point par point,
en raison de l'extrême rareté d'un spectacle à rapporter soigneusement aux absents, aux parents éloignés, voire aux inconnus que l'on croiserait plus tard sur le chemin de sa vie. C'était
jeudi et les enfants se glissaient entre les jambes des adultes,
jetaient un coup d'œil sans paraître autrement surpris : avaient
vu bien plus beau en rêve, semblaient-ils dire, depuis que suçaient
de pareilles histoires avec le lait maternel. Seuls les plus grands
commentaient l'événement, les « docteurs », ceux qui préparaient le certificat d'études, avec chacun son porte-plume pointant fièrement de la tignasse. D'après eux, à leur connaissance,
les gens tournaient en chien ou en crabe comme l'eau se change
en glace, ou comme le courant électrique se transforme en
lumière dans les lampes, en paroles et musique dans les appa-
reils de radio : man Justina, estimaient-ils, c'était seulement
une petite tranche du monde qui ne figurait pas dans les livres,
car les blancs avaient décidé de jeter un voile par-dessus...

Avertis par le secrétaire de mairie, les gendarmes de La Ramée
arrivèrent après la bataille, sur le coup de midi. Man Justina
en avait fini avec les oiseaux et les gendarmes ne trouvèrent
plus qu'une vieille négresse fracassée au milieu de la route.
En dépit de nombreux témoins, ils refusèrent tout droit les
explications des gens de Fond-Zombi, s'obstinant à ne pas
comprendre et s'emportant, bousculant le monde, comme si
on leur cachait quelque chose d'inavouable : un crime, peut-
être bien, dont toute la population aurait été complice. Et ce
n'est qu'après avoir ratissé toute la section, des semaines durant,
blagué et ricané, lacéré la charité de plus d'un, qu'ils se rési-
gnèrent au mystère de cette grande négresse nue gisant au
milieu de la route, comme si tombée du ciel. Cette persécution
blessa douloureusement le nègre. Mais les plus amers furent
les enfants des écoles, les « docteurs », tout spécialement, qui
ne comprenaient pas pourquoi on avait refusé le témoignage
des gens de Fond-Zombi : eux-mêmes, sur les bancs de l'école,
acceptaient-ils pas les histoires des blancs concernant la terre,
le soleil et les astres et qui n'allaient pas sans difficulté, elles
non plus ?

Oui, toute la population avait assisté à la métamorphose; mais celui qui ouvrit les plus grands yeux, ce fut notre héros, Ti Jean, qui semblait enfin contempler le secret vainement cherché sous la terre, au creux des troncs d'arbres et dans les livres ramenés une ou deux saisons de l'école. Dès le lendemain, réconcilié avec le monde, le petit bonhomme avait retrouvé le chemin de la rivière et des jeux de son âge. Une joie intense, une sorte de magie heureuse s'écoulaient de toute sa personne et les gens disaient en le voyant : tiens, tiens, le fils de man Éloise qui sort de son cocon, se décide à prendre son soleil?

Livre Deuxième

Qui comprend la rencontre avec Égée, le combat avec Ananzé, le serment sous la véranda de man Vitaline et autres merveilles.

1

Quelques années plus tôt, un chasseur égaré avait contemplé de loin les dernières cases en ruine du plateau et les gens en avaient déduit que Wademba, mort et enterré depuis belle lurette, le maudit congre, et son âme se tortillant dans un trou perdu des enfers. On avait respiré. Et toute l'affaire était devenue un seul travail de la langue, une seule envolée de paroles qui montaient comme des bulles dans le ciel, depuis que la crainte avait fui. Peu à peu la jeunesse avait oublié jusqu'à ce nom tant redouté et qui ne valsait plus, incidemment, que sur quelque vieille langue moisie; tout ça était de l'histoire ancienne, et les gens se livraient plus que jamais à la furie des temps nouveaux, aux mille voltiges apparues avec la route goudronnée et les poteaux électriques...

Cependant les vieux s'en souvenaient encore, de cette histoire éteinte, abolie; et ils aimaient la raconter au fils de man Éloise, à cause de ses bonnes manières, de cet art qu'il avait de les écouter sans rien dire, d'attendre que la parole tombe de leurs bouches usées pour venir se déposer à l'endroit même qu'ils avaient voulu, en ce petit crâne extasié. En vérité, nul d'entre eux ne pouvait se vanter d'avoir vu l'homme en chair et en os, et ceux qui en parlaient n'étaient que l'écho de paroles plus anciennes. De bouche en bouche, la rivière s'était transformée en un fleuve majestueux que rien n'arrêterait plus, et certains allaient jusqu'à dire que Wademba avait fait la pluie et le beau temps, là-haut, depuis l'entaille de terre rouge du plateau; dégageant

le soleil ou lâchant une bonne rincée d'eau sur la Guadeloupe,
si cela lui chantait. Longtemps on l'avait cru immortel, longtemps, répétaient-ils en souriant, l'air détendu, charmé par
soi-même, et l'on voyait bien que c'était simple histoire de
parler, d'enjoliver leurs craintes anciennes pour rehausser la
vie...

Au retour de ces conversations, Ti Jean brûlait d'interroger
la seule personne qui ait réellement connu l'univers d'En-haut.
Mais toutes questions mouraient sur ses lèvres devant man
Éloise, cette petite négresse osseuse au visage morne, éteint,
presque funèbre, avec son éternel mouchoir blanc autour de
la tête. en signe de deuil définitif. Lorsque le nom de Wademba
était prononcé devant elle, une cendre grise recouvrait ses joues
et elle ouvrait la bouche, haletait, dans une sorte d'étouffement.
C'était une femme qui paraissait toujours aux aguets, comme si
elle se trouvait continuellement en danger. Son idéal était la
case close et les volets fermés sur toutes choses vivantes, y compris les insectes intrus, une mouche, un papillon voletant qu'elle
fixait comme s'il était le diable. Quand elle sortait de ses quatre
planches, man Éloise courait, elle s'enfuyait pour ainsi dire
et puis rentrait avec la même précipitation, toujours sur le qui-
vive. Cependant elle aimait le chant, le bruissement du monde.
Et quand elle ne recevait pas de visites, qui l'apaisaient, la rassuraient, elle demeurait de longues heures un œil collé contre un
interstice de la cloison donnant sur la rue. Elle aimait voir les
gens passer, repasser, elle lisait sur les visages et un froncement
de sourcils lui en apprenait aussi long qu'une confidence. Mais
elle faisait toujours mine de ne rien savoir de personne : elle
n'était pas là pour surveiller les histoires du monde, elle ne connaissait qu'elle-même et encore, souvent, elle s'étonnait...
Aussi haut qu'il remonte, Ti Jean avait toujours vu man
Éloise courir par monts et par vaux, transpirante, à la recherche
de plantes médicinales que vendait aux pharmaciens de la ville.
Elle était aussi un peu docteur-feuilles, administrait des potions
et bains d'herbes, apaisait dans le corps humain tout ce qui

était à la portée de ses petites mains sèches, nerveuses, aux doigts devenus verts par le contact avec les plantes. Elle aimait soigner le monde, mais la cueillette des simples ne l'enchantait guère, dans l'ombre des grands bois. Elle en revenait souvent trempée de sueur et le cœur battant, comme ayant fait la rencontre d'un esprit. Plus tard, devenu fin connaisseur en « feuilles », Ti Jean assuma lui-même cette partie angoissante de la tâche maternelle. Elle l'avait initié à l'art de les récolter, enroulées dans de petites toiles, par catégories, afin de ne pas mélanger leurs pouvoirs. Et puis un beau jour, c'était, il s'en souviendrait toute sa vie, le jeudi qui suivit la chute fabuleuse de man Justina, elle lui tendit solennellement une petite hotte et s'accroupit, mit son souffle sur les pieds de Ti Jean afin que ceux-ci le conduisent toujours vers un lieu favorable : elle n'avait jamais utilisé le procédé, de sorte que son souffle avait gardé toute sa force et sa puissance, ainsi qu'elle le fit remarquer...

Tous les jeudis, maintenant, Ti Jean errait de longues heures dans les sous-bois sombres et frais, feignant de s'intéresser à la cueillette, le nez contre un buisson, pour se retourner subitement et voir disparaître un esprit attaché à ses pas, le temps d'une phosphorescence. Depuis tout petit, alerté par le manège de man Éloise, il avait le sentiment d'une présence invisible autour de lui. Mais il n'avait jamais pu lui donner de visage, et voici que l'esprit se révélait, enfin, pour peu qu'il se retourne assez vite pour le surprendre ; alors l'enfant poussait un petit cri d'aise et son cœur battait devant l'énorme corbeau aux yeux rouges, qui s'immobilisait sous son regard, un instant, et puis se dissipait comme une vision de songe...

La semaine, au retour de l'école, après avoir joué l'homme à la maison, planté un clou, soulevé quelque faix pesant, arraché deux ou trois patates au jardin et fait compliment à man Éloise de sa beauté, jeunesse éternelle, Ti Jean prenait le chemin de la rivière pour y rejoindre les enfants de son âge. C'était en aval du pont de l'Autre-bord, derrière un petit mamelon qui faisait écran avec le monde. Là, un bras perdu de la rivière dévalait en cascade sur un bassin qui semblait recevoir toute l'immensité du ciel, en son milieu, cependant que les bords plantés d'arbres bleuissaient l'eau de leur ombre, d'où son nom de Bassin bleu. Les adultes ne s'en approchaient pas, ni les enfants en état de faire le mal, de donner ou de recevoir la semence. L'endroit était strictement réservé aux innocents : petites filles qui ne sont pas encore femmes et petits garçons à la tige sèche, qui ne sont pas encore des hommes...

La plupart des enfants s'ébattaient dans le bassin, mais parfois des couples se formaient, s'éloignaient pour apprendre les jeux de l'amour, soit dans l'eau, à l'ombre d'une roche, soit en terre ferme, derrière un gros buisson d'icaques, soit encore dans quelque arbre du voisinage, à la manière des créatures du ciel, comme c'était à la mode. En raison de sa verge en or, Ti Jean était l'objet de l'attention des petites baigneuses qui l'aspergeaient, le provoquaient de leur nudité gracile, rieuse, lisse comme le plat de la main, voire l'effleuraient d'une caresse au fond des eaux bleues. Mais il ne s'éloignait avec aucune d'elles, car chaque fois qu'il en avait envie, une voix intérieure lui disait qu'une autre l'attendait, qui ne se trouvait pas au milieu du bassin, ou bien une qui se trouvait là et qu'il n'avait pas encore bien vue, regardée du bon œil. Agacées par son attitude, certaines lui lançaient d'un air averti de matrone : prends garde, l'homme doit voir la femme et y faire attention, sinon il perdra les deux yeux. Et puis elles plongeaient sous la cascade, en quête d'une écrevisse dont elles se pinceraient le bout des seins, chacune son tour, pour donner forme à leur avenir...

Ti Jean riait à les voir, les entendre, de ce rire grave et frais qui lui tenait encore lieu de parole, de réponse universelle à ce qui pouvait se dire sous le ciel, et spécialement autour du Bassin bleu. Et puis il allait s'allonger sur une roche plate en travers du courant, brûlante de soleil, ou bien il se promenait tout nu le long des berges, feignant de s'intéresser au paysage, le nez en l'air, pour se retourner traîtreusement et voir disparaître l'esprit attaché à ses pas. Un jour qu'il se promenait ainsi, tout inondé de mystère, il vit un couple d'enfants qui se caressaient derrière une roche, le garçon étalé dans l'herbe et la petite fille le chevauchant, la tête un peu rejetée en arrière, les yeux clos, silencieuse en sa course aveugle au soleil. Comme il passait, la fille souleva les paupières et jeta sur lui un regard qui lui déchira le cœur : car, il venait de le comprendre, c'était elle qu'il voulait pour amie. Il la voyait pourtant tous les jours que Dieu fait, Égée, la fille du père Kaya. Et elle ne différait guère des autres petites bestioles noires du bassin, avec ses yeux étales, dérivant doucement sur les tempes, et puis ses cheveux qui se gonflaient au-dessus de son visage, lui faisant un casque qui la rehaussait dans l'air, la protégeait. Souvent elle plongeait dans l'eau à son approche, comme effrayée. Mais une fois, il s'en souvenait maintenant avec douleur, elle était sortie ruisselante et lui avait tendu un petit poisson rouge que venait d'attraper, dans l'écume de la cascade. Le poisson semblait plus rouge que nature, au milieu de sa main noire, et elle avait souri d'un air de dire : n'est-ce pas qu'il est splendide, entre mes doigts ?

Le lendemain, Égée Kaya l'attendait au bord de la rivière, assise dans l'eau, confiante. Le petit garçon s'approcha d'elle et lui toucha la joue. Tous deux s'éloignèrent du bassin au milieu des appels, des éclats de rire moqueurs des autres enfants, qui attendaient depuis longtemps l'heure de Ti Jean...

Un bracelet ne tinte pas tout seul, et s'allongeant derrière une touffe accueillante de siguine, les fiancés du jour s'aperçurent qu'ils donnaient ensemble un beau son. Peut-être leur musique ne durerait que l'espace d'une saison, comme il arrive, au bord de la rivière, jusqu'à ce qu'une nouvelle fournée d'innocents les chasse du Bassin bleu. Mais peut-être pas, dirent-ils en souriant, les yeux pleins de larmes à cette pensée. Là-dessus, énervés de ces corps d'enfants dans lesquels ils se sentaient à l'étroit, tout d'un coup, ils parlèrent de ces clameurs qui hantaient les nuits de Fond-Zombi, éveillant les plus engourdis ; et la cavalière assura qu'elle pousserait pour lui des cris si glorieux, triomphants, qu'ils mettraient en branle tous les oiseaux sommeillant dans le voisinage... comme avait fait man Éloise, autrefois, en cette nuit demeurée dans les annales de Fond-Zombi...

Ils jurèrent qu'il en serait ainsi et on les vit désormais ensemble, cliquetant l'un contre l'autre, sur la route poudreuse conduisant à l'école de La Ramée. La journée faite, ils mettaient leurs pas sur le chemin de la rivière, nageaient avec les autres, jouaient sous la cascade ou dansaient au son d'un orchestre improvisé, battements de mains et de langues, sonorités d'arrière-gorge, vieilles boîtes de conserve et cailloux, tout cela du plus bel effet. Puis ils saluaient la compagnie et prenaient la direction de leur arbre, un vieux manguier touffu où ils se caressaient jusqu'au soir, avec mille précautions, pour ne pas se rompre le cou dans l'aventure. Là-haut, bras et jambes emmêlés, à la manière des branches lisses qui les entouraient, semblaient jaillir de leur être, ils se sentaient reliés par des fils invisibles à Fond-Zombi entrevu dans le feuillage, à la montagne, à l'océan au loin, à la mer blonde des champs de cannes et à tout ce qui palpitait dans le ciel, sur la terre et au fond des eaux. Égée avait connaissance de l'esprit qui s'attachait aux pas de son compagnon. Et quand un bruissement de feuilles alertait Ti Jean, la petite fille se tournait dans la même direction et regardait longuement, puis disait : c'est le vent. Ou bien si le cœur du garçon se mettait à battre très fort, contre le sien, à cause d'un oiseau qui se posait sur une branche, Égée allongeait le cou et étudiait la chose jusqu'à pouvoir dire, après un examen qui ne laissait plus le moindre doute : c'est seulement un merle...

Selon toutes apparences, l'esprit était celui d'un défunt qui revenait sur la terre. Sans doute un mort très puissant, chargé jusqu'à la gueule, car les morts ordinaires ne visitent les vivants qu'en rêve ; et encore, par temps de nuit bien noire. Alors tous deux songeaient aux ruines du plateau, ensevelies sous la végétation, murmurait-on, comme ces maisons à colonnades que l'on découvre parfois en forêt, mariées aux arbres et aux lianes. Et se serrant l'un contre l'autre, ils évoquaient Wademba et la face cachée des choses, cette tranche du monde qui ne figurait pas dans les livres de l'école, car les blancs avaient décidé de jeter un voile par-dessus...

Égée aimait la sombre auréole qui entourait son ami, lui faisant une histoire bien à lui, espéciale, avec des fastes dont les plis retombaient sur elle depuis que tous deux n'étaient

plus qu'un. Et le jeudi matin, une hotte d'osier à son dos et la
tête bien serrée dans un mouchoir, pour pas que la forêt tout
entière se prenne dans ses cheveux, elle l'accompagnait dans
ses courses inquiétantes par monts et par vaux. Quand ils avaient
cueilli la semaine de man Éloise, ils rentraient toujours par les
collines de Barthélemy, pour y apercevoir, de l'autre côté d'un
vallon obscur, la petite entaille de terre rouge du plateau d'En-
haut. Un jour qu'ils se tenaient au bord du vallon, main dans
la main, en contemplation et vertige devant le point mystérieux,
le son d'un tam-tam frappa leurs oreilles et disparut. Ainsi,
deux ou trois fois de suite, mais en diminuant progressivement
de volume, comme un écho qui se meurt. Surpris, les deux
enfants demeurèrent quelques instants dans l'attente. Et soudain une brise légère leur souffla au visage, en provenance de
la montagne, du plateau, cependant qu'ils entendaient à nouveau cette musique d'un autre monde. Le tambour battait sur
un rythme qu'ils ne connaissaient pas, monotone et têtu, frappé
comme sur du métal. Et tout à coup il y eut une voix humaine
qui chantait dans une langue elle aussi inconnue, mais avec un
tel accent de tristesse, de majesté paisible que Ti Jean sut qu'il
se souviendrait toute sa vie de cet air et de ce tambour métallique, et de cette voix portée par le vent. Puis le ciel retourna
au silence et Ti Jean murmura, sans regarder la petite fille, à
cause des larmes indiscrètes qui coulaient sur ses joues de ti-
mâle :

— Égée, tu as bien entendu ?
— J'ai entendu, fit-elle en un souffle.
— Répète que tu as entendu...
— J'ai, dit-elle.

Toutes sortes d'histoires couraient sur le plateau en ruine,
et les gens se gardaient bien d'en approcher, le lieu demeurait
comme protégé par un cercle d'ombre, d'horreur secrète. Mais
Égée était disposée à accueillir tout ce qui se trouvait sur le
chemin de son ami, et elle l'accompagna jusqu'au pied de la
montagne Balata, silencieuse, en son tablier bleu à pois blancs,
avec un air de dire s'il faut monter, allons monter. L'heure
avançait. Le soleil brillait haut dans le ciel. Il y avait beau
temps que les enfants avaient laissé derrière eux la colline Bar-

thélemy, la mer blonde des champs de canne, la rivière qui
trace limite entre les mondes humains et les solitudes. Soudain,
Ti Jean regarda la petite fille avec embarras et lui demanda
de l'attendre par ici, ou plutôt de l'espérer là-bas, vers le Bassin
bleu, au bord d'une crique qu'ils connaissaient. Et déposant
sa hotte dans l'herbe, comme pour un adieu rapide, muet, il
s'enfonça dans les taillis qui masquent l'entrée du sentier d'En-
haut...

À sa grande surprise, le sous-bois de la montagne Balata ne
différait guère des autres forêts, avec sa mousse toujours humide,
qui voyait rarement le soleil, et ses paquets de lianes inquiètes
et tordues qui descendaient comme des serpents déroulés du
ciel. Cependant une angoisse montait en lui, à mesure qu'il
s'élevait vers les hauts, des souvenirs, des lambeaux de pensée
prenaient forme, des fragments d'histoires s'ordonnaient et il
revoyait certaines expressions de man Éloise, la cendre grise
qui recouvrait ses joues lorsqu'on prononçait le nom de Wademba; alors ses jambes frémissaient et tout son corps vivant, son
torse et ses bras, ses entrailles aspiraient douloureusement à
redescendre la montagne...

Au bout de quelques heures, il se mit à bruiner et de fines
raies de pluie argentée glissaient obliquement dans l'air. Le
sentier se perdit subitement dans une haie touffue qui s'élevait
à trois mètres du sol, aloès, cadasses et autres plantes épineuses,
ainsi que des lianes rampantes qui envoyaient des rejets, des
bouquets d'orchidées, roses, mauves ou tachetées de sang. C'était
au pied d'une rampe étroite bordée de précipices, tout en haut
de laquelle se dressait la masse imposante du plateau. On aurait
dit un donjon, une citadelle entourée de vide, qui donnait
l'impression de monter une garde sévère sur la vallée. Et Ti
Jean eut beau sonder la haie, nulle part il ne vit la moindre
ouverture ou trace de passage de l'homme : si l'endroit était
encore habité, estima-t-il, ce ne pouvait être que par des fantômes en apparition...

À ce moment, promenant son regard autour de lui, il aperçut
l'esprit ailé de ses songes et qui semblait dormir, le bec entre
les pattes, à la plus basse branche d'un mahogany. C'était un
corbeau de grand âge, avec de petites plumes usées au-dessus

des yeux, pareilles à des mèches de coton jauni. Il feignait de dormir, rêver, mais Ti Jean le savait plus éveillé qu'un sac à puces; et craignant de le voir disparaître en fumée, comme d'habitude, il étendit doucement les bras vers l'animal :

— Je suis Ti Jean, Ti Jean, fit-il d'une voix implorante, et il ne faut pas avoir peur de moi...

Quand les paroles de l'enfant l'atteignirent, l'esprit avait commencé sa métamorphose et se dissipait, devenu transparent comme verre. Il parut hésiter sur sa branche, ouvrit sa bouche sur un croassement bref, cassé, qui rappelait un éclat de rire, et puis revint lentement à son apparence première, plume après plume et les pattes aussi, comme à regret : il fixait maintenant l'enfant d'un œil plein de mélancolie et Ti Jean se mit à pleurer, soudain, il ne savait pourquoi, écrasant ses paupières de ses poings serrés...

L'esprit ailé l'accompagna jusqu'au pied de la montagne, voletant de branche en branche, dans le sous-bois, cependant que Ti Jean se souvenait du chant triste et majestueux de la colline Barthélemy et ses larmes coulaient; des étoiles blanches luisaient dans un ciel clair, entre les échancrures sombres du feuillage, et puis elles se firent jaunes dans un ciel noir, indistinct...

Égée l'attendait au bord de la rivière, assise sur le sable et toute bleue dans la nuit, avec des reflets d'eau argentée sur une épaule et un bras, qui baignaient dans un rayon de lune. Elle semblait loin, perdue dans une contemplation immobile. Sa robe était humide de rosée et tout en elle était frais, pareil à une jeune pousse de laitue. Elle poussa un cri et tordant le cou pour mieux le distinguer dans l'ombre :

— Le blanc de ton œil est tout rouge; aurais-tu vu « quelque chose »?

Ti Jean venait d'un autre monde, le monde là même qu'il avait vainement cherché sous la terre et dans les plis murmurants des arbres, autrefois, et il sourit vaguement à cette petite fille qui lui avait piqué le cœur :

— J'ai vu, dit-il, un homme qui dormait à plat ventre sur son dos; c'était un jour qu'il faisait nuit, le tonnerre grondait en silence...

— Ne parle pas, ne dis rien, fit-elle en posant un doigt sur les lèvres du garçon. Va, je ne suis qu'une femme avec une petite langue dans ma bouche : mais souviens-toi, n'oublie jamais que mes yeux peuvent affronter Jésus-Christ...

— Je ne l'oublierai pas, jamais, se reprit gravement le héros.

2

La mère d'Égée était morte quelques années plus tôt, entraînée dans la tombe par une morte plus ancienne, une rivale de jeunesse apparue en songe et qui lui avait demandé de l'accompagner sur sa route. Au lieu de refuser son invite et de l'insulter, de la renvoyer d'où elle venait, enfin de lui faire clairement savoir qu'elle n'était pas encore prête au voyage, la malheureuse avait eu la faiblesse de tendre la main à son ennemie, ce qui avait signé sa condamnation, coupé son soleil. Le lendemain, elle avait raconté son rêve à une voisine, désespérée d'avoir à quitter la vie avant que son heure ait sonné. Et puis elle s'était mise à transpirer et on avait eu beau faire, médecins, sorciers, dormeurs, voyageurs de l'au-delà, sans parler des agiles doigts verts de man Éloise, elle s'était éteinte en moins d'une semaine, abandonnant à grand regret ses deux enfants au père Kaya, son mari, un nègre un peu niais, qui ne voyait pas le mal sur la terre...

Ananzé, le frère aîné d'Égée, était un garçon d'une douzaine d'années qui appartenait aux grandes classes. Il avait un visage doux, un peu asymétrique, où les traits de la sœur semblaient s'être reflétés dans une eau courante, qui en modifiait les proportions. Mais la douceur de ses traits contrastait étrangement avec ses yeux remplis d'une fureur secrète, et dont il fusillait continuellement le monde, amis et ennemis, tous enveloppés dans un même refus. Ti Jean aimait ses airs de prince offensé et parfois il lui semblait que le frère cachait par en dessous une âme pareille à celle de sa sœur, quoique plus tumultueuse et s'écoulant en torrent, pour ainsi dire, au lieu de dériver paisiblement comme l'âme d'Égée; toutefois, il évitait de se trouver sur le chemin du gaillard dont les yeux le fusillaient plus mortellement que nul autre, depuis qu'on le voyait au bras d'Égée...

Selon une ancienne coutume du Bassin, le frère surprenant la sœur au milieu de ses amours avait pour devoir d'entrer dans une colère terrible, voire de se précipiter sur le coupable et le battre : ce point n'était pas étranger au choix que les deux enfants avaient fait d'un vieux manguier touffu, dont les branches étendaient sur eux leur ombre protectrice...

Un jour qu'ils se tenaient dans leur arbre, plongés dans une torpeur exquise, l'envol d'un caillou leur signala ce grand fou d'Ananzé qui dansait littéralement de rage, dans l'herbe, comme voulu par la tradition. Sans hésiter, Ti Jean s'élança du haut de son perchoir et vint se camper devant le frère aîné, dont le visage morose s'éclaira d'un sourire léger, incrédule, à cause de la verge en or qui pointait allègrement vers le ciel. La bataille réglementaire s'engagea. Les combattants envoyaient mollement leur poing dans le vide et saluaient Égée sur sa branche, à chaque fois, pour la rassurer sur leurs intentions. Tout à coup une volupté guerrière enivra Ti Jean et il saisit son adversaire à la gorge, l'entraîna au sol d'une prise d'assassin. Les yeux d'Ananzé s'enfuyaient déjà. Un cri retentit et lâchant le cou du garçon, il fut rendu attentif à la fine silhouette qui s'égosillait dans le feuillage, au-dessus de lui, telle une caille prise en gluau. Hagard, il se demanda quel démon avait jeté ses mains sur la gorge d'Ananzé; puis la fille glissa vivement de l'arbre, lacérant sa peau nue, et penchée sur son frère aîné lui envoya un souffle contre les paupières...

Vous le savez, chacun de nous reçoit un don en venant sur la terre, et cette petite guenille d'Égée avait un souffle très rafraîchissant. A la fin, sous l'action de ce souffle, le frère aîné se dressa comme un ressort et chargea Ti Jean d'un grand coup de boule dans le ventre. Le crâne de nostr'homme vint saluer une roche ensouchée dans l'herbe, parmi les racines affleurantes du manguier. Un voile obscur monta vers le ciel. C'était comme un filet de pêche lancé depuis sa tempe ouverte, un large filet tourbillonnant qui reflua, soudain, lui découvrant un spectacle étrange : Ananzé debout au-dessus de lui, écumant de fureur, avec dans ses mains une grosse pierre dont il s'apprêtait à lui fracasser le visage...

A ce moment, le cri d'Égée retentit pour la deuxième fois et les yeux enflammés du garçon s'adoucirent, flottèrent dans un halo, comme s'il se souvenait de la grâce qui lui avait été accordée tout à l'heure, se trouvant lui-même sous la poigne étonnante de Ti Jean. Enfin, descendant la lourde pierre au niveau de ses genoux, puis la posant dans l'herbe avec lenteur, il murmura sur un ton d'indifférence calculée :

— On arrête le tournoi, beau-frère ?

— On peut arrêter ou reprendre, c'est selon que ça te chante, beau-frère...

— Ça ne me chante pas beaucoup, beau-frère, dit Ananzé en portant éloquemment une main à sa gorge.

— Et moi ça ne me chante guère, sourit Ti Jean; et même ça ne me chante pas du tout, pour te dire vrai, beau-frère...

Les deux combattants s'observaient tout raidis et figés, muets, plus taciturnes que la nuit et les bras ballants dans la gloire de leur amitié naissante; et les voyant ainsi Égée tomba en ravissement dans l'herbe, belle et lumineuse de partout.

— Ciel adorable, s'écria-t-elle, mais ils sont fous ces deux-là, enragés comme on n'a jamais vu à Fond-Zombi. Ciel, ciel, ciel : et qu'est-ce qui va bien pouvoir m'arriver, encore, avec des bougres pareils dans la vie ?

De ce jour, Ananzé se plaça naturellement à leur côté sur le chemin de l'école, devisant avec son nouvel ami de façon indirecte, par l'intermédiaire d'Égée qui recevait leurs paroles et les renvoyait à mesure, tournée comme un miroir vers l'un, vers l'autre. Il les accompagnait aussi sur le sentier de la rivière.

Mais arrivé à l'embranchement, il obliquait en direction d'un bain où allaient les enfants en puissance de mal, tandis que les deux innocents suivaient à pas comptés le sentier conduisant au Bassin bleu. Quand on arrivait au bord de la rivière, les yeux d'Ananzé entraient soudainement en repos et toute la douceur du monde semblait couler à vif sous son front bombé. Mais aussitôt que l'on repassait le pont de l'Autre-bord, pour entrer dans le village, ces mêmes yeux-là redevenaient pareils à des chiens pleins de fiel, grondant et écumant contre tout ce qu'ils voyaient. Il avait découvert un vieux pistolet couvert de rouille et le frottait du matin au soir, en cachette, prétendant contre tout bon sens le remettre en état. Et frottant son morceau de ferraille, ne cessait de répéter que la Guadeloupe est en guerre, une guerre secrète, que les gens de Fond-Zombi ne voyaient pas. Mais lorsque Ti Jean se risquait, lui demandait avec qui diable, ce grand fou d'Ananzé secouait les épaules avec accablement et disait qu'il ne savait pas; avec personne on était en guerre, non, c'était seulement un chancre dans sa poitrine, un esprit qui le rongeait, voilà...

Un soir, comme ils revenaient de la rivière, Ananzé prit son air de poursuivi et les entraîna sous la véranda de man Vitaline, où se poursuivait l'éternelle conversation sur le nègre, son insignifiance et sa folie, le mystère insondable qu'il représente à ses propres yeux. Le crépuscule montait de la rue, une lampe à acétylène envoyait des rayons verdâtres, depuis le fond de la buvette, et l'on sentait que beaucoup de paroles avaient voltigé dans l'air, étaient retombées comme elles avaient pu. Certains montraient des visages pensifs, d'autres s'observaient furtivement, une pointe de malice dans l'œil, se félicitant à part soi du grand art qu'ils possédaient de savoir flouer la vie. C'était l'éternelle musique, l'éternelle. On avait dit que le Bon Dieu ne nous aime pas car nous sommes ses bâtards, tandis que les blancs sont ses véritables enfants. Et puis l'on avait dit que la vie est une roue et si elle avait tourné autrement, ils seraient à notre place et nos esclaves, peut-être. Et soufflant dans ses moustaches poisseuses de sueur, Gros Édouard avait déclaré comme à l'ordinaire que le nègre est à lui-même sa malédiction, un lunatique, un décousu et un flamboyant, un

taré jusque dans la profondeur de son sang, un sauvage juste
bon à faire des cabrioles et des grimaces. Et puis saisissant un
verre de rhum, pour délier sa langue encore engourdie par une
journée au soleil, cet infernal de Gros Édouard avait ricané
doucement :

— Vous souffrez, bande d'inutiles?... eh bien souffrez, mes
petits anges sans ailes, et laissez-moi vous dire que votre souffrance ne s'en va nulle part, et personne au monde qui s'en
doute, personne...

A ce moment, père Filao pencha vers lui la minceur de sa
carcasse et d'une voix chuchotante, comme s'il craignait de
faire entendre sa voix d'Ancien :

— Ho, dit-il, Gros Édouard, espèce de briseur d'extase que
tu es, auras-tu pas un jour une parole agréable pour la compagnie?... Nous le savons bien que sommes déchus, mais est-ce à
dire que nous n'aurions pas une âme, comme tu sembles croire?...
Une âme : veux-tu donc pas nous laisser ça, mon cher?...

— Tu te sens une âme, toi? s'écria l'infernal.

— Ça se pourrait bien que j'aie une âme, ça se pourrait bien,
hésita père Filao, tu ne te sens donc pas ça, toi?

— Moi, une âme?... Non, ce sont les hommes qui ont une
âme, père Filao; et j'en ai peut-être apparence, mais n'en suis
pas un...

— Qu'est-ce que tu te sens, alors? insista le bonhomme.

— Tantôt un âne et tantôt un cheval : tantôt l'un, tantôt
l'autre, lâcha l'ivrogne d'un air faussement endeuillé, sarcas-
tique, qui acheva de casser les bras de l'assistance.

Depuis des générations que se jouait cette musique funèbre,
sous la véranda de man Vitaline, on n'avait jamais vu mettre
le nègre aussi bas et les gens se regardaient soucieux, en grand
tracas d'eux-mêmes. Alors, estimant que Gros Édouard avait
dépassé toutes les bornes, père Filao racla le fond de sa gorge
et d'une voix éteinte, qui obligeait tout le monde à suivre le
jeu de ses petites lèvres clapotantes, une voix morte, véritablement, comme s'il craignait de blesser, ou bien de se blesser
lui-même à ses propres paroles :

— Gros Édouard, mon cher, il y a un air que tu respires
dans les bois et qui ne te va guère... Nous sommes ce que nous

sommes et le désastre est nu, sans le moindre faste : mais c'est parce qu'on nous a frappés, frappés, ça ne te sonne donc jamais aux oreilles ?... Oui, nous avons été des hommes autrefois, des hommes au complet, comme tous ceux qui vont sous les nuages : et nous avons construit leurs usines à sucre, nous avons cultivé leurs terres et bâti leurs maisons et ils nous ont frappés, assommés... jusqu'à ce que nous ne sachions plus si nous appartenons au monde des hommes ou à celui des vents, du vide et du néant...

Il y eut alors un grand silence, et venue du pont de l'Autre-bord, une brise de montagne se glissa sous la véranda de man Vitaline, bienfaisante à tout un chacun. Les gens regardaient père Filao qui grommelait dans ses joues creuses, soudain fâché, en grand'bouleverse d'avoir livré le fond de son sac, pour la première fois de sa vie. Bien des visions étaient nées en ces lentes fins d'après-midi, et bien des hypothèses avaient vu le jour, sur le nègre, son insignifiance et sa folie, le mystère qu'il représente à ses propres yeux. Mais la plus singulière de toutes était celle qu'on venait d'entendre et les gens soupiraient sous le charme, se grattaient le cuir du crâne, n'osant rompre l'enchantement des paroles de l'Ancien, quand s'éleva la voix claire et perçante d'un enfant :

— Père Filao, pourquoi nous ont-ils donc fait ça ?

— Garçon, fit le bonhomme en tournant un regard surpris vers Ti Jean, qui décollait son cou sur la troisième marche de la véranda de man Vitaline; nul ne peut le dire, ma petite flûte, car ceux qui nous ont frappés ont gardé le poignard dans la main, et leurs raisons dans le cœur...

Hagard, l'enfant porta ses deux mains à ses tempes et des paroles étranges tombèrent de sa bouche sans qu'il pût les reconnaître, bien que prononcées avec sa voix, sa langue même :

— Père Filao, avec tout le respect : *il n'y a plus d'oiseaux dans les nids de l'an dernier et moi qui n'ai pas peur de la mort, le poignard, je leur ôterai des mains...*

— Ti Jean, mon pauvre enfant, en quelle eau démontée baigne tout d'un coup ta cervelle : prétends-tu être à toi seul une nouvelle génération ?

Des rires fusèrent de toutes parts, cependant que les yeux d'Ananzé étincelaient tout contre nostr'homme, au-dessus de

leurs pommettes aiguës, deux taches claires au milieu des ténèbres; et puis ce fut la voix rageuse et un peu fêlée de l'ami
qui vint à son secours, dominant le tumulte :

— Père Filao, un seul ne peut être une nouvelle génération,
c'est vrai... mais deux le peuvent, deux, vous m'entendez?...
aussi vrai que je m'appelle Ananzé Kaya et suis bon collègue
de la mort, moi aussi...

Et alors, alors, comme Ti Jean s'étonnait encore des paroles
tombées de sa bouche, une ombre jaillit du toit de la véranda
et le vieux corbeau au crâne de coton jauni s'éleva au-dessus
de la route; puis, avec un sifflement doux de lame, l'oiseau
s'enfonça presque instantanément dans la nuit, en direction
de la montagne...

Soudain gênés, les deux garçons s'élancèrent dans le noir,
suivis d'Égée qui s'accrochait à une manche et riait, elle ne
savait pourquoi. La buvette de man Vitaline se tut. A l'intérieur,
les hommes tambourinaient les petites tables de bois tandis
qu'au-dehors, sur le bord sombre de la route, un ensorcelé à
l'âme zigzagante se mit à bouleverser l'air en dressant ses deux
bras vers le ciel. Un buveur émit enfin une remarque sur l'événement : étaient-ce bien des enfants qu'on venait d'entendre,
nos propres enfants, qui nous avaient tenu ce langage de mort?
Mais la voix éraillée d'une vieille femme lui cloua aussitôt le
bec : des enfants, quels enfants? avez-vous vu sous le soleil
des enfants préservés de la mort?... ah, quand les enfants ne
mourront plus, alors nous parlerons d'enfants...

Et celles qui s'étaient tues jusqu'à présent, tous les soirs,
derrière la balustrade, depuis que des générations d'hommes
rêvaient sous la véranda de man Vitaline, elles se regardaient
tout à coup en souriant et disaient étonnées, un rien meurtries :

— Vous entendez comme parle une femme, quand elle s'y
met, vous entendez vous autres?

3

Les jours suivants, l'esprit ailé partagea secrètement la vie des enfants, voletant toujours à distance, de loin en loin, tandis qu'ils examinaient dans la fièvre les moyens de retirer le couteau de la main des blancs. L'entreprise était âpre et sévère, elle se dressait devant eux comme un mur lisse qui monte jusqu'au ciel. Et souventes fois, découragé, Ti Jean proposait de recourir aux sortilèges de l'ombre, aux enchantements de la magie qui lui semblait le seul recours du nègre devant la puissance sans faille du monde blanc. Mais Ananzé se moquait, disant que si les sorciers faisaient jaillir le feu de leurs narines, on n'en avait jamais vu un capable de fabriquer une simple allumette : des fusils et des balles, voilà la seule sorcellerie qui faisait besoin au nègre, selon lui. Et Ti Jean se taisait, vaincu par la rigueur de l'argumentation. Adressait une pensée de mélancolie à l'oiseau qui voltigeait sur ses pas, jusque sur le chemin de l'école, invisible à tout autres yeux que les siens. Et puis le soir, avant de mettre la barre à la porte, il se glissait à pas feutrés vers le goyavier de la cour, où l'esprit ailé se tenait ordinairement, depuis l'incident de la véranda de man Vitaline; et là, considérant avec reproche la petite boule de nuit bleue, qui frémissait, à l'approche de l'enfant, se dandinait tout en haut de l'arbre, il lui demandait pourquoi lui avoir inspiré de si grandes paroles sur le nègre, la dernière fois, sous la véranda de man Vitaline, pourquoi ça, hein?...

Or, par une fin de journée obscure, balayée de nuages, un vieillard inconnu se présenta devant la case de man Éloise et demanda à lui parler. C'était un homme d'un abord surprenant, long et maigre comme un jour sans pain, avec un grand chapeau bacoua qui lui battait mollement les épaules. A son corps pen-

daient des caleçons et une tunique en fibres végétales, qui flo-
connait, s'effilochait de toutes parts, telle une peau de cabri
trop grattée. Ti Jean n'avait pas vu le corbeau depuis trois
jours, ni sur le chemin de l'école, ni à la promenade, ni sur la
branche qu'il avait élue dans le goyavier. Justement il se demandait avec inquiétude si le spectre n'était pas retourné dans
l'autre monde, fatigué d'entendre ses reproches; et la gorge
serrée d'émotion, il crut reconnaître son compagnon ailé en
l'inconnu qui attendait sur le pas de la porte, avec son visage
émacié d'errant qui plane entre ciel et terre, éternellement indécis sur le lieu, l'endroit où il déposera ses pieds transparents
d'esprit...

Cependant, man Éloise tremblait à la vue de l'homme et
l'attirant dans la case, d'une main hésitante, qui semblait toucher une relique, le faisait s'asseoir à table avec les plus grandes
marques de respect. Puis elle déposa devant lui une assiette,
une roquille de rhum, une potiche d'eau fraîche et l'homme se
mit à manger paisiblement avec ses mains, sans paraître remarquer la fourchette qui scintillait sous ses yeux. Petite mère se
tenait debout le cou penché. Et, chaque fois que l'inconnu
voulait emplir son verre ou rompre un morceau de pain, elle
devançait son geste avec une rapidité extraordinaire, comme
si elle n'attendait que cela, la libellule, voler au-devant de ses
moindres désirs. Et puis quand il eut terminé, roté, trempé ses
doigts dans une bassine d'eau, elle détourna son visage et exhala
faiblement :

— Alors, te voilà sous mon toit, Eusèbe l'Ancien?

— Je vois que tu me reconnais, fit l'homme en suçotant ses
lèvres de satisfaction. Tu sais qui m'envoie, ma fille. Le Maître
m'a fait venir et m'a dit : descends parmi les gens d'En-bas
et va trouver Awa, dis-lui que je sens le cadavre, que je mourrai
à l'aube et il me faut voir le garçon avant de partir. Le Maître
a ajouté : comme cette malheureuse ne voudra pas te confier
son chiot, dis-lui qu'elle peut l'accompagner...

— C'est tout ce qu'il a dit à mon sujet, que suis une malheureuse?

— Non, fit l'homme en souriant avec gêne. Le Maître a dit
aussi : d'ailleurs je serai content de la revoir, une dernière fois...

— Content?... il a dit qu'il serait content? répéta man Éloise
d'une voix fluette, les bras ballants, un air de naufrage sur ses
traits; et puis ses yeux se mirent à briller d'une joie si forte
qu'elle porta une main à son cœur, comme pour l'aider à supporter la secousse, tandis que la fine bouche pincée s'ouvrait
d'étonnement...

Tous trois sortirent et gagnèrent lentement les hauts, parmi
les chemins creux qui versaient dans le crépuscule, n'existaient
plus que pour leurs pieds. Quand ils entrèrent dans le sous-bois,
la lune s'était haussée d'un cran dans le ciel et ses rayons écla-
boussaient le feuillage, se répandant en flaques lumineuses sur
la mousse. Dans cette lumière irréelle, l'enfant tournait les
yeux vers sa mère qui grimpait âprement, à coups d'épaules,
la bouche grande ouverte et une main sur son cœur, toujours
sous l'effet de l'émotion qui l'avait saisie dans la case. Et se
souvenant de son visage de cendre, chaque fois qu'on prononçait
certains mots, certains noms, dans le voisinage de ses oreilles,
il songeait qu'elle avait toujours su la vérité pour ce qui est de
l'Immortel. Plusieurs heures s'écoulèrent ainsi. A un moment
donné, l'homme par-devant fit signe d'arrêter et chuchota :
n'ayez pas peur, il y a des Puissances qui passent. Quelques
instants plus tard, un roulement sourd dévalait la montagne,
suivi d'une traînée lumineuse qui contourna un piton rocheux,
tomba du côté de la mer, s'évanouit. Dans le silence revenu,
l'homme poussa un soupir et se remit en marche. Et comme
il était touché par un rayon de lune, Ti Jean vit qu'une nappe de
sueur avait recouvert son visage, d'un seul coup, cependant
qu'il murmurait avec amertume : ah, cette nuit est la plus noire
qui soit jamais tombée sur la Guadeloupe. Ciel et terre sont
émus, mais les fils d'esclaves n'ont rien entendu et continuent
de dormir, tandis que s'en va le dernier nègre d'Afrique. Cent
et cent ans que tu as quitté ton village, Wademba, vieux guerrier,
et maintenant tu rentres chez toi nous abandonnant à l'obscur.
Tu dis qu'il n'y a plus de chemin, tu dis que la route s'est arrê-
tée, qu'il est temps, grand temps pour toi de rentrer au Vieux-

pays : mais n'étais-tu pas toi-même le chemin, le seul chemin
qui nous reste ?... et nous voici désormais plongés dans l'obscur,
l'obscur...

Plus tard, arrivé au pied du plateau, il écarta une touffe d'aloès
et un étroit passage apparut, une sorte de couloir qui s'infiltrait
à travers le massif de ronces que Ti Jean avait cru impénétrables,
le jour où il s'était mis en quête d'une voix portée par le vent,
de l'autre côté du val. Puis il y eut une rampe vertigineuse entre
deux à-pics, un champ de ruines mangées de végétation. Et
ils abordèrent à une case toute ronde et chaulée de lune, une
case de nègres d'Afrique comme sur les images, avec un toit
qui rappelait le chapeau d'Eusèbe l'Ancien. Un halo éclairait
quelques silhouettes immobilisées devant l'entrée : hommes
et femmes qui exhibaient des nudités très anciennes, avec des
faces hallucinées d'esprits. Il y avait aussi toutes sortes de bêtes
sauvages, assises, chacune sa manière, dans une posture commune d'attente. Et certains êtres qui semblaient hésiter entre
les deux mondes, avec des nez humains, des bouches humaines,
de grandes oreilles noires qui se dégageaient maladroitement
du poil ou de la plume, comme pour man Justina écrasée sur
la route. Eusèbe l'Ancien fit une grande enjambée, de son étrange
pas dansant de jeune homme, et sa silhouette dégingandée
vint se ranger parmi les autres, soudain figée dans la même
absence. Alors une voix de basse profonde retentit à l'intérieur
de la case, en harmonie majestueuse et triste, et c'était la voix
qui chantait dans le vent de la colline Barthélemy : *Entre, entre
bien vite, petit garçon, car la compagnie qui se tient au-dehors
n'est pas bonne pour toi...*

Passant devant la troupe d'esprits, man Éloise les salua d'un
coup de tête civil et poussa son fils à l'intérieur de la case. L'enfant
papillota longuement des yeux. On aurait dit une grotte aux murs
qui étincelaient vaguement, diffusaient un éclat de suie ancienne,
polie, à la faible lumière des petites lampes à huile qui fumaient
au ras du sol de terre battue. Ces dernières éclairaient quelques
potiches, un foyer de pierres brutes, une literie de palmes et de

fanes sèches, tout au fond du réduit; et, dans l'ombre conique du toit, toutes sortes de fioles et paquets d'herbes qui flottaient, suspendues par des cordes aux solives...

Au milieu de la case, un nègre immense était assis sur un petit tabouret de bois sculpté, les genoux aux épaules et entièrement nu, lui aussi, à l'exception d'un ceinturon de cuir et d'un anneau à son bras. C'était l'homme le plus grand que Ti Jean ait jamais vu. Mais son torse était cerclé d'os, comme une vieille barrique qui s'en va en poussière, et la peau auréolée de lichen évoquait ces troncs d'arbres échoués sur les plages, à l'injure du temps, et que le soleil et la mer ont desséchés jusqu'au cœur. La masse cabossée du front reposait sur les genoux et l'on ne voyait qu'une chevelure luxuriante, exubérante, un pied de coton jauni, pareil à la touffe de plumes qui surmontaient le bec et les yeux rouges du corbeau. L'homme paraissait inanimé et Ti Jean crut qu'il venait de s'éteindre, à l'instant que lui-même pénétrait dans la case; et puis la masse du front se souleva lentement et l'homme dit :

— Tu vois, garçon, tant qu'on se tourne et se retourne, on n'est pas encore arrivé dans l'autre monde; approche, ma petite liane, que je te regarde un peu avec des yeux d'homme, pour une fois...

Les yeux usés se mirent à luire, en un jet douloureux et éblouissant, et Ti Jean retrouva le regard qui lui avait paru si plein de mélancolie dans une face de corbeau. Il fit un pas en avant et le vieux se pencha, étira les fanons de son cou pour mieux voir l'enfant, de ses prunelles déjà obscurcies par la mort. Sans doute n'y voyait-il pas encore assez, malgré tout, car sa main se déploya vers une lampe à huile que promena autour de Ti Jean, avec une sorte de lenteur gourmande, en poussant des claquements de langue satisfaits à chaque étape de son examen. Puis il saisit une arme ancienne qui traînait à ses pieds et la souleva en un geste plein de douceur, cependant que ses yeux devenaient roses d'émotion :

— Regarde, dit-il, regarde bien ce mousquet, il appartenait à un nègre qui vécut autrefois sur ce plateau. L'homme s'appelait Obé et c'était mon ami, je m'honore de le dire. Tout bonnement comme ça : Obé. Tu as appris les petites lettres à l'école, mais tu ne trouveras ce nom dans aucun livre, car c'était le nom d'un valeureux, un nègre de bien même. Et comment serait-il venu à toi, Obé?... seuls ceux d'En-bas auraient pu te parler de lui, te raconter son histoire s'ils n'avaient pas tout fait, depuis tantôt deux siècles, pour l'oublier...

» Pourtant, poursuivit rêveusement Wademba, qu'est-ce que l'ombre de l'homme sinon ses histoires, celles qui le suivent à tout instant et sans lesquelles aucun sang ne subsiste?... mais ces malheureux greffés sur leur île à la dérive, ce qu'ils recherchent passionnément, c'est l'ombre des nuages, tandis qu'ils abandonnent la leur à l'oubli...

Charmé de ce discours, l'enfant considérait religieusement la tête armoriée du mousquet, son bassinet d'argent, la curieuse cheminée par laquelle certains vieux chasseurs de Fond-Zombi versaient encore leur poudre noire. Cependant la voix enveloppante du vieillard reprenait :

— Cette arme est douée d'un très grand pouvoir, car j'ai mis en elle toute ma connaissance. Elle me suivra demain matin dans la tombe. Mais un jour tu en auras besoin et tu viendras la déterrer, les dieux le veulent ainsi. Et puisque tu t'en serviras, car tel est ton destin, n'aie pas peur, fils, prends cette vieille bouche à feu dans tes mains et dis-moi : veux-tu connaître l'histoire d'Obé, mon ami Obé, l'homme qui s'en est servi avant toi?

Ti Jean saisit l'arme à deux mains et une lumière inconnue le pénétra, il lui semblait s'ouvrir à la face cachée des choses, à l'univers invisible et grandiose qu'il avait toujours pressenti, sous le masque. Et bien qu'il ne l'ait jamais lu dans un livre, ce nom d'Obé, ni même entendu prononcer, il sut qu'il attendait son histoire depuis toujours, qu'il était venu au monde pour l'entendre cette nuit de la bouche de son grand-père. Des larmes l'aveuglaient et le vieillard dit que c'était bien, l'enfant avait répondu comme un ange. Il retira doucement le mousquet et le déposa à terre, le coucha auprès de lui avec amitié et respect, comme on ferait d'un être vivant. Puis décollant un bras de son torse, il le fit mouvoir précautionneusement dans l'air, sa main géante arrondie en coupe, autour du visage de Ti Jean dont elle épousa la courbe, ainsi, sans le toucher, en une sorte de caresse immatérielle :

— Écoute, petit buffle, mon temps approche et je sens déjà
le cadavre, aussi je ne te dirai rien de l'enfance d'Obé dans les
plantations, la boue ; la boue du corps et la boue de l'âme, car
fils et petit-fils d'esclaves, mon ami Obé. Et rien ne te dirai non
plus des actions qu'il accomplit parmi nous, sous nos yeux, du
jour où le nègre prit le chemin des bois. Je commencerai son
histoire par la fin, lorsqu'il dévala ce plateau avec une balle
dans la poitrine et le bras cassé par l'éclat d'un obus. Nous
étions encerclés, à court de munitions ; Obé tenait une lance
dans sa main valide et deux autres entre ses dents. Soudain, le
voilà qui se précipite dans les rangs français et vous plante ses
lances dans la poitrine de trois soldats, juste le temps de leur
dire au passage : *pour mon grand-père, pour mon père et pour
moi !*...

La tête légèrement rejetée en arrière et le regard lointain,
un peu perdu, le vieillard balançait son torse comme sous l'effet
d'une musique intérieure, une musique nostalgique, lancinante,
qui se serait jouée derrière ses lourdes paupières aux courts
paquets de cils blancs :

— Oui, c'est ainsi qu'il dévala une dernière fois les roches
du plateau, dans les années qui suivirent la grande lumière du
Matouba... Moi qui te parle, j'étais arrivé dans ce pays en enfant
de ton âge, au beau milieu de la Révolution ; je veux dire celle
des blancs, pas la nôtre. Mes yeux n'étaient pas encore en état
de l'apprécier, la lumière du Matouba, et c'est seulement plus
tard qu'elle m'apparut dans tout son éclat. Mais les blancs
l'avaient bien regardée, cette lumière, ils s'en souvenaient encore
et encore, ne voulaient pas la voir revenir. Et c'est pourquoi
ils enlevèrent la plante des pieds d'Obé avant de le conduire
à la guillotine, une vieille machine rouillée qu'ils avaient plantée
sur la darse, à la Pointe, comme au bon vieux temps. Vois-tu,
ils espéraient que l'homme ne saurait pas se tenir sur le trajet.
Mais la privation leur servit de costume, ce jour-là, car les
esclaves qu'ils avaient massés le long des rues ne s'aperçurent
de rien ; sauf ceux du premier rang, à cause des empreintes que
le nègre laissait derrière lui... Et puis quand on le coucha sur
la guillotine, le couteau s'arrêta deux fois au milieu de sa course
et Obé dit tranquillement, toujours blagueur de sang royal :

si vous continuez, messieurs, vous allez finir par me blesser tout bonnement...

Wademba rabattit tout à coup ses paupières, ses courts paquets de cils blancs, pesamment, à croire qu'il s'était mis à dormir sur place :

— Voilà, acheva-t-il, avec une légère stridence dans la voix : voilà, c'est ainsi que s'en alla l'ami Obé, il y a longtemps, longtemps de cela... plus d'une vie d'homme et plus de deux et de trois, car dix générations se sont écoulées depuis que j'ai été amené enfant sur cette île à la dérive. J'ai vu se lever bien des soleils, et il y a bien d'autres nègres dont j'aurais voulu te parler : Ako, Mindumu, N'Décondé, Djuka le Grand avec lequel suis arrivé sur le bateau et d'autres, d'autres encore... Mais quoi, si tu reviens dans les parages, penche-toi sur l'herbe et respire son odeur, car c'est la chevelure des héros qui dorment sous la terre...

Wademba était demeuré le col dressé dans un songe, les deux masses de ses poings bien calées sur les genoux, le pouce à l'intérieur, comme faisait Ti Jean à ses heures de rumination. Ce détail attira son attention sur le visage endormi du géant, les yeux étirés vers les tempes, le fût carré du nez et les hautes pommettes, le crâne rond comme un casque avec cette avancée osseuse des arcades qui faisaient visière. Il ressentit alors un vertige : c'était comme s'il contemplait son propre visage, reflété dans l'abîme, le puits insondable du temps...

Une odeur musquée s'échappait du grand corps sommeillant, un relent de bête féroce et solitaire, et Ti Jean devina derrière lui la présence discrète de man Éloise qui s'était écrasée contre le mur, réfugiée dans un coin d'ombre, au premier pas qu'elle avait fait dans la case. Une rage subite lui vint en pensant aux yeux brillants de la négresse, tout à l'heure, accourue dans la nuit auprès de cet homme puissant et qui ne s'était souvenu d'elle qu'à l'heure de sa mort. Il revit la manière dont elle fermait les portes et les fenêtres sur sa petite âme effrayée : elle avait vécu dans une terreur sans limites, un océan sans

fond, et elle l'avait accepté comme son milieu naturel, comme
l'air qu'elle respirait, comme ses fines tresses qui semblaient
scintiller sur sa nuque, et comme ses beaux yeux toujours pleins
d'une eau tremblante, toute prête à se rider au moindre souffle
de l'air. Alors l'enfant dit en son cœur : man Éloise, n'oublie
pas que je te vois grande comme le ciel, et que le moindre petit
frémissement de tes entrailles m'est cher. Et déjà ses poings
se serraient, il les dirigeait machinalement vers le vieillard,
comme pour se jeter sur lui et l'anéantir, lorsque la bouche
endormie s'ouvrit sur ces mots :

— Ah, les Puissances, ce sont de telles questions que mon
propre sang me pose, à l'heure où je m'en vais coucher au cœur
des ténèbres ?...

Puis les paupières se soulevèrent sur un regard vaste et paisible, d'un rose lointain de soleil couchant, et celui qu'on avait
cru immortel sourit pour la première fois :

— Tu n'as pas besoin de me haïr, petit garçon, dit-il. J'ai
envoyé ta mère parmi les gens d'En-bas et je n'ai pas voulu
que tu connaisses trop tôt l'odeur de ces bois, car tu n'en serais
jamais redescendu; or, tu le vois bien, rien ne t'attendait ici
que la solitude et la mort... Cependant tu viens de m'enseigner
quelque chose, et si je pouvais te donner un nom je t'appellerais
liane, liane d'igname, car c'est bien la liane qui relie l'igname
à l'igname : dis-moi petite flûte, que penses-tu des gens d'En-
bas ?

Il scruta longuement l'enfant silencieux et dit, étonné :

— Tu les trouves... *beaux* ?

L'enfant acquiesça du chef.

— Et quoi encore ?

L'enfant se mordit les lèvres de perplexité.

— Tu les trouves... *encore plus que beaux*, c'est ça ?

L'enfant secoua vivement la tête, en cascade, tout heureux
d'avoir été si bien deviné.

— ... Ah, remarqua gravement Wademba, je vois que tu es
comme l'éléphant, qui a plusieurs maisons et plusieurs femmes.
En vérité, je me suis souvent plaint des gens d'En-bas, car de
tous les oiseaux du monde ils sont bien les seuls à avoir oublié
leur nid. Mais les regardant avec tes yeux, je les accuserai seu-

lement de courte mémoire, avec ta permission, mon enfant...
Il est vrai, reprit-il en rêverie, il est vrai que j'appartiens à un
peuple de sang lourd et lent, qui n'oublie jamais rien...

Et puis retrouvant son sourire :

— Dis-moi encore, dis-moi... et qu'est-ce que tu aimes tellement, chez ces gens d'En-bas?

— J'aime leur feintise, répondit cette fois l'enfant.

— Ah, ah, je vois que tu as tout deviné, et si je pouvais seulement te donner un nom d'Afrique, je t'appellerais Abunasanga :
Celui-qui-se-meut-dans-les-profondeurs... Qui sait, tel que tu
es, peut-être qu'un jour tu réchaufferas le soleil...

— Le soleil? s'écria l'enfant en un petit rire.

Les doigts cabossés de tortue se déplièrent à nouveau dans
l'espace, pour s'arrondir en coupe autour du visage de Ti Jean,
qu'ils enveloppèrent avec gêne, sans le toucher :

— En attendant prends-lui toute la chaleur que tu peux,
afin que la moelle de tes os s'en souvienne, le jour venu...

Puis, se penchant, Wademba saisit une cruche et en fit couler
quelques gouttes d'un liquide blanchâtre, parsemé de petites
graines jaunes et rondes, sur le sol de terre battue. Chaque fois
qu'une goutte était bue par la terre, l'homme prononçait quelques mots dans une langue inconnue. Il fit un signe à man
Éloise, et, après avoir versé de ce liquide à ses hôtes chacun
dans un petit pot, il réunit ses mains autour de la cruche et fit
remarquer, souriant :

— Dans mon village natal, une chanson disait que les poissons de la mer sont muets parce qu'ils boivent de l'eau, et qu'ils
chanteraient s'ils buvaient du pombwé; alors buvons, de ce
brave alcool de mil, buvons ensemble pour la première et la
dernière fois...

La libation achevée, tous trois s'enfoncèrent dans le silence
et la paix. Cependant le vieillard repartait en songe, une main
aveugle tendue vers l'enfant, quand la voix émue de Ti Jean
le tira brusquement de sa rêverie :

— En es-tu bien certain, grand-père; en es-tu bien certain?

Le regard du garçon se posait sur le mousquet étalé par terre et ses prunelles agrandies semblaient voir, au-delà de la vieille relique, la course du héros dans l'ombre et sa chute finale, son foudroiement.

— *En es-tu bien certain grand-père, en es-tu bien certain?*

— J'étais là, je peux en témoigner, fit doucement Wademba.

— Et tes actes à toi? reprit-il de la même petite voix avide, mourante.

— Calme-toi : mes actes ont été honorables, et tu n'as pas à rougir de ton sang...

— Mais...?

— Calme, calme-toi mon petit buffle : quand tu auras des cornes, tu sauras qu'il n'appartient pas à l'homme de parler pour lui-même...

— Et man Éloise...?

— ... Elle a entendu des histoires à mon sujet, dans son enfance, mais ceux qui lui ont parlé étaient tous nés plusieurs générations après moi : aucun ne m'a vu, aucun ne sait vraiment qui je suis. Et il vaut mieux qu'il en soit ainsi, car on raconte toujours l'histoire des morts, on raconte toujours des histoires mortes, en somme, et mon histoire à moi n'est pas morte, puisqu'elle continue avec toi...

— Grand-père, aucune histoire ne peut arriver dans la vallée, aucune histoire comme celle que tu as dite : nous avons eu beau chercher, Ananzé et moi...

— Pourtant une belle histoire t'attend, une histoire qui viendra d'elle-même au-devant de toi, sans que tu la cherches...

— Une histoire à moi pour de vrai?

— Aussi vraie qu'une autre, ma petite puce...

— Et peux-tu me la dire?

— Hé non, ça n'est pas dans les choses raisonnables, parce que si je te la dis elle n'arrivera pas. Vois-tu le destin est mince comme une feuille de papier, et une histoire ne peut se vivre qu'une fois, une seule petite fois dans l'éternité ; et celui qui la connaît par avance, son histoire, il est condamné à ne la vivre qu'en rêve. Mais s'il m'est interdit de t'ouvrir les yeux, il y a au moins une chose que je peux faire pour toi, mon petit buffle, c'est te donner un viatique pour le voyage...

L'ancien des jours marqua un temps :

— ... Car ton histoire ne sera pas douce, nostr'homme, ça ne sera pas une tartine beurrée, non; et certains jours, il t'arrivera même de penser que c'est la plus dure et la plus amère de toutes celles qui ont jamais été racontées sous le soleil, exact...

L'enfant sourit à cette sombre prophétie. Et tandis qu'il s'émerveillait, cherchait son cœur de bas en haut, et de droite à gauche, sous chaque empan de sa chair éblouie, Wademba délaça tristement son anneau de cuir pour le glisser au bras minuscule du héros. Puis, après avoir enroulé l'anneau sur lui-même, et l'avoir agrafé à l'un des petits coquillages qui en faisaient le tour, en rangée de boutons :

— Je ne serai plus là quand les choses arriveront, dit-il, et tu n'auras personne pour te guider de la voix; mais ceci est un bracelet de Connaissance et il parlera pour moi. Il ne parlera pas toujours d'une voix distincte et tu seras parfois obligé de te guider tout seul. Cependant, chaque fois qu'il parlera d'une voix distincte, il te faudra suivre scrupuleusement ce qu'il te dit, quoi qu'il t'en coûte, et même s'il t'ordonne de te jeter du haut d'un précipice : garde-le à ton bras et ne t'en sépare jamais ni de jour ni de nuit, ni dans l'air ni dans l'eau, sauf si tu quittes la forme humaine... Voici, il est maintenant à ton bras et tu n'as plus besoin de moi pour te guider, nostr'homme...

Le regard soudain vacillant, avec des gestes qui semblaient d'un somnambule, il défit lentement la sangle de cuir sauvage qui entourait sa taille et la tendit vers l'enfant :

— Ceci est un ceinturon de force : passe-le autour de tes reins et ne t'en sépare ni de jour ni de nuit, ni dans l'air ni dans l'eau, sauf si tu quittes la forme humaine...

» Voici : tu n'as plus besoin de ma voix pour te guider, ni de ma force pour te protéger. Mais attention, ne vas pas faire comme ces ténébreux qui nous écoutent au-dehors, et dont tout le plaisir est d'être semblables à des dieux. Je n'ai pas envoyé ta mère en bas pour que tu te livres à des prouesses dérisoires, tandis que les blancs vilipendent notre sang. Ton chemin est parmi les hommes, souviens-toi : ton chemin est parmi ceux d'En-bas et il se nomme tristesse, obscurité, malheur et sang...

Puis, se soulevant avec peine, avec des craquements de carcasse démembrée, Wademba se déploya vers les hauteurs de la case et apparut étrangement nu, étrangement vieux, étrangement impuissant sans les signes du pouvoir dont il venait de se défaire. Les yeux absents il fit quelques pas vers le foyer de pierre, s'y accroupit auprès d'une touque, mit un peu d'eau dans le creux de sa main et le fit glisser le long de son sexe immense, qui pendait comme un oiseau mort. Enfin gagna le fond de la case; s'allongea tranquillement sur le lit de fanes sèches, referma ses paupières sur le monde et dit :

— Demeurez en paix, vous autres : toi, Ti Jean, et toi aussi ma chère Awa, qui m'assenas des coups de bâton à cause de ton amour pour ton fils, qui était bien plus grand que ta petite âme effrayée. Quand le jour poindra, vous soulèverez le battant de la porte et descendrez au village sans vous retourner. Mes amis m'enterreront au pied du manguier, devant la case, et ils déposeront le fusil d'Obé sur mon corps : son heure venue, le petit garçon saura bien retrouver ma tombe...

Ti Jean et sa mère passèrent la nuit debout, tels que les derniers mots de Wademba les avaient atteints, abandonnés, sans esquisser un geste pour voir si le vieux respirait encore. L'enfant se répétait, au milieu de larmes paisibles, heureuses, qui semblaient n'avoir aucune fin, l'enfant se répétait que le plus vieil homme du monde est mort avec les yeux roses. Et puis juste avant l'aube, une voix s'éleva des vapeurs tremblantes du jour, une voix claire et désincarnée, qui semblait n'avoir plus aucune attache avec ce monde : *Il y a des temps et des temps que j'ai quitté mon village d'Obanishé, sur la boucle du Niger, et tous ceux qui m'ont connu dorment dans la poussière. Mais si tu te présentes un jour là-bas, toi ou ton fils, ton petit-fils, jusqu'à la millième génération, il vous suffira de dire que votre ancêtre se nommait Wademba pour être accueillis comme des frères... car*

j'appartiens à un sang très lourd et pesant, un sang de très longue
mémoire et qui n'oublie rien, pas même le passage d'un oiseau
dans le ciel... Obanishé, souviens-toi... sur la boucle du Niger...

L'enfant et sa mère firent comme le vieux avait dit. Aux
premières lueurs de l'aube, Ti Jean souleva la barre de la porte
et découvrit la troupe d'esprits qui avaient attendu toute la
nuit, plongés dans une immobilité de statues. Tous deux sortirent de la case ronde et s'en furent du plateau, sans se retourner une seule fois...

Parvenus au pied de la montagne, ils entendirent les premiers
battements d'un tam-tam qui dura trois jours, semant la déroute
parmi les âmes effarouchées de Fond-Zombi : puis la montagne
retourna au silence...

4

De retour dans la vallée, l'enfant se retrouva dans un monde
sans profondeur et sans écho, une savane désenchantée, un
bassin plat et à sec : le ceinturon de Wademba pesait inutile
à sa taille et il avait beau coller son oreille au bracelet de cuir,
gage de divination et de connaissance, nulle voix ne vint jamais
remplacer celle du vieux corbeau disparu...

A force de guetter ainsi, penché sur son avant-bras silencieux,
une, deux saisons tournèrent dans le ciel et Ti Jean s'aperçut
un jour qu'il était devenu un homme dans son pantalon. Ouvrant
les yeux, il vit à ses côtés une jeune fille de velours sombre,
épais, noir, violacé, tout emplie d'une sève inconnue, délecta-
ble. Quand ils marchaient sur la route de l'école, elle avançait
harmonieuse comme une balance. Et lorsqu'ils arrivaient à
la rivière, elle devenait un poisson volant qui saute par-dessus
la vague, la chair pleine et juteuse, scintillante au soleil, et
comme auréolée des millions d'œufs qui se pressent dans ses

flancs; ainsi, Égée était une femme dans sa robe, et il était bel et bien fini le temps des bassins calmes et réservés de l'enfance...

Quand tout cela apparut, on fit une petite fête en leur honneur, au bord du Bassin bleu. Et les deux enfants saluèrent une dernière fois la cascade, les roches blanches au milieu du courant, le vieux manguier touffu où ils avaient épelé l'amour. Auraient pu continuer leur manège en sourdine, comme bien d'autres. Mais assez de ventres calebassaient avant l'heure, et Ti Jean décida d'attendre l'âge de mettre la fille en case, avant d'habiter à nouveau son corps vivant. Cependant il entrait en tourment devant elle, craignait parfois de la basculer dans un champ, tchoupe, sans seulement y penser. Alors, au lieu de se rendre à l'école, il décrochait le vieux fusil à cartouches de son père, défunt Jean L'Horizon, et parcourait les bois en quête d'une tourterelle, d'une racoon ou d'un agouti : c'est ainsi qu'il devint chasseur de son métier...

A cette époque, déjà, la forêt entrait en déclin et les vieux prétendaient que le monde s'épuise, que c'est partout un seul et même pourrissement de l'eau, de l'air et de la terre, et rien absolument ne serait épargné. Elle était loin, l'époque des chasses miraculeuses, des pécaris filant par le travers d'une savane, à découvert, ou des ramiers s'égosillant dans les bosquets environnants. Les grosses bêtes s'étaient réfugiées sur les crêtes, en des refuges dont ne sortaient qu'à la nuit tombée; là-haut, tout près des nuages, elles étaient sous la protection des esprits de la montagne et bien rares les chasseurs qui s'y risquaient, plus rares encore ceux qui n'y perdaient pas la raison...

L'enfant avait commencé par battre le voisinage, pour s'en revenir juste avant le crépuscule, l'heure des esprits, une éternelle veste décousue aux épaules, et la taille enguirlandée de petits oiseaux. Et puis une force étrange l'avait obligé à pénétrer plus avant, dans le mitan de cette forêt. Les grands arbres l'attiraient. Parfois il se dévêtait auprès d'un jeune fût lisse et l'étreignait, s'abîmait dans le songe d'Égée. Un jour, comme il s'était mis à l'affût d'un racoon, tout près de la chute du Bradefort,

une femme sortit en tordant une chevelure plus longue qu'elle-
même. C'était une Maman d'l'Eau, toute noire avec des reflets,
des diaprures tirant sur le vert, et des formes liquides qui vous
la faisaient voir nageant, se déployant dans l'eau alors même
qu'elle marchait le long de la berge ou demeurait assise, immobile, sur ses cheveux enroulés en coussin. Ti Jean connaissait
la forme de toutes les apparitions, il se les était fait décrire
par les vieux chasseurs, ceux-là mêmes qui évoquaient le temps
des pécaris dans les cannes et des ramiers et ortolans sur le toit
des cases, à portée de la main humaine. Les vieux ne s'accor-
daient pas toujours dans leurs histoires; car les apparitions
aiment à vous égarer, vous faire perdre la tête, pour ne pas que
leur image demeure sur la rétine des mortels. Mais celle-ci était
bien une Maman d'l'Eau et il n'y avait pas lieu d'en avoir peur,
se dit-il en approchant de la créature qui sourit, incrédule, à
la vue de l'enfant :

— Petit garçon, sais-tu bien qui je suis?

Ti Jean toucha le ceinturon à sa taille, le gage de divination
à son bras et il lui sembla se trouver enveloppé d'une coque de
puissance, d'invulnérabilité sans pareille. Il fit encore un pas,
un autre et la créature reprit d'une voix inquiète, tremblotante :

— Sais-tu que ma vue est fatale aux mortels, le sais-tu?

Tout en parlant ainsi, elle cédait du terrain et entrait à recu-
lons dans le bassin, suivie de l'enfant qui ne savait plus comment
mettre ses yeux hors des couloirs immenses, éblouissants, qui
s'ouvraient entre les cils de la créature. Soudain elle projeta
vers lui des mains sans ongles et l'entoura d'un embrassement
bizarre, brûlant comme de l'huile chaude, cependant qu'elle
entraînait sa victime vers les profondeurs du Bradefort, sous
la gerbe mousseuse de la chute. Au bord de l'évanouissement,
Ti Jean se voyait déjà en noyé flottant à l'embouchure de la
rivière. A cette pensée, une rage le hérissa et il voulut habiter
la Maman d'l'Eau, afin qu'elle sût que ce misérable petit
mortel avait été homme dans son pantalon : mais, comme il
l'étreignait de la bonne manière, elle eut un cri de désespoir et
lui fila entre les doigts, en un million de bulles toutes noires
avec des reflets, des diaprures tirant sur le vert, qui disparurent
dans le fil du courant...

Cet incident enhardit le gaillard qui se risqua désormais vers les crêtes, en quête de gros gibier, jusqu'à passer des nuits entières dans la montagne, seul, abrité par un simple feu de bois. Une chienne emmenée dans les débuts était devenue folle, à cause des Puissances qui tombaient sur l'esprit de la bête incapable de leur résister. Et lui-même supportait à grand mal les apparitions nocturnes, zombis, chevaux à diables, boules de feu qui venaient rouler à ses pieds. Des animaux à traits humains venaient rôder autour de son campement, et puis un jour, s'enfilant au cœur d'un hallier, il reçoit un coup de bois dans le dos et se retourne, manque de s'évanouir devant le visage phosphorescent du nègre Filbert, mort et enterré depuis belle lurette. Mais l'apparition la plus éprouvante naissait à l'intérieur de lui-même, en sommeil. Avait beau veiller de son mieux, assis auprès du feu qu'il alimentait à mesure, nostr'homme n'était jamais parvenu à voir la pointe de l'aube. L'épouvante elle-même ne maintenait pas ses yeux ouverts. A un moment donné, des doigts d'une douceur angélique se posaient sur ses paupières et tout son corps entrait dans l'obscurité, devenait comme une case aux volets fermés, morceau de nuit baignant dans la grande nuit du monde. Mais une petite bougie subsistait au fond de lui et il se savait endormi, attendait craintivement la suite : le remous qui agiterait sa poitrine, la bulle naissant au coin de ses lèvres endormies pour se transformer en un grand corbeau à bec jaune qui faisait quelques pas dans l'herbe, histoire de se dérouiller les pattes, étirait avec soulagement les fortes membrures de ses ailes et filait, montait d'un seul trait au-dessus du monde...

Le souffle de Ti Jean était derrière les yeux du volatile et il s'enivrait de voir crêtes et pitons rocheux courir sous lui, comme laminés, égalisés par la hauteur, les pentes dérapant vers la plaine et ses immensités de champs de cannes, ses grappes minuscules de cases surmontées çà et là de cocotiers qui déployaient leurs tresses mouvantes. La terre n'était plus la terre et la lune se balançait dans le ciel comme le fruit d'un arbre perdu dans les profondeurs, et dont il entrevoyait vaguement le tronc, les branches. Ainsi voguaient-ils de concert, sous les étoiles, le corbeau et l'esprit de l'enfant accroché derrière ses petits yeux ronds. Puis, toujours avant l'aube, l'oiseau le ramenait auprès du foyer de cendres pâlissantes et de la silhouette qui n'avait pas bougé, semblait même ne plus respirer, les narines pincées et la bouche entrouverte sur la nuit. Alors la bête faisait à nouveau battre ses ailes, mais avec une nuance de regret, cette fois ; et puis s'insinuant entre les lèvres de Ti Jean, glissait dans sa poitrine endormie...

A son réveil, il retrouvait un élytre d'insecte au coin de sa bouche, un débris indéfinissable sur sa langue. Et tâtant son corps glacé par l'effroi, il basculait soudainement dans l'errance et le fluide, le fluide et l'errance. Mais sa tête ne s'en allait pas, elle demeurait bien vissée sur ses épaules, comme il se doit ; et au plus haut de l'épouvante, il éprouvait une étrange satisfaction à se trouver là, de son propre chef, et à pouvoir se dire que si sa cervelle en venait à se démonter, à force et à force, au moins la défaite serait sienne...

Quand il redescendait de la montagne, les yeux troubles, incertains, les gens murmuraient que le fils de man Éloise avait un bloc de terre sèche en guise de front, un bloc de terre sèche et dure et qui ne prenait pas la pluie. Mais ils se rassuraient en entendant son rire, aussi lisse et frais qu'autrefois, parfaitement innocent ; de sorte que tous comptes faits, ils trouvaient impossible que l'on soye une Puissance du mal, allons, avec un rire comme ça...

Il avait une quinzaine d'années lorsque sonna l'heure annoncée par Wademba, et c'était déjà l'un des nègres les plus élancés de Fond-Zombi et sections avoisinantes, Valbadiane et La Roncière, les hauteurs de L'Abandonnée, sinon l'un des plus hauts de toute la Guadeloupe : mais quand il rencontra sa propre histoire, un jour qu'il était allé à la chasse, nostr'homme ne la reconnut pas...

Livre Troisième

Où il est dit comment la Bête avala le soleil,
répandant l'obscurité sur le monde;
et comment pour finir elle avala Ti Jean,
malgré ça, malgré ça Bon Dieu.

1

Tout commença par un vol de canards sauvages, au début de la saison des pluies. L'arrivée de ces voyageurs faisait toujours sensation à Fond-Zombi. Quand ils apparaissaient dans le ciel, traçant une première boucle autour du volcan, une sourde jalousie animait le village devant ces créatures sans paroles et qui venaient de si loin, sans jamais se tromper d'escale, semblaient connaître leur chemin mieux que les hommes sur la terre. On leur enviait aussi leur constance, la régularité de leur vol, et jusqu'à la forme qu'ils dessinaient ensemble d'une flèche qui porte en elle-même son point de départ et sa destination : un tel voyage et qu'avaient-ils vu, débattu, enjambé de leurs ailes de soie verte, que savaient-ils de plus sur l'existence que le nègre?

Ti Jean avait lui aussi la passion des canards. La saison venue, il pouvait demeurer des journées entières à l'affût, dans la boue d'un marais, intrigué par ces bêtes qui avaient la régularité des astres et semblaient contempler de là-haut la course de tout l'univers... et sur elles il ne lâchait sa mitraille qu'à regret, comme tirant sur ses propres songes...

Cette année-là, il se trouvait sur les hauteurs du bois Saint-Jean, au bord d'un marécage qui servait habituellement de gîte aux visiteurs de l'espace. C'était l'aube, le soleil couvait encore derrière la montagne et l'on ne voyait aucun nuage, nulle tache de jaune ou de bleu : rien qu'un grand vide éblouissant. Une flèche lumineuse apparut au-dessus du volcan, ainsi que les années précédentes. Traçant un vaste cercle dans l'espace, le vol atteignit la verticale du marais et s'immobilisa, toutes ailes tendues, cependant que le canard de tête plongeait un long cou mélancolique vers le sol pour examiner le lieu de la prochaine halte. Ti Jean releva doucement le chien de son fusil, le cœur étreint d'une vague nostalgie d'homme, d'oiseau de passage; et soudain la flèche merveilleuse se défit, gagna la haute mer dans un beau désordre de plumes et de cris...

Le héros se demanda ce qui avait pu les effrayer à ce point, ces vaisseaux de long cours, eux qui en avaient tant enjambé de leurs ailes vertes. Et faisant quelques pas dans les roseaux, il se redressa de toute sa taille et vit une silhouette étrange de l'autre côté du marécage, juste à portée de fusil. C'était une apparition inconnue, en vérité, dont les vieux chasseurs ne lui avaient jamais parlé. On aurait dit une vache, mais haute comme plusieurs vaches ordinaires, avec un museau vaguement humain et deux rangées de cornes en lyre qui s'élevaient à la verticale de son front, lui faisant une sorte de couronne. Elle était couchée sur le flanc et sa robe d'un blanc vif étincelait de longs poils clairs, soyeux, transparents, qui évoquaient la chevelure de certaines vieilles. La gueule traînait dans l'herbe, le mufle entrouvert au ras de la terre; et toutes sortes d'animaux y pénétraient en silence, mulots, mangoustes et crapauds qui arrivaient en sautillant et s'accrochaient aux babines pour se perdre à l'intérieur. Les animaux semblaient obéir au commandement de ses yeux, d'un bleu extraordinaire et qui transperçaient le petit jour hésitant. Elle les faisait rouler lentement dans leurs orbites et quand son regard atteignit Ti Jean, il ressentit l'envie surprenante de traverser le marais pour se jeter, à son tour, dans la gueule béante de la Bête. Il plongea face contre boue et le rayon glissa par-dessus lui en produisant une sorte d'électricité, un crépitement de négresse qui ferre ses cheveux. Il pleurait, soupirait, tremblait de tous ses membres, songeant que n'était pas venu sur terre pour rencontrer une telle Puissance, dont les plus anciens du village n'avaient jamais fait état. Puis le rayonnement faiblit, le terrible regard se tourna dans une autre direction; et se dégageant de la vase, Ti Jean découvrit que l'engouleuse s'était mise debout et contemplait la mer au loin, de ses grands yeux humides et las qui semblaient implorer, se plaindre à la face du jour...

C'était vraiment trop d'hypocrisie pour une seule personne, même haute comme plusieurs vaches ordinaires. Pris de rage, il poussa hâtivement une chevrotine dans le canon de son fusil et visa la créature au défaut de l'épaule, dans la région que présumait du cœur. A cet instant, une forme ailée s'échappa de la monstrueuse oreille et fila vers les frondaisons qui cernaient le marais. Puis l'explosion se produisit. Une ombre circulaire apparut au creux de l'épaule gauche et, bondissantes, les billes d'acier se dispersèrent dans toutes les directions. La créature n'avait pas tressailli et continuait de regarder la mer. Ti Jean sut alors qu'il se trouvait devant un esprit placé si haut qu'il ne s'apercevait même pas de l'agitation des humains : c'était comme s'il venait d'envoyer sa décharge de mort en plein ciel, dans le but d'atteindre le soleil...

Comme il esquissait un geste de retraite, la forme ailée redescendit vers la Bête et se posa dans son oreille. L'oiseau semblait en grande agitation. Après avoir caqueté quelque chose, il pointa au-dehors un lourd bec à sac jaune de pélican, comme pour désigner le mortel à l'attention de son maître. Aussitôt la masse fabuleuse se mit en mouvement, redressée de toute sa hauteur et sa queue férocement déployée vers le ciel; et, perdant toute vergogne, Ti Jean fit demi-tour et commença à dévaler les pentes sans plus demander son reste...

Arrivé en vue du village, il pénétra dans la Rivière-aux-feuilles et se débarrassa des plaques de boue qui le recouvraient. Ses oreilles se redressaient de temps à autre, toutes surprises de ne pas entendre un martèlement de sabots. Quand il eut repris sang-froid, le bougre se demanda si ne devait pas signaler l'apparition à ceux de la vallée. Mais plus il y réfléchissait, plus lui semblait que les gens d'En-bas n'étaient pas d'humeur à accep-

ter une telle étrangeté. Depuis quelque temps, des jeunes revenus de France vous expliquaient le monde à la manière d'une
petite mécanique qu'ils connaissaient pièce à pièce, la montant
et la démontant dans le creux de leurs mains. Au commencement, les nègres de Fond-Zombi s'étaient trouvés tout décon-
tenancés devant ces blancs d'un genre nouveau, leurs propres
enfants, la chair de leur chair et le joyau de leurs entrailles, et
qui posaient maintenant sur eux un regard tendre et railleur
pareil à celui des maîtres anciens. Et puis les jeunes gens avaient
prononcé le mot de « Révolution » et les vieux du village avaient
ricané, après s'être enquis du sens exact de ce terme : marmaille,
avez-vous déjà vu des fantômes faire la révolution?... Cependant le mot avait plu et tout le monde s'était mis à le prononcer,
comme s'il contenait en soi une magie encore inconnue, comme
si allaient pour de bon se renouveler la terre et le monde et les
hommes, enfin, enfin, hélas Bon Dieu, à force de faire valser
ces divines syllabes sur la langue. Ti Jean lui-même en avait
été séduit, charmé au-delà de toute mesure, et ce n'est pas sans
peine qu'il avait poursuivi ses randonnées solitaires à travers
la montagne : or, voici qu'il en redescendait aujourd'hui avec
une histoire des temps anciens et qui n'était même pas attestée
par la tradition?...

Il haussa les épaules et traversa le pont de l'Autre-bord, fut
dans le village. Au fur et à mesure qu'il avançait entre les deux
rangées de cases, l'ombre gigantesque qui se mouvait dans
son esprit s'effilochait, perdait de ses contours. Il y avait d'extravagants braiments, des appels frénétiques, sonores, et c'était
la vie des humains qui se déroulait avec force et minutie tout
contre lui, la vie d'hommes et de femmes en souffrance et qui
rient au soleil. Sous la véranda de man Vitaline bavardaient
quelques jeunes gens des temps nouveaux. Ils évoquaient la
récente grève à la mort et disaient qu'il fallait tout refaire dans
le nègre, et la tête et le cœur, les entrailles, et peut-être faudrait-il aussi réglementer la parole, car voici, soupiraient-ils
avec amertume : le nègre parle et voit la lune en plein midi.
Ananzé se trouvait parmi eux, grand nègre rouge un peu dégingandé avec, au milieu de sa joue gauche, la cicatrice du coup
de crosse dont l'avait gratifié un gendarme dans la cour de

l'usine à sucre. Sur un signe discret de Ti Jean, il descendit les trois marches de la véranda et vint au-devant de son ami d'enfance, le scruta de ses yeux inquiets et perçants. Ti Jean eût voulu l'attraper par les épaules, comme autrefois, mais il se contenta de lui narrer calmement ce qu'il avait vu dans les hauteurs du bois Saint-Jean. Fallait-il signaler la Bête aux gens du village, ou bien prévenir les autorités ? Il ne savait que faire et avait cru bon d'en parler à son ami, voilà, acheva-t-il avec difficulté, la bouche sèche et le cœur battant. Ananzé prit alors un air ironique :

— Je ne sais pas si je suis ton ami, dit-il froidement; mais tu es encore le mien, et c'est pourquoi je te conseille de garder cette histoire pour toi...

— Quelle est cette façon de dire « cette histoire » : crois-tu que je l'ai rêvée ?

— Écoute, grand chasseur, je le sais bien que tu es un homme extraordinaire, et qui ne peut voir que des choses extraordinaires. Tu vas dans la vie, tu viens, tu ne manges pas comme les gens, tu ne bois pas comme les gens, tu ne travailles pas comme nous, tu montes dans les bois et tu parles aux esprits si ça te chante, car tu n'as peur de rien ni de personne, ni des amis ni des ennemis. Et qu'est-ce pour toi une fille qui pleure la nuit en cachette ? une ombre, de la fumée qui monte à tes yeux un instant et disparaît. Tu as vu une chose extraordinaire ? bravo. Moi je suis un homme ordinaire et tout ce que je peux te dire, c'est : garde pour toi ce que tu as vu, mon ami...

Les yeux brillants de larmes, Ti Jean gagna pesamment la demeure de man Éloise. La case était vide, toutes portes et fenêtres ouvertes à la rue; sans doute la pauvre créature était-elle quelque part à remplir son office de docteur-feuilles, à frotter d'herbes et à malaxer, pinçoter, chasser doucement le mal de ses longs doigts verts de lézard. Ému à la pensée des mains consolantes de man Éloise, le garçon déposa son attirail de chasseur et vint s'asseoir sur une marche d'entrée. Une pluie fine se gondolait à la brise tandis que les feuilles des arbres continuaient de recevoir les rayons du soleil. Elles scintillaient sous l'eau et la lumière, finissaient par ressembler à toute autre chose qu'à des feuilles. C'était un temps fort étrange, songea

Ti Jean, de ceux dont profitent les esprits pour faire une ronde sur la terre. Sous l'auvent d'une case voisine, une petite fille aux hanches grasses nourrissait un cabrisseau retenu à son poignet. C'était de la bouillie de dictame qu'elle présentait dans le creux de sa main, aussitôt aspirée par l'enfant cabri qui battait ses flancs de la queue, à petits coups précipités. Un garçonnet s'arrêta pour voir le manège, un tout-nu lui aussi, rieur, l'ombilic en noyau, et sans lever les yeux la petite fille lâcha brusquement :

— On te trouve donc partout, l'Anatole...

— Qu'est-ce que ça peut te faire : est-ce que je te gêne, des fois ?

— Oui, ta gueule me gêne, déclara la petite fille sur le ton de la conversation la plus ordinaire.

— Et pourquoi ça ?

— Parce que dans des gueules comme la tienne il ne rentre aucun bon mets, et je parie que tu n'as pas idée du goût que peut avoir le poisson.

— Ma petite, je t'affirme que je le connais le poisson et je te dirai même plus : une fois par mois, nous mangeons de la viande fraîche...

— Et moi je t'affirme que tu mens, l'Anatole. Ne dit-on pas qu'on a tué le porc chez toi la semaine dernière, pour le vendre entièrement, si bien que tu es resté sans manger de viande une fois de plus : pourtant quand on abat une bête chez soi, c'est pour la déguster en famille, non ?

— C'est ce que dit le monde, mais il dit beaucoup de choses, ma petite. Par exemple, ça m'est venu que tu aurais été enlevée par un diable, tout en haut de la montagne, dans la bouche du volcan : et même qu'il jouait avec toi, qui étais consentante...

La fillette plongea ses poings dans ses joues et souffla, heureuse :

— Consentante ?

— Vraiment tu n'es pas une petite fille, poursuivit le gamin d'un air concentré. Tu es une femme, l'Elvina, et tu prends sûrement déjà des hommes. Mais regardez-la avec son cul nu, combien d'hommes a-t-elle eus, hein ? et ce n'est pas étonnant avec la mère que tu as : chaque enfant, chaque papa différent.

Veux-tu que je te dise? ta maman est une maison qui se fait couvrir par n'importe quelle tôle, n'importe quelle paille; tous les hommes vont vers elle, c'est une malpropre. Voilà ce que j'avais à te dire : réponds, si tu le peux...

La fillette parut un instant interloquée; elle ferma les yeux, ses poings toujours enfoncés dans ses joues, pour retenir l'allégresse qui montait de tout son corps noir et frais, rebondi comme une pomme. Enfin elle déclara avec effort :

— Je pourrais me taire, car tes paroles ne sont que des cartouches vides, des cartouches sans charge dans un fusil rouillé. Mais le sais-tu pourquoi les hommes vont à ma mère?

— C'est pas difficile, commença le garçon.

— Mon cher, le coupa-t-elle sans se démonter, laisse-moi te dire que si les hommes vont à ma mère, c'est tout simplement parce qu'ils la trouvent bonne. Tandis que la tienne, quel malheureux voudrait d'elle?... C'est un fruit à saveur déjà passée et qui tourne en eau, elle peut bien rester jusqu'à la fin des temps sans qu'aucun ne la visite. Ma mère n'est jamais montée sur un toit pour héler un homme, mais prends bien garde, l'Anatole, prends bien garde que ça n'arrive à la tienne...

Là-dessus, la petite fille eut un rire d'une étrange beauté cristalline et le garçon s'étrangla, tandis que ses mains s'élevaient en l'air, pour bien marquer qu'il abandonnait le tournoi. Puis le vaincu salua poliment et s'en fut, hilare, l'ombilic pointé en avant; et revenant à l'enfant cabri qui réclamait sa dictame, l'enfant humaine se mit à chantonner un air léger, allègre, frissonnant comme de la dentelle, qui nimbait de gaîté la grande mélancolie des paroles anciennes :

Ma mère est partie
Avec le bocal de sucre
Et maintenant chaque matin
C'est un café amer que je bois

Ah si vous voyez ma mère
Ne lui dites ne lui dites pas
Quel beau crabe aveugle et sans trou
Elle a mis sur la terre

Assis sur le pas de la porte, Ti Jean ne se tenait plus d'aise à cette petite scène de la vie quotidienne de Fond-Zombi, qu'il avait tant négligée pour la contemplation des grands arbres, toutes ces dernières années. Il avait cru marcher sur un chemin qui a du cœur, lutter à sa manière, là-haut, comme l'ami Ananzé luttait en bas à la sienne. Mais peut-être avait-il perdu son temps sur les crêtes, petit garçon qui avait pris le monde pour la surface d'une table, alors que bien des couches s'étageaient par en dessous, jusque-là insoupçonnées. Et tout à coup, assis sur le pas de sa porte, il ressentit un moment que les cases de Fond-Zombi n'avaient aucun point d'appui véritable dans le monde : elles pouvaient vaciller, décoller, s'arracher à tout instant de leurs quatre roches et disparaître, au fond du ciel, sans laisser plus de traces qu'un envol de canards sauvages...

Une heure ou deux s'écoulèrent ainsi dans un songe, entre-mêlé de quelques gestes quotidiens : fendre du bois, creuser une fosse d'ignames, enfiler un lot de feuilles à man Éloise et les suspendre au plafond en banderoles. Il n'était pas loin de midi quand les premiers cris retentirent à l'entrée du village. La pluie avait passé, la terre fumait douce au soleil; et se portant au-dehors, Ti Jean vit l'esprit du marécage qui galopait tranquillement au milieu de la rue, soulevant à chacun de ses pas un flot tournoyant de poussière molle, vaporeuse...

L'échine de la Bête dépassait les toitures rouillées du village, mais son mufle béait au ras du sol et il en émanait un gémissement doux, funèbre, qui vous glaçait les entrailles. Des silhouettes fuyaient vers les cases ou bien plongeaient dans le fossé, s'abî-maient en hurlant. D'autres demeuraient en statues et subitement, au passage de l'engouleuse, elles se précipitaient vers l'énorme bouche d'ombre qui les saisissait délicatement, d'un coup de langue désinvolte. Il y eut des coups de feu et un homme se rua avec un sabre de cannes qui vola en éclats, comme s'il en avait frappé le flanc d'une locomotive. Ti Jean se sentit en grand' faiblesse et gagna l'intérieur de la case, appuya rêveuse-ment son fusil sur le rebord de la fenêtre. Toute la rue était vide, portes et volets clos devant la Bête qui avançait mugissante, le col droit, les naseaux tournés vers le ciel, et ses yeux clairs fixant le sommet de la montagne avec une désolation inexprimable. Comme elle arrivait à hauteur de son affût, il voulut la saluer d'une seconde décharge de chevrotines et, à sa grande surprise, son index demeura paralysé sur la détente. Au même instant une silhouette d'enfant jaillit de la case voisine, soulevée dans l'air immobile comme fétu de paille au vent; et puis la petite fille au cabri tourbillonna, vint se poser sur l'énorme langue pantelante et disparut, aspirée toute vive, intacte...

Parvenue au milieu du village, la Bête vira brusquement en direction du petit morne de cannes qui surplombe la route, à cet endroit, avec un œil sur Fond-Zombi et l'autre sur la mer. Et là, s'arc-boutant de tous ses jarrets, comme pour sauter un fossé, elle s'éleva vivement dans l'air bleu de cette immortelle fin de matinée, la queue raidie dans le prolongement de l'échine et les pattes lancées aux quatre coins cardinaux. Le soleil roulait haut sur l'horizon et plusieurs personnes sorties de leurs cases virent l'apparition s'en approcher la gueule béante, toute auréolée de ses cheveux blancs qui jaunissaient à mesure; et puis engloutir l'astre, ouape, comme elle avait fait des enfants rencontrés sur le bord de la route...

La nuit ne tomba pas aussitôt. Il y eut d'abord une sorte de reflux d'eau qui hésite, de marée qui s'immobilise, un instant, diffuse un peu de son écume avant de glisser vers les gouffres. Et, au travers de cette lumière stagnante sur les choses, Ti Jean vit une flamme jaune en grand rayonnement à l'intérieur de la Bête, tout là-haut, au fond d'un corridor sombre, dans une région déjà obscurcie du ciel...

Puis elle amorça une trajectoire descendante, pour venir se déposer de l'autre côté de la montagne où elle s'éteignit, soudain, fabuleuse luciole, en même temps que la terre plongeait dans la nuit complète...

On vit tout de suite que ce n'était pas la nuit ordinaire, le grand épervier noir qui tombe sur le monde, lorsque le soleil passe de l'autre côté des crêtes et livre la Guadeloupe à l'obscurité chaude et vivante, tissée de mille paroles sacrées. Il y eut d'abord le silence de toutes les bêtes de jour, tandis que celles de nuit attendaient encore dans leurs trous, sachant que ce n'était pas l'heure. Puis les couleurs moururent les unes après les autres et c'est alors que la nuit véritable s'installa : une nuit plus grise que noire, une sorte de fumée épaisse qui s'insinuait entre les choses comme un brouillard, les séparant lentement les unes des autres, bêtes et gens, arbres, pierres, chacune réduite à sa propre solitude...

Ceux qui étaient dans leurs cases s'y assirent en tremblant, n'osant remuer, branler du cou, faire un geste qui les enfoncerait davantage dans l'obscur, telles des personnes en train de se noyer et qui s'immobilisent, de crainte que le mouvement ne les entraîne plus vite au fond. Et ceux qui se trouvaient dans la rue ou dans le voisinage immédiat demeurèrent eux aussi sur place, rassurés, calmés par la proximité d'un arbre familier, d'une habitation proche. Mais il y en eut que le malheur enveloppa à de grandes distances de chez eux, dans les bois, dans les champs de cannes, dans les rivières en train de laver du linge. Ignorant ce qui venait de se passer au village, et n'ayant pas vu la Bête voler vers le soleil, n'ayant pas même entendu le bruit de ses sabots sur la route, il leur sembla tout à coup qu'ils vivaient un rêve intolérable dont il leur fallait sortir au plus vite, en faisant n'importe quoi. Ils allaient les uns vers les autres et se touchaient, se pinçaient, se mordaient jusqu'au sang pour faire cesser le rêve. Quelques-uns se jetèrent des pierres, d'autres envoyaient des coups de sabre au hasard, vers le sol, vers le dos d'un bœuf ou d'un voisin. Et plusieurs tournèrent leur arme contre eux-mêmes, prenant plaisir à s'entailler, férocement, comme s'ils attendaient depuis longtemps l'occasion de se détruire ainsi, en songe, assurés de ressusciter dès la fin du rêve. On sut ensuite qu'à Pointe-à-Pitre s'étaient déroulées de véritables scènes d'épouvante, les voitures se télescopant, fonçant dans les maisons ou renversant les poteaux électriques, ce qui entraîna la panique dans les grands magasins plongés dans l'obscurité. Pendant ce temps, un navire qui entrait dans le port se jeta droit sur le quai principal, entraînant deux ou trois cargos dans l'incendie, puis toute la rade soudain recouverte d'une couche de naphte en feu...

Le vent de panique tomba avec la nuit véritable, la nuit qui était venue tous les jours, depuis le commencement, la belle nuit reine du monde avec son écharpe d'étoiles autour du cou. Alors les gens se calmèrent et ceux qui avaient des bêtes les nourrirent, puis se portèrent vers les humains pour leur parler, les réchauffer et recevoir de la chaleur. Et comme ils avaient retrouvé lune, étoiles, voie lactée entourant la reine de l'ombre, quelques-uns finirent par se persuader que « compère général soleil » se lèverait le lendemain matin, comme d'habitude...

Néanmoins, nombre d'habitants de la Guadeloupe passèrent cette nuit en grand'veille, car ils n'étaient plus très sûrs de la fidélité de l'astre. Il en fut ainsi dans les campagnes, surtout parmi ceux qui se sentant maudits depuis toujours, avaient toujours attendu la catastrophe; et, ignorant encore ce qui se passait dans le monde, faute de la TSF, croyaient qu'ils avaient été spécialement frappés pour la noirceur de leur âme et de leur sang...

2

Cette nuit-là, nuit d'entre toutes les nuits, la case de man Éloise ne désemplit pas. C'était cohue, bacchanale délirante. Les gens se collaient à Ti Jean et imploraient encore et encore le récit de son aventure dans le marais, comme dans l'attente d'une révélation. Lui qui avait eu le temps de voir la Bête, de l'examiner d'un œil expert, habitué aux esprits nocturnes de la montagne, peut-être allait-il enfin se décider à leur délivrer une parole, un oracle définitif? Mais le bougre s'obstinant, stupidement accroché aux faits, ils en vinrent à mettre en doute la simple description qu'il leur faisait du monstre. Bientôt chacun eut sa bête à lui, différente de toutes les autres. Tel se sou-

vint subitement d'une chaînette d'or à son cou, tel d'une paire
de bras tendus en arrière, sur son échine, les mains ouvertes
en une sorte d'éternel élan, et tel de fines lamelles de verre qui
se mouvaient sur elle, s'entrechoquaient avec un bruit de cristal. Et pour certains, ce n'était pas une vache aux longs cheveux
blancs qu'ils avaient vue, mais très exactement un démon, un
mauvais, un immonde et un ténébreux, un malin, un astaroth
et un pied fourchu, un satan pareil à celui que saint Michel
terrasse sur la peinture de l'église de La Ramée, au-dessus du
bénitier : grand diable noir et lippu, hérissé de sept têtes qui
sont en réalité sept âmes tourmentées, torturées, s'efforçant
chacune pour son propre compte de maintenir l'état du mal sur
la terre...

Les gens ne restaient pas en place : ils entraient, écoutaient,
donnaient leur avis et se précipitaient dehors, un fanal allumé
à la main. Ils entraient et sortaient, et c'était un seul travail de
la langue. Une galopade. Une chevauchée de nouvelles lancées
au hasard et rien que pour le plaisir de donner forme à un songe,
une terreur subite. Les premières heures, le débat tourna surtout
autour de la Bête, sa réalité secrète et son apparence multiple,
la façon désinvolte dont elle s'était envolée à l'assaut du soleil.
Mais quand la radio se remit en marche, sur le coup de minuit,
une grande partie de la foule se précipita vers les cases qui dis-
posaient d'une boîte à musique. Et lorsqu'on sut ce qui se passait dans le monde, les événements de Fond-Zombi perdirent
aussitôt de leur importance. La catastrophe avait éclaté partout.
Des villes entières brûlaient, Paris, Lyon, Marseille, Bordeaux.
De tels faits dépassaient l'imagination, et il fallut un long moment
aux bonnes gens de Fond-Zombi pour admettre que le soleil
s'était éteint pour tout le monde, sans exception aucune, y
compris les cités glorieuses de Métropole qui avaient assisté
à sa disparition soudaine, à son extinction subite, instantanée,
pareille à celle d'une bougie dont on pince la mèche entre les
doigts. Au moins, se dirent-ils, apprenant tout cela par la TSF,
au moins cette fois nous ne serons pas seuls dans le malheur.
Mais certains regrettaient un peu qu'il en fût ainsi, regrettaient
sans regretter, si vous voulez, mais regrettaient tout de même de
ne pas être les seuls atteints sur la terre des hommes... car ce qui

leur avait paru un événement unique, indiscutable, une catastrophe de première grandeur, qui flatta leurs cœurs avides de panache, disparaissait lamentablement dans la nuit universelle...

Sur le coup de deux heures du matin, les gens arrivèrent la bouche pleine de mots attrapés à la radio, des mots curieux, savants, pareils à des toupies ronflantes et qu'ils vous lâchaient avec une lenteur solennelle, comme autant d'explications lumineuses du désastre. Il n'y avait pas lieu de s'affoler, disaient-ils, se tordant les mains d'angoisse, pas lieu de perdre la boule pour une quelconque éclipse due au passage d'une comète sur la face du soleil. Et les plus « docteurs » évoquaient d'un air entendu les centaines de fusées qui montaient dans le ciel, avec pour mission de ramener l'astre égaré. La radio ne mentionnait jamais les événements dont on avait été témoin, n'y faisait pas la moindre allusion, aussi voilée que soit. Et peu à peu l'ombre d'un doute plana sur le souvenir de la Bête, de sa course furieuse et de son ascension dans le ciel, dont certains parlaient maintenant comme d'une chose un peu ridicule, une chimère, une vision d'ivrognes et de marécageux, une couillonnade qui aurait enflammé l'âme de quelques nègres désœuvrés. Ceux-là même qui l'avaient vue n'osaient plus y croire; et ceux qui y croyaient encore, pour avoir perdu sous leurs yeux un parent, un ami, n'osaient plus les évoquer dans le cataclysme général. Après tout, c'était peut-être aussi bien une sorte de vision qu'ils avaient eue, un songe, une fumée de nègres anciens, une fable qu'ils s'étaient racontée à eux-mêmes pour se donner un peu d'importance sur la terre; et y réfléchissant, leurs grandes prunelles brûlantes de tristesse, de confusion et de désarroi, ils se glissaient furtivement au-dehors, abandonnant Ti Jean à son obstination têtue, maniaque...

Seule Égée n'était pas venue aux nouvelles. Et tandis que les voisins le harcelaient, l'embarrassaient, Ti Jean revoyait une petite fille sortant ruisselante de la rivière, un poisson rouge dans le creux de sa main. Il avait écouté la rumeur de son histoire, la belle histoire que lui avait promise Wademba, et pour cela il s'était éloigné de ce trésor, cette maldave offerte, ce jardin d'herbes sauvages qui l'avait attendu, nuit après nuit, tandis qu'il veillait absurdement sur les crêtes. Il avait toujours su que le nègre fait partie des mystères du monde, étant un tel mystère à ses propres yeux. C'était un sentiment confus qui lui venait de temps en temps, face à certaines conduites des gens de Fond-Zombi, à leur divagation, leur goût pour l'extravagance et l'inutilité : il découvrait que des entrailles de man Éloise était sorti le plus fou...

Quand il fut seul dans la cuisine déserte, Ti Jean posa ses deux poings sur la table, le pouce à l'intérieur, et entra doucement en rêverie. Man Éloise dormait dans la pièce voisine, pipe en bouche et un doigt sur le tuyau comme pour en tirer une bouffée, un souffle d'espérance. L'esprit du garçon était entièrement vide, dans l'attente d'une voix qui surgirait de l'anneau. Il ne perçut pas immédiatement la série de petits coups légers donnés à la porte d'entrée :

— Petit garçon c'est nous, le père Kaya et sa fille qui ne sommes pas des esprits errants, mais seulement deux chairs humaines qui veulent t'en conter...

La silhouette du père Kaya se profila dans l'encadrement de la porte, grand corps dégingandé à la tête molle d'iguane, avec une bouche aux lèvres absentes et d'aimables yeux ronds qui vous fixaient d'un air non pas désorienté, mais définitivement étonné, extatique. Ti Jean sourit en lui-même. A l'encontre de ce qu'il venait d'affirmer, le bonhomme avait bel et bien l'allure d'un esprit errant, en divagation entre ciel et terre. Il s'était mis en tenue de cérémonie, chemise blanche et une rognure de pantalon soigneusement repassée, avec aux pieds des sandales découpées dans des jantes de bicyclette. Soudain il étira ses lèvres et sur le ton de la confidence, comme si des hordes d'ennemis étaient suspendues à sa voix :

— Les choses suivent leur cours, dit-il, elles ne font que suivre leur cours et si la vie finit cette nuit, peut-être qu'elle recommencera demain... car tout peut arriver sur la terre et l'homme n'est qu'un grand vent : il passe, il siffle et disparaît mais qui a disparu ? nul ne le saura jamais...

Sur ces paroles étranges, décousues, le père Kaya écrasa

d'un coup sec une larme contre sa narine, ainsi qu'il l'aurait fait d'un moustique; et, haussant les épaules avec désespoir, tout navré de n'avoir pas trouvé les paroles qui enchanteraient le mal, il eut un petit signe de la main et s'engouffra subitement dans la nuit...

Égée était demeurée sur le pas de la porte, l'examinant de l'air paisible et retenu du suppliant devant le sorcier, celui qui va lever le voile dont s'enveloppe le maléfice, et renvoyer la flèche d'où elle est venue. Elle semblait attendre qu'il ramène l'astre perdu et vienne le déposer dans le creux de sa robe, là, au milieu de la case. Il eut un geste d'impuissance et elle détourna son visage, s'assit sur la première marche de l'escalier. Ti Jean souffla la lampe à pétrole, vint s'asseoir à côté de la jeune fille qui levait son visage vers les étoiles, comme pour y retrouver un reflet, la trace lointaine de l'éclat du soleil...

Ils demeurèrent ainsi tout au long de la nuit, côte à côte, sur le seuil de la porte. Le souffle de la jeune fille était calme, mais Ti Jean savait que l'épouvante habitait son front bombé. Il retrouvait l'odeur ancienne d'épices et de sable humide, et le parfum d'ilang-ilang qu'elle se posait sous les aisselles, depuis enfant, à cause de la transpiration. Elle n'avait guère changé depuis cette époque, en dépit de sa robe du cours complémentaire et des anneaux, de cette coiffure à l'embusquée qui lui donnait par instants fugitifs l'apparence d'une femme. Mais peut-être le menton avait-il minci, le front s'était-il davantage bombé, lui imposant une sorte de gravité qui n'était plus celle de l'enfant qu'il avait connue. Et maintenant la voix des années perdues montait en lui, cependant qu'il se disait avec amertume : tu es allé à la chasse, nègre, et tu as perdu le chien et l'agouti. Au loin, du côté de la rade, un panache de fumée fusait par saccades, pour éclater en une immense fleur jaune qui voilait toute une région du ciel. Çà et là des ombres erraient, sur la route, appuyant un transistor contre l'oreille; certaines suivies d'autres ombres qui interrogeaient, demandaient des précisions. L'une d'elles s'immobilisa et Ti Jean reconnut ce grand nègre rouge à boursouflure au milieu du front, cicatrice du fameux coup de crosse dont l'avait gratifié un gendarme, devant le portail de l'usine à sucre. Au fond de leurs orbites creuses, les yeux d'Ananzé se mouvaient follement, inlassablement, comme deux merles qui se refuseraient à voir les barreaux de leur cage. Puis le garçon traça un grand geste dans l'ombre, comme pour englober la folie de Ti Jean et la sienne propre, qui sombraient toutes deux dans la même inutilité; et, soudain pris de pudeur, il eut une grimace et détala vivement sous les étoiles. Égée semblait avoir attendu cet instant pour ouvrir la bouche :

— Peut-être le soleil reviendra-t-il demain...

— Peut-être bien...

— Je ne crois pas que le soleil revienne, dit-elle sans regarder le garçon.

Une joie tendait ses joues, et elle avait mis discrètement une main devant sa bouche, ses dents, son fou rire bizarre; et comme aucun son ne montait de sa gorge, ses yeux brillaient de tout leur éclat.

— Égée, ma chère Égée, la blagua doucement nostr'homme, ça n'a pas vraiment l'air de t'inquiéter tout ça, à croire que tu as des entrailles d'écrevisse...

— Ne parle pas ainsi. Mes entrailles sont d'une femme et tu le sais, une femme ne peut jamais être tout à fait surprise par ce qui arrive...

Elle évitait toujours de le regarder, et puis sa voix reprit avec une sorte de tremblement humide, comme retenue sur le bord des larmes :

— J'ai toujours su que la vie c'est l'océan, ce n'est pas la rivière, et elle ne va nulle part... Au moins, as-tu trouvé ce que tu cherchais ?

— Ce que je cherchais ?

— Souviens-toi, tu étais tout le temps à regarder ailleurs, à guetter les nuages, comme Ananzé...

— Oui, je guettais les nuages et la pluie que j'attendais n'est pas tombée... Mais pourquoi, pourquoi me parles-tu d'Ananzé ?

Elle pensa aux années perdues et sourit dans l'ombre, pour dissimuler l'émotion :

— Lui aussi il voulait sauver le nègre, Ananzé...

— Et toi, ma petite laitue verte, que voulais-tu sauver?
Elle eut à nouveau ce rire muet :
— Moi, je voulais seulement être sauvée...

Les étoiles s'éteignaient une à une et des portes s'ouvraient,
des visages se tendaient avidement vers le ciel qui virait en une
sorte de grisaille parcourue de lueurs intermittentes, semblables à des éclats de mica dans un sable noir. Puis la nuée de la
veille redescendit vers les hommes, se posa sur la cime des arbres,
doucement, et la nature entière marqua un temps de silence
avant que le brouillard ne recouvre toutes choses, à la façon
d'un voile de tulle, une moustiquaire invisible qui filtre, isole
et partage. La jeune fille avait espéré jusqu'à la fin, malgré tout :
mais quand le voile d'ombre les toucha, elle et son nègre des
bois, les recouvrit ensemble et les sépara, elle eut un bref sanglot et s'enfuit en direction de la case paternelle...

3

Un peu plus tard, désespéré par la fuite silencieuse d'Égée,
nostr'homme s'interrogea au milieu des ténèbres et crut entendre un déclic en lui, un signal avertisseur. Aussitôt, il se demanda
s'il ne venait pas de rencontrer sa propre histoire, celle-là même
que lui avait annoncée Wademba. Jusqu'à présent, il avait
seulement rêvé d'une histoire de nègres, de révolte et de sang,
une histoire qui serait sortie de la bouche de son grand-père,
censément, avec une course dans l'ombre et une chute, un foudroiement; et voici, se dit-il un peu ébloui, malgré tout, voici
que son histoire se confondait avec le destin du monde, la courbe
du soleil dans le ciel?
Au retour des étoiles, il enfila le sentier du plateau pour
prendre possession de son héritage, l'arme précieuse qui l'atten-

dait sur la tombe de Wademba. Il se voyait déjà trouvant la
Bête de son fusil magique, et puis le soleil reprendrait sa place
au-dessus de Fond-Zombi, au-dessus de la Guadeloupe et du
monde, tandis que lui-même s'en descendait dans l'ombre
éternelle, à la fois vainqueur et vaincu, conformément à la destinée des héros. Il se voyait, il se voyait déjà, il assistait en première loge au spectacle, quand soudain une peur abjecte le
saisit de partout et le projeta au bas des pentes, la bouche
ouverte sur un cri muet...

À Fond-Zombi, ce n'était encore que le premier battement
de cils de la nuit, mais ce jour-là Ti Jean plongea d'un seul coup
dans la nuit complète. Les lucioles brillent dans la nuit, mais
c'est pour éclairer leur âme, leur propre âme avant celle du
monde, dit le proverbe; tandis qu'à vouloir ramener le soleil
sur la terre, il n'avait fait que s'enfoncer davantage dans l'obscurité, et s'y perdre...

Pendant que le héros se morfondait, cherchait son cœur dans
sa poitrine et ne le trouvait pas, une existence nouvelle avait
commencé au village. Les gens restaient toute la journée en
case, portes et volets fermés, attendant que la lune se lève pour
aller aux nouvelles, fouiller quelques racines au jardin ou men-
dier un peu d'huile en boutique. Et puis la couverture grise
tombait des hauteurs, et l'on se précipitait chez soi en silence,
tout pénétrés d'une transe inconnue devant l'aspect que prenaient les choses dans le brouillard, solitaires, figées une fois
pour toutes, hors la mouvance de la vie. Les arbres eux-mêmes
semblaient faits d'une matière inerte, étrangère, de grands objets
inquiétants qu'on aurait sortis de boîtes d'emballage pour les
poser dans le décor, leurs branches encore entourées d'ouate.
Les journées étaient longues, très longues, et chaque minute
était un long temps au cours duquel les chairs se dissolvaient,
les os tombaient en poussière. La radio avait complètement
cessé d'émettre et les oiseaux eux-mêmes étaient silencieux,
rendus tout d'un coup muets. Ils voletaient autour des torches,
dans la nuit grise, et la soie de leurs ailes vous emplissait le

cœur d'appréhension. On les attrapait à la main, et l'on tirait le gibier depuis le pas des portes, les bêtes attirées par la lumière venant d'elles-mêmes au-devant des fusils. Puis, le mécanisme d'horlogerie qui reliait tout ce monde aux astres se dérégla lui aussi; et peu à peu les oiseaux se raréfièrent, disparurent tout à fait, entraînant dans leur retraite silencieuse toutes les bêtes descendues de la montagne et qui avaient appris à inverser le temps, comme les humains, pour qui la lune était désormais l'astre du jour...

Une fois par semaine, des camions venus de la Pointe-à-Pitre amenaient farine et sucre, pétrole, boucauts de morue sèche en mairie de La Ramée. Les distributions avaient lieu le dimanche, au lever de la lune. Elles se faisaient à vue et des centaines de torches descendaient des mornes environnants, vers le bord de la mer, guidant les chars à bœufs qui brinquebalaient vieillards et impotents, femmes enceintes. Là, devant la petite église coloniale, la première messe réunissait maintenant des assemblées énormes de fidèles agenouillés sur la grand-place, où des haut-parleurs accrochés aux arbres répandaient la parole de Dieu. Au moment du sermon, un vent de panique courait sur les centaines de têtes crépues, car les gens craignaient que le prêtre ne leur impute la responsabilité des événements actuels. Mais il n'en était rien, à leur grand soulagement, et si le Père tonnait plus que jamais contre le diable, n'avait plus l'air de lui voir la couleur noire et enfermait désormais toute l'engeance des hommes dans un même sac à malédiction. Un soupir glissait sur la foule émue de reconnaissance. Les gens se remettaient debout, essuyaient leurs genoux incrustés de sable et venaient prendre place le long des grilles de la mairie, où avait lieu la distribution. Des projecteurs étaient accrochés aux grilles et les camions se tenaient au fond de la cour, encadrés des soldats de la garnison de Basse-Terre. On avançait entre deux rangs de mitraillettes jusqu'à une table où le maire pointait votre visage, et mettait une croix sur la liste. Puis, on passait à l'arrière d'un camion et les gendarmes vous distribuaient la ration de la semaine.

Blancs dans leurs uniformes et noirs dans leurs loques semblaient également prostrés; et chaque fois, arrivant au cul d'un
camion, Ti Jean songeait que les uns et les autres n'avaient eu
que la mort en partage, jusqu'à ce jour, tandis qu'un deuxième
lien les unissait désormais et c'était l'épouvante. Puis il attrapait sa mendicité de farine, de pétrole, et errait dans le bourg
parmi les centaines de torches qui se traînaient entre l'église
et la mairie. Il ne cherchait pas de visage connu et se contentait de flotter, lui aussi, emporté par la foule, avec ce brouillard
dans le cœur qui le séparait du monde entier, sauf man Éloise,
pour laquelle il avait encore de bons yeux. Derrière l'église,
sous les flamboyants du cimetière, une poignée d'incongrus
se chuchotaient les dernières nouvelles de la comète. D'une
semaine à l'autre, les commentaires allaient bon train, chacun
voyant toute cette histoire aussi claire que de l'eau de roche,
sauf que l'éclipse s'éternisait un peu. Or un dimanche, avisant
ce grand extasié de père Kaya qui tirait lui aussi des plans sur
la comète, nostr'homme ne put retenir son étonnement et lui
glissa dans le creux de l'oreille :

— Comment pouvez-vous dire cela, père Kaya; étiez-vous
donc au fond de la mer, à jouer avec les petits poissons, quand
cette maudite vache a traversé Fond-Zombi?...

Le père Kaya tourna vers lui ses yeux de ramier sur la branche,
éternellement aux aguets, et d'une voix absente :

— Prends pitié, fils, ne va pas charger encore ma barque,
en cette mer démontée où nous périssons. Tout ce que je sais,
c'est que les blancs connaissent le ciel mieux que moi le fond
de mon pantalon : ils grimpent là-haut avec leurs fusées, ils
comptent les étoiles une à une, et les appellent chacune par
son nom. Est-ce à moi, Auguste Kaya, de leur dire ce qu'il
en est du soleil?... et finalement, pour te bailler tout ce que j'ai
sur le cœur : crois-tu que les gens de Fond-Zombi ont de meilleurs yeux que tout le monde, et qu'ils seraient les seuls à avoir
vu cette... chose monter dans le ciel, si elle avait fait ça?

Ti Jean haussa les épaules avec lassitude :

— Alors qu'est-ce que nous avons vu, petit père?

— Mon fils, lui rétorqua gravement le père Kaya, laisse-moi te
dire que nous avons vu des rêves de couillons : un point c'est tout.

Un de ces dimanches, s'en descendant de la montagne, les gens de Fond-Zombi trouvèrent l'église déserte et vide la cour de la mairie, pas même l'ombre d'un gendarme : toutes les autorités blanches avaient disparu, volatilisées dans les ténèbres...

On remonta sans bénédictions, sans nulle provision autre qu'abandon et détresse. Il fallut se rabattre sur les dernières cannes à sucre, les ultimes racines oubliées dans le sol. Mais ces plantes elles-mêmes prenaient une drôle d'apparence, toutes traversées de grisaille et de nuit, et l'on se demanda où elles iraient les pauvres si la comète s'obstinait à demeurer collée contre la face du soleil. C'est au milieu du désarroi montant que furent dévalisés la boutique de man Vitaline et le minuscule débit de Cyprienne. Le lendemain, les blancs sortaient leurs armes et les distribuaient à leurs domestiques, à bon entendeur salut. On se tint désormais à bonne distance des maisons à colonnades et à portail, qui recelaient, disait-on, des masses fantastiques de haute boustifaille, de quoi nourrir la Guadeloupe tout entière et ses dépendances. La vie des planteurs semblait assurée et l'on ne s'en formalisa pas, sachant bien au fond de soi que si les jours du nègre sont légers, incertains, à la merci du moindre coup de vent, nul astre errant dans le ciel ne pourrait jamais empêcher le blanc de poursuivre son existence, qui avait l'approbation directe de Dieu... Pas de quoi, non pas de quoi se formaliser : on l'avait un peu oublié, à cause de la nuit, mais on savait depuis toujours qu'il n'y a d'égalité que dans la mort, et seuls les ossements de l'homme ont même couleur, même destinée...

Ceux qui servaient à la table des planteurs confirmèrent la chose : après le marasme des premiers jours, les préférés du Seigneur se redressaient tout d'un coup, semblaient trouver une assurance nouvelle au milieu du désastre. Entre le café et le verre à liqueur, ils levaient le petit doigt et évoquaient les splendeurs d'antan, les fastes inouïs de leurs ancêtres au temps du fouet et du tonneau clous. Et puis ils plongeaient leurs mains délicates au fond d'une malle pour en ramener des paperasses, des armes ciselées, des vêtements d'un autre siècle, d'inquiétantes cloches à blasons qu'ils frappaient de l'ongle, d'un air faraud, en murmurant des propos abracadabrants où il était question de devenir forts et puissants dans la nuit, disaient-ils, sur un ton singulier, d'après leurs serviteurs aux aguets; car le temps vient où les forts se renforceront, tandis que les faibles... et la phrase s'arrêtait toujours là...

A cette même époque, des clôtures métalliques s'élevèrent autour des grandes propriétés que gardaient maintenant gendarmes ou soldats de la garnison de Basse-Terre. Le dernier mètre posé, on cessa immédiatement de savoir ce qui se murmurait à la table des maîtres, car la clôture s'était refermée sur les nègres de l'intérieur, qui n'avaient plus droit de sortie. Les gens de Fond-Zombi se guettèrent, effrayés par leurs propres songes. On ne sait qui ramassa le premier les paroles tombées de la table des maîtres pour en faire sa nouvelle loi. Aussitôt, ce fut une seule confusion et un seul déchirement, voisin contre voisin, à qui déroberait un reste d'huile, de morue sèche ou de pétrole. Au lieu de les rassembler sous une même arche, la nuit semblait s'être insinuée entre les corps vivants qui devenaient de vagues silhouettes les uns pour les autres, perdaient leur poids de chair et de sang, de complicités anciennes...

Un à un les fils d'âme se défaisaient, craquaient, étaient brutalement tranchés. Le nègre ne sentait plus le nègre, et des inconnus entraient dans des cases éloignées pour faire main basse sur le nécessaire, voire le superflu, quittant souvent la place après avoir égorgé les témoins. On vit même se briser les liens qui relient l'homme et la femme. Autrefois ce qui se passait entre l'homme et la femme était une très grande affaire, haute politique et diplomatie, cuisine précieuse, fragile, toujours servie dans de la porcelaine. On se mariait pour un jour ou un an, une vie, devant la mairie ou derrière, et il y avait parfois hurlements et jarrets coupés, femmes folles courant à travers la rue, criant misère. Mais rien ne s'était jamais fait sans la parole, au moins dans les commencements, sans toutes ces manières délicates et subtiles qu'on avait apprises au bord de la rivière, à l'état d'anges : tandis qu'on voyait maintenant la

beauté de la femme, la fraîcheur de la jeune fille s'échanger
pour un verre de rhum, dans un fossé, sans le minimum d'ornement, sans même les bonnes façons de politesse qui président
à l'appariement des bêtes...

Ah, ne vous en dirai pas davantage : le mal avait forcé les
cages thoraciques et on découvrit qu'il n'y avait plus seulement
la nuit du dehors, mais aussi une nuit intérieure qui vous obs-
curcissait le sang, bouchant, calfatant les oreillettes du cœur;
et c'était comme si oui, par un accord tacite, les deux nuits
étaient venues à la rencontre l'une de l'autre...

On en était arrivé là, chassieux, la bouche débordant de nuit
grise, lorsque le bruit courut que les blancs embauchaient à
nouveau, mais sous condition que les gens vivent à l'intérieur
des clôtures, comme dans les temps anciens. Ils avaient trouvé
moyen de faire rendre la terre, pas aussi bien qu'avant, mais ça
poussait quand même et le sucre montait. On citait le cas du
village de Barthélemy dont la plupart des familles avaient été
charroyées avec leurs bêtes dans l'enceinte de l'habitation D'Ar-
nouville. L'opération se faisait au moyen de camions à plate-
forme, surmontés de grues flottantes qui vous détachaient une
case de ses quatre roches aussi lestement que si ce fût une boîte
d'allumettes. Quelques augures murmurèrent que l'abomination
était en train de renaître, ils en reniflaient la vilaine odeur dans
l'air... mais ces présages ne rencontrèrent aucun écho et la
plupart les accueillirent d'un haussement d'épaules narquois :
quelle abomination ? ah, l'esclavage... vous êtes des radoteurs...

4

Lorsque les premiers camions firent leur entrée au village,
ceux-là mêmes qui haussaient les épaules furent pris d'un frisson
et l'on vit qu'ils ouvraient grand les portes à la peur, à la fas-

cination du mal. Toute la population gagna les bois environnants. Mais après une petite attente, les blancs se retirèrent en abandonnant trois sacs de farine sur le bord de la route, ainsi qu'un boucaut de morue et une grosse bombe d'huile Lesieur. Ce geste auguste mit en confiance les nègres de bon vouloir. Le lendemain, plusieurs chefs de famille guettaient le retour des phares pour un brin de causette avec les planteurs. Sur les réponses qui leur furent faites, une, deux, trois cases s'envolèrent comme des oiseaux, montrant un instant le dessous de leurs ailes avant de venir se déposer sur les plates-formes. D'autres les imitèrent les jours suivants. Quelques jeunes gens des temps nouveaux parlaient de s'unir, de s'appuyer les uns contre les autres pour ne pas tomber, débouler en cascade vers les hautes clôtures métalliques. Il fallait arrêter l'hémorragie avant que Fond-Zombi disparaisse, ne devienne une rivière morte, disaient-ils en grand'faiblesse et tourment; mais ce n'était qu'un peu d'écume, un dernier jeu de paroles avant le silence, une ultime halte avant le précipice vers lequel on glissait lentement, inexorablement...

Seul Ananzé n'avait pas renoncé et les yeux démontés, il courait bras étendus par tout le village comme pour arrêter le flot, la rivière qui abandonnait son lit. Hagard, le cheveu en transe, il semblait échappé du pays de la folie et interpellait les hommes en un rire sauvage, parlant d'entrer dans les maisons de blancs pour tuer tout ce qui est à l'intérieur, afin d'être nos propres maîtres dans la nuit, au moins ça. Les gens se moquaient, disant que ça ne ramènerait pas le soleil et, de toute façon, on serait mort avant d'avoir eu le temps d'enfoncer une porte. Le forcené semblait n'y voir aucun inconvénient : on serait tué? La belle affaire... mais à ces mots, les jeunes se détournaient avec gêne et les vieux souriaient, disant d'une voix plus grise que la nuit grise :

— Petit garçon, nous ne savons pas ce que nous attendons, mais nous savons que nous ne voulons pas mourir... nous voulons voir où tout cela ira : l'homme descend, l'homme finit, voyons la chute de l'homme...

Bien des cœurs se serrèrent quand Ananzé annonça subitement son intention de monter sur les camions à plate-forme. Sa démence flamboya une dernière fois la veille du départ. S'étant planté au beau milieu du village il se mit soudain à injurier, à vilipender le nègre et à le maudire et à éparpiller sa substance dans le vent, ainsi, des heures durant, jusqu'à ce que le brouillard l'enveloppe tout entier de sa ouate. On crut alors qu'il avait déposé sa peine. Mais après un silence, on entendit à nouveau la voix encore enfantine, que le brouillard réduisait à un fil mince, tremblant, un appel dérisoire qui semblait provenir d'un autre temps, d'un autre monde...

A la montée de la lune, Ti Jean se leva sans bruit dans une case entièrement close, bouclée à double tour non pas contre les esprits des ténèbres, comme autrefois, mais pour barrer la cruauté et la scélératesse des vivants. Après avoir fait couler de l'eau dans sa bouche, il enfila ses derniers restes de pantalon et de chemise, soigneusement repassés par man Éloise, la veille, pour donner un semblant de panache à la cérémonie des adieux. Tous ses gestes étaient d'une extrême lenteur et semblaient d'un automate plus que d'un humain. Depuis le jour fatal, un vide s'était creusé dans sa tête et il s'astreignait à le maintenir, se faisait tout entier vide et silence. Avant de partir, il passa un sabre de cannes à son ceinturon, des fois que l'ami Ananzé piquerait subitement une nouvelle crise à l'arrivée des camions à plate-forme. Enfin il jeta un coup d'œil dans la chambre voisine. Sourit à man Éloise qui s'était endormie tout habillée, toute bardée contre le mal, son éternelle pipe en bouche et l'index replié sur le tuyau, comme si elle tirait bouffée sur bouffée à l'intérieur de son rêve. Et, soulevant la barre de la porte, il prit pied sur le goudron de la route, son visage tourné vers la clarté qui s'écoulait doucement du ciel, en pluie laiteuse, onctueuse, au fur et à mesure que les étoiles perçaient la nuit grise...

Une foule considérable était massée devant la case du père Kaya, les hommes en tenue d'enterrement, spencer et chapeau melon, et les femmes en voilette et jupe tuyautée, dentelle, comme pour un mariage. Assis au milieu d'une montagne de paquets, le père Kaya expliquait posément que les blancs avaient trouvé moyen de faire pousser des récoltes, pas aussi bien qu'avant mais ça poussait quand même, car ils y mettaient un fumier inédit qui apporte aux plantes une secousse, comme un frisson de soleil. Tout en pérorant de la sorte, le vieil écervelé branlait un bec osseux de poule en misère et ses petits yeux fixaient le monde avec délices, et l'on voyait alors que ces yeux-là n'avaient pas encore été effleurés par le mal. L'air affairé, le frère et la sœur mettaient la dernière main aux bagages de la famille. Ti Jean songea à traverser la foule pour un ultime salut, au moins une poignée de main, un sourire. Mais une pudeur le retint, le ramena un peu en arrière de la foule, à la pensée de ce qu'ils étaient devenus tous trois, Égée, Ananzé et lui-même, depuis les jours glorieux de la rivière. Vent sur vent, toutes leurs espérances n'avaient été que vent, gaspillage et perte de temps, et les armes qu'ils s'étaient forgées en leur cœur ne serviraient dans aucune bataille. Alors, se haussant sur la pointe des pieds, il lui sembla de loin qu'Ananzé portait sur toute la scène un regard étranger, moqueur et froid, comme s'il n'était pas lui-même acteur du drame qui se jouait. Quant à Égée, il la reconnut à peine dans cette jeune fille aux yeux baissés qui évoluait paresseusement entre la case et la route goudronnée, sans paraître voir autre chose que ses mains, ses pieds nus et transis par la rosée du matin. Il la reconnaissait et ne la reconnaissait pas : tout au long de ces derniers mois, elle s'était lentement muée en une inconnue, un profil d'ombre, reflet d'il ne savait plus quoi dans une eau morte...

Cependant la foule guettait âprement Ananzé, ce grand arbre abattu, cet acomat tombé qui s'enveloppait maintenant de silence. Puis un jeune homme de leur classe d'âge l'interpella, l'un de ceux qui avaient tant fait valser sur leurs lèvres le mot de Révolution. De loin, Ti Jean l'entendit manifester sa surprise à voir le fils du père Kaya en pareil équipage, après tous ses beaux discours sur le nègre. Le rire d'Ananzé claqua sèchement :

— Qu'est-ce qui t'étonne donc, le frère?

— C'est toi qui m'étonnes, dit le jeune homme des temps nouveaux ; toi qui nous parlais de devenir nos propres maîtres dans la nuit, et puis te voilà au bord de cette route...

— Ne t'en fais donc pas pour ça...

Les lèvres d'Ananzé s'étiraient en un sourire mystérieux, une énigme ce sourire, une diablerie, et l'on crut un instant qu'il allait s'ouvrir d'un mot, un plan atroce concernant les demeures à colonnades et portail. Mais un bruit de moteur lui coupa la parole et des phares se rapprochèrent, trouant la route d'une lumière de soufre qui plongeait les bas-côtés dans l'obscurité. Le camion à plate-forme stoppa et, venue derrière lui, une petite conduite intérieure éteignit ses feux. Aussitôt la foule s'écarta du lieu des opérations, seuls demeurant ceux qui étaient décidés à vider la tasse d'amertume jusqu'à la dernière goutte. Le camion grondait. Des soldats blancs en armes entouraient le court espace où se tenaient les partants, leurs derniers bagages à la main, volailles, lapins en bousculade, photos de famille dans leurs cadres. La grue tourna sur elle-même, envoyant des crochets aux quatre coins de la case qui s'éleva avec un gémissement de vieux bois, avant de venir se déposer sur la plate-forme. Ti Jean fit un pas en avant, fasciné par le souvenir d'une petite fille au torse plat, au visage recouvert d'une pellicule de laque noire, bleue, qui renvoyait toutes les couleurs du jour ; mais la lueur des phares ne lui montrait qu'une inconnue au front bombé, aux pommettes maculées de jaune et de soufre orangé, aux paupières rabattues dans un songe...

Soudain elle s'aperçut de sa présence et recula en posant sur lui un regard sans vie, à peine marqué du signe lointain d'un rappel, d'une reconnaissance abstraite. Les bagages avaient disparu et la voix du père Kaya se fit entendre, suppliant sa fille de monter. Mais Égée secouait la tête et reculait, les bras ballants, dans la lumière des phares qui versa tout à coup dans ses yeux une lueur immense, un reflet d'eau rougie au couchant. Un soldat vint à la jeune fille qui s'accrochait au garde-boue.

Un planteur descendit de la petite voiture stationnée à l'arrière et vitupéra, mécontent de la perte de temps. Puis découvrant Égée avec sa beauté, l'homme se radoucit et lui dit en créole, d'une voix rassurante :

— On ne te fera pas de mal, tu ne travailleras pas aux champs, à la Grande Maison tu viendras et c'est heureuse que tu seras, plus qu'une grive dans un goyavier...

Tout en lui faisant ce discours, il l'avait saisie par le poignet et la halait vers la plate-forme ainsi qu'on hale une génisse mal lunée. La tête renversée en arrière, Égée semblait flotter au milieu d'un large et tumultueux courant, et déjà on voyait le moment où elle se laisserait emporter par la vague. Les voisins regardaient et regardaient, et quelques-uns esquissaient un pas en retrait, comme pour prendre plus de distance avec le malheur. Et c'est alors qu'ils virent Ti Jean pour la dernière fois, de leurs yeux vivants, avant que le héros ne s'en revienne un beau jour au village, après leur avoir rendu le soleil. Tout se fit très vite, au triple galop de la folie. Une machette étincela et une main blanche voltigea dans les airs, encore tordue sur la crosse d'un pistolet, puis on vit luire le canon d'un fusil et ce fut au tour d'une tête humaine de monter comme au guignol : monter, vous dis, dans un jaillissement de mort rouge...

Égée plongea avec lui dans l'ombre d'un champ de cannes et derrière eux c'étaient détonations sur détonations, qui traçaient des étoiles filantes dans le ciel...

5

Quand ils atteignirent les grands bois, Égée eut un sursaut et voulut retourner vers le camion à plate-forme. Elle avait des remords, tirait en sanglotant sur la main qui la retenait prisonnière, avec un emportement doux et têtu de bête inoffensive. Et puis elle renonça, souleva un pan de sa robe pour mieux se déplacer dans la touffaille déjà léchée par le brouillard. Leur silence se confondait maintenant avec l'obscurité grandissante, la grisaille des ténèbres dont le flot montait à leurs pieds. Cependant, Ti Jean jouait à plier et déplier les doigts de la jeune fille, se demandant d'où lui venait ce sentiment si léger que c'était un souffle, si obscur qu'il ne pouvait le nommer et si déchirant qu'il se confondait avec l'ombre, la nuit répandue sur la terre...?

La nuit venue, Égée s'allongea au pied d'un arbre et s'endormit. Ti Jean était resté à la veiller, craignant qu'elle ne lui glisse entre les doigts pour retourner vers les camions à plate-forme. Assis près d'elle, les yeux ouverts dans l'ombre, il caressa sa chevelure tout en se demandant ce qui restait de l'Égée d'autrefois, dans celle que retrouvait aujourd'hui. Cette nuit lui parut la plus grise depuis que la Bête avait avalé le soleil. Mais avait-elle réellement avalé le soleil?... il lui semblait que le brouillard avait surgi un beau jour du cœur humain, où ses racines étaient demeurées longtemps enfouies, sans que nul ne s'en doute...

Le lendemain, sur les injonctions du garçon, Égée se défit doucement de ses grandes boucles d'oreilles, qui se prenaient aux broussailles, puis arracha une bande à sa robe et s'en fit un madras pour retenir ses cheveux en transe. Toute cette affaire l'avait retournée et elle avait des imaginations, voyait en Ti Jean un défunt venu tout spécialement de l'au-delà pour l'arracher aux siens, l'entraîner dans la nuit éternelle. C'était l'histoire de sa mère qui lui jouait un tour, à croire. Et Ti Jean avait beau se déclarer vivant, jurer que son corps appartenait bien à la terre des hommes, elle secouait la tête sans répondre et poursuivait sa marche à travers les taillis et les fondrières, dans l'éternelle odeur des plantes en décomposition. Le troisième jour, l'absence de sommeil plongea nostr'homme dans un délire qui le faisait trébucher contre les racines, tomber de tout son long comme au fond d'un gouffre, entraînant la jeune fille dans sa chute. Rompue de fatigue, elle n'y voyait guère plus que lui et perdait même tout à fait la carte, par moments, résignée à ce qu'elle croyait l'autre monde. Alors, ne sachant comment dire la mort, son nouvel état de trépassée, elle psalmodiait un

chant qui revenait souvent dans la bouche des anciens, autrefois,
lorsqu'ils évoquaient le temps du fouet et du tonneau clous :

> *Non point la vie encore*
> *Mes amis point la vie encore*
> *Tournez ici c'est d'l'eau*
> *Virez par là une même tonne d'eau*
> *Et la mer qui ne se comble jamais*
>
> *Non point la vie encore*
> *Mes amis point la vie encore...*

Ils longeaient une rivière quand Ti Jean tomba pour la dernière fois. Tout en se traînant, raclant le sol des ongles il souriait,
vaguait, croyait n'avoir pas entendu depuis des siècles ce murmure de l'eau qui glisse sur les pierres. Soudain une pente
abrupte s'ouvrit devant lui et il roula tout du long de la berge,
versant en même temps dans le sommeil. Il rêva qu'il veillait
sur le sommeil d'Égée. A son réveil, une poussière de cendre
flottait encore au ras de la terre, cependant que les hauteurs
de la nuit étaient parcourues de lueurs très vives, dansantes,
qui le firent cligner des yeux. Égée était étendue près de lui et
l'observait en silence. Le voyant éveillé, elle sourit comme
autrefois et lui caressa la joue, disant :

— C'est moi, Égée... tu me reconnais?

Un seul regard avait dissous la nuit. Elle lui donna la main
lorsqu'ils se remirent en marche, une petite main qui reposait
volontairement dans la sienne, sans qu'il eût à l'emprisonner;
et il n'y avait plus aucun caillou sous la plante de leurs pieds,
ni herbes coupantes ni épines, car ils ne sentaient sur la terre
qu'un grand tapis de velours...

Après une semaine en haute montagne, ils revinrent secrètement au village, de l'autre côté de la Rivière-aux-feuilles, où
ils trouvèrent abri sous un figuier banian aux membrures larges
et noueuses, qui se recourbaient autour d'eux en arche. Là,
une vie étrange commença pour les fugitifs. Ti Jean fouillait
les bois comme s'ils étaient sa maison, en quête de manioc

sauvage et de topinambours, de graines d'adore, de gibier qu'il pistait en léchant les herbes et tirait à l'ouïe, comme il avait appris à faire, sur les crêtes. Puis, utilisant des parcours obliques de bête, et ne franchissant la rivière qu'à gué, pour troubler l'odorat des dogues, il venait aux nouvelles de Fond-Zombi. Mais il y venait seulement la nuit, ce qu'on appelait maintenant la nuit et qui avait été le jour; et il ne rendait visite qu'à man Éloise, car il y avait maintenant des gens, des voisins, des allures de gens et de voisins, des semblances dont toute la joie était de vous dénoncer, de vous entraîner dans le plus grand désastre possible...

Man Éloise n'aimait plus l'odeur des bois et préférait attendre la fin ici même, dans sa case d'adégonde, celle que lui avait construite le défunt L'horizon et qui retenait l'odeur de sa jeunesse, l'odeur de son joli temps sur la terre. Le plus souvent, Ti Jean la trouvait assise sur son petit banc d'ancienne, le visage recouvert d'une argile blanche qu'elle n'enlevait même pas pour dormir. N'était ce signe de deuil, on aurait pu croire que les événements ne l'avaient pas atteinte. Et elle disait souvent d'une voix paisible, heureuse, à peine démentie par ce masque de plâtre qui donnait une étrange jeunesse à ses traits figés... laisse la désolation se déchaîner, c'est le baume des cœurs, mais toi ne te désole pas plus qu'il ne faut et si l'on te demande d'où vient ta force, réponds seulement : mes entrailles sont bourrées de plomb et mon cœur est en fer, voilà tout. Mais elle avait beau dire, il savait que la folie l'enveloppait, posée sur elle comme un manteau; et quand il arrivait à proximité de la case de man Éloise, son cœur se serrait à entendre la chanson qu'elle s'était inventée, cette litanie de brouillard qu'elle fredonnait dans sa solitude, sans cesse, avec un air de mystère dans la voix qui se faisait murmurante, confidentielle par instants, comme pour délivrer un message encore inconnu des humains :

> *C'est folie*
> *Pure folie de s'en aller ainsi*
> *Tandis qu'accouchait la mortelle*
> *L'ombre effroyable tomba sur la terre*
> *Oh ce n'était pas la nuit*

Non pas les ténèbres
C'était l'ombre même de la vie

Enjambe-la enjambe-la
Voyageur des plaines
Toi qui t'en vas au loin
Jusqu'au bout des contrées perdues

Elle s'arrêtait en le voyant et ses yeux se mettaient à briller dans le plâtre sec, devenaient pareils à deux gouttes d'eau immenses. Souvent un bain de feuilles attendait le garçon et man Éloise le dévêtait, le poussait dans la cuve et le récurait de la tête aux pieds, méticuleusement, avec la même liberté qu'autrefois, du temps où elle jouait à faire monter sa tige d'enfant. Puis elle le reniflait de toutes ses narines, très fort, comme une bête; et regagnant son banc d'ancienne, elle aspirait sa pipe en mâchonnant son éternelle chanson de ténèbres, qui semblait l'entourer d'un même voile de fumée odorante et légère, aussitôt emportée par le vent...

Tout son maintien disait que l'affliction et les os rompus, et même l'espérance étaient loin derrière elle. Soudain, fuyant en songe, elle retirait sa pipe et lâchait un flot de paroles obscures sur Wademba qui dans sa bouche était tantôt un homme, tantôt un mort auprès de qui elle aurait vécu, tantôt un esprit spécial qui avait possédé certains attributs réservés aux dieux. Et comme Ti Jean s'en étonnait, elle expliquait gaiement que de tels êtres avaient déjà existé autrefois, sur les collines d'Afrique, au temps où le divin batteur marchait sur la terre ferme, allant et venant parmi les vivants; et parfois son esprit sautait dans un homme et il se passait des choses étonnantes, car on ne savait plus si Dieu était l'homme, ou si l'homme était Dieu. Elle racontait des miracles, tel celui des poissons jaillis du mur de la case. Essayait de se souvenir des parcelles de lumière échappées de la bouche de Wademba. Mais elle avait une mémoire liquide, et sa petite tête pleine d'eau avait retenu une seule phrase qui surnageait, sans raison, à la surface de l'oubli et du délaissement, encore toute ruisselante d'un sens mystérieux et bref, insaisissable : et c'était que les hommes devaient opposer l'éclat de leurs yeux à l'éclat de la foudre, voilà...

Là-dessus, elle happait le tuyau de sa pipe et ses grands yeux se remettaient à flotter, au milieu de son visage, tels des ballons égarés dans le ciel; et comme elle revenait à sa chanson de ténèbres, seul signe visible, avec le masque de plâtre, du passage de la nuit sur sa petite âme égarée, nostr'homme se disait en souriant que man Éloise avait toujours eu un cœur tourmenté, et un deuxième cœur pour se reposer de ses tourments...

Longtemps les paroles de la litanie accompagnaient Ti Jean, tandis qu'il s'en retournait à tâtons, dans le brouillard, parmi les terres endormies comme un troupeau de bêtes étranges, et les arbres qui semblaient tout vibrants d'yeux...

Il traversait la rivière et une petite buée froide l'envahissait aux abords du refuge, petite cahute blottie dans le brouillard, au cœur même du figuier banian, et il sifflait de manière convenue avec Égée. Mais la porte ne s'ouvrait pas, et il fallait d'abord qu'il murmure contre la cloison :

— Petite Guadeloupe, c'est moi Ti Jean qui ne suis pas un esprit errant, mais une chair humaine qui veut t'en conter...

Elle riait, la porte virait sur ses gonds de liane et tous deux se palpaient, s'enlaçaient comme s'ils ne s'étaient pas vus depuis l'autre siècle. Égée semblait très mince dans sa robe du cours complémentaire. Mais se dénudant, ses formes prenaient une ampleur étonnante et il se souvenait de la petite fille qui se donnait à lui dans les arbres. Alors un regret lui venait de l'avoir tant délaissée, toutes ces années, de n'avoir pas suivi la montée de ses seins, de ses hanches qu'il ne verrait jamais plus telles quelles, sous la lumière exacte du jour. Cette pensée le harcelait et il soulevait une torche au-dessus du visage d'Égée pour écarter quelque chose, sur ses joues, du geste dont on écarte l'écume d'une eau dormante. Le plus souvent, l'écume ne s'en allait pas et la nuit demeurait posée comme un voile sur les traits de la jeune fille. Mais certains jours, dans la pénombre la plus profonde, Égée se parait soudain de toutes les couleurs de l'arc-en-ciel et il retrouvait avec elle l'innocence de leurs jeux dans les arbres. Il vivait maintenant une sorte de bonheur étrange, un bon temps plein d'une mélancolie douce, navrée, au milieu des ténèbres. Il lui semblait être né pour naviguer ainsi dans la nuit éternelle, entre ces deux femmes qui l'aimaient chacune à sa manière. Tel était le monde qu'il avait toujours attendu et ce monde était bon, on ne pouvait en souhaiter d'autre. Tout le reste, la Bête et les gens du village et les choses qui se déroulaient dans les plantations, tout cela s'était dissipé comme par enchantement, devenu improbable, irréel...

Ti Jean avait toujours entendu dire que la première poussée du bois rouge est la plus forte, la plus difficile à arracher. Mais il dut bien admettre, durant ces semaines au bord de la rivière, que c'est la deuxième poussée du bois rouge qui porte l'arbre au ciel. Égée se débattait, suscitait des gouffres au fond d'elle, des éboulements, et puis un jour elle déclara glorieuse que la terre de son ventre s'était refermée sur une graine d'enfant. Ils étaient au pied du figuier banian, sous les membrures larges et noueuses qui se recourbaient autour d'eux en arche. Égée était nue et sèche et ses cheveux avaient l'odeur piquante de la fumée du feu de bois. Dans l'enthousiasme, elle saisit le garçon par la main et avançant avec une lenteur de cérémonial, elle vint à la rivière pour jeter une poignée d'eau par-dessus son épaule, afin que le courant emporte ses péchés. Ils riaient, et Ti Jean vit soudain une silhouette étrange au fond de la rivière, à côté de l'image bien connue d'Égée : un grand diable surmonté d'une masse incroyable de cheveux, avec une figure encore toute neuve et des yeux étonnés, puérils, en dépit des poils respectables qui ornaient son menton...

6

Pendant ce temps, la moitié des cases de Fond-Zombi avaient disparu, emportées vers les hautes grilles et les cloches de l'autre siècle. Et puis un jour, après avoir entouré le village, des soldats

firent le recensement de la population restante, couchant une
à une les âmes dans un grand registre. Ils firent aussi le compte
des derniers porcs, des lapins chagrinés et des poules aigries
que certains abritaient dans des enclos secrets, enfouis sous des
palmes pour étouffer les cris. La plupart des gens répondirent
sans mentir, plusieurs s'attribuant même des biens inexistants,
histoire de faire bon poids sur la balance. Mais après le départ
des soldats, il leur vint soudain à l'idée qu'on allait venir les
prendre de force, les débusquer de Fond-Zombi avec leurs derniers porcs, lapins et poules en chimère. Ce n'étaient là que des
suppositions, après tout, objectèrent les éternels nègres de bon
vouloir. Mais finalement le mal était dans l'air, ses éclabous-
sures n'étonnaient plus et le lendemain une dizaine de jeunes
gens gagnaient l'ombre des bois environnants, où ils demeurèrent
une petite semaine... avant de s'en redescendre terrorisés, rendus
à moitié fous par les esprits qui pullulaient, semblaient s'être
multipliés, entre les arbres, comme si la terre était devenue leur
fief et leur royaume...

Plusieurs de ces jeunes gens manquaient à l'appel. Et leurs
compagnons prétendirent qu'ils avaient été gobés par une créature fabuleuse de l'apparence d'une vache, celle-là même dont
on avait tant parlé, au début de la nuit, avant de tirer joyeusement
des plans sur la comète : ils l'avaient vue de loin, disaient-ils,
tout illuminée de l'intérieur, comme un fanal, si bien qu'on
percevait en transparence le dessin des nerfs et jointures...

Cet incident plongea nos amis dans une terreur spéciale. Ils
ne quittaient plus leur arche, la voûte protectrice du figuier
banian que pour poser nasses en haut courant, chercher fruits
sauvages et racines dans le voisinage immédiat. Quand le besoin
de viande se faisait sentir, Ti Jean n'avait qu'à monter dans les
branches de l'arbre pour guetter l'ombre d'un racoon, d'un
agouti venu boire à la ravine. La balle d'argent allait directe-
ment sur l'animal, comme guidée dans les ténèbres. Et les deux
enfants passaient la rivière ensemble, et puis en revenaient avec
le gibier ensemble, se tenant par la main. Mais un jour, le cri

d'un cochon marron jaillit de l'autre bord, suivi du martèlement
sourd de la bête qui se boutait chemin à travers les taillis. La
proie était trop belle, une fortune somptueuse à saisir par les
cheveux, avant qu'elle ne s'en remonte vers les crêtes; et, la
bouche sèche, Ti Jean fit grimper la jeune fille dans le figuier
banian, recourba adroitement les branches autour d'elle et
dit :

— Ne bouge pas, évite même de sourire...

— Pourquoi cela?

— Parce qu'on verrait luire les dents de la fiancée, la chinat-il, le cœur affreusement pincé, avant de s'élancer dans la nuit.

Il repéra aussitôt le gibier à l'oreille et comprit que son porc
sauvage se vautrait au pied d'un immense adore, en quête de
glands envolés au milieu de la broussaille. Au dernier instant,
bien qu'il s'en fût approché avec talent, l'animal eut un pressentiment et donna de la foulée, disparut. Il en fut ainsi une
centaine de mètres plus loin, et puis une centaine de mètres
encore : le fauve poussait un grognement et s'éclipsait, attirant
le chasseur toujours plus avant les bois, sans qu'il pût résister
à cette attraction mystérieuse. Au bout d'un temps indéfinissable, il déboucha d'un fourré et, le tirant presque à bout portant,
Ti Jean vit l'animal se volatiliser sous ses yeux, une ligne argentée
qui trembla dans l'herbe, à ses pieds, avant de se réduire à néant;
alors, les épaules soudain délivrées de l'enchantement, il fit
demi-tour et courut vers Égée installée sur la branche du banian...

Un peu plus tard, comme il atteignait une colline surplombant la rivière, une forme étincelante lui apparut de l'autre côté,
à bonne distance de tir. Écartant tout sur son passage, elle se
dirigeait lourdement vers le figuier sous lequel il avait abandonné Égée. Il épaula sans y penser, lâcha une balle d'argent
sur la Bête qui poursuivit son chemin avec bonhomie, comme
si de rien n'était. Alors une voix de femme s'épancha dans la
nuit et il dévala la colline, à longues foulées aériennes, avec
l'impression de grandes ailes noires qui battaient frénétiquement
à ses épaules; mais il ne se doutait pas, nostr'homme, enjambant
la rivière en voltige et remontant l'autre berge, ne savait pas
qu'il l'entendrait vainement résonner, le cri d'Égée, tout au
long de son âge, par-delà les années qui tomberaient sur lui

en neige blanche, voyageur qui s'en irait au loin... *au loin,
jusqu'au bout des contrées perdues*, comme l'avait annoncé la
pauvre Éloise...

Quand il arriva au pied du figuier banian, ne restait plus de
la jeune fille qu'un pan de chemise accroché à une branche basse.
Il contemplait ce lambeau d'indienne, se demandant pourquoi
cet enchantement qui l'avait éloigné du corps vivant de la jeune
fille. Puis un gémissement l'éveilla, le tira de sa léthargie et il
vit man Éloise allongée à quelques pas, sa face de mi-carême
toute ratatinée dans l'ombre. Elle dit que les soldats avaient
emmené le reste de Fond-Zombi sur les camions à plate-forme,
et c'est pourquoi elle avait pris carrément le chemin de la rivière,
tout droit sur la cahute de Ti Jean; mais là, elle était tombée
sur cette maudite Bête qui lui avait flanqué un grand coup de
sabot dans la poitrine, avant de continuer son maudit chemin...
Elle voulut dire encore autre chose, cependant que ses yeux
viraient déjà au rose le plus tendre, comme avaient fait ceux
de Wademba à l'heure de sa mort; puis elle avala une grande
goulée d'air et tenta de la rejeter, mais en vain...

7

Ti Jean souleva le corps de sa mère et traversa la rivière à
gué, entra dans un Fond-Zombi désert. La plupart des cases
étaient défoncées et, çà et là, des corps étendus près d'un fusil
de chasse, d'un gourdin ou d'une machette disaient ce qui
s'était passé. Arrivé à la case, il étendit la morte sur la table
de la cuisine et creusa une fosse auprès du goyavier de l'arrière-
cour, celui-là même sur lequel se posait l'esprit emplumé de
l'Immortel. Puis il fit la toilette de man Éloise et la coucha dans
son dernier lit, toute pimpante en sa robe de madras à carreaux
jaunes, avec sa coiffe à trois pointes qui lui retombaient dans
le dos, bien ouvertes par-dessus les reins de guêpe maçonne
qu'elle avait gardés jusqu'à ce jour; enfin, logea le tuyau de sa

pipe entre ses mains croisées sur la poitrine, comme si tirant une dernière bouffée...

Des oiseaux de jour erraient autour de lui, picoraient la terre fraîche à la lueur d'une torche enfoncée près du trou. Tout en comblant la fosse, il s'interrogeait sur le destin de man Éloise, se demandant ce qui avait pu lui passer par la tête, tout à l'heure, quand elle s'était jetée sous les sabots de la Bête. Jamais, jamais il ne saurait qui était cette personne allongée sous la terre, le tuyau d'une pipe entre ses doigts. Soudain il rentra dans la case et en ramena tous les objets personnels de sa mère, sa chemise de nuit, sa timbale, le peigne de bois à longues dents pour démêler ses cheveux et la casserole en émail qu'elle aimait, celle qui lui avait été donnée par cet être énigmatique, ce fin langueur de Jean L'horizon. Après réflexion, il fit un deuxième voyage et glissa dans la tombe la grosse boîte de fer qui trônait toujours sur la poutre d'entrée de la case, bien en vue de tous les visiteurs, de manière à ce qu'on sache que man Éloise personne de bien, personne comme il faut, qui avait toujours chez elle une boîte de beurre salé. Puis il partit dans une longue rêverie, se demandant ce qui ferait encore plaisir à cette petite guêpe maçonne d'emporter; et comme il pensait que c'était la Guadeloupe tout entière, celle d'avant, avec son coin de ciel bleu, son petit soleil jaune et ses herbes toutes vertes, qu'elle avait tant butinées de ses doigts, un tel chagrin le prit qu'il entra en saisissement au-dessus de la fosse, penché sur le trou avec l'idée de s'y allonger raide pour tenir compagnie à la défunte...

A ce moment, la flamme de la torche se recourba et une odeur familière de cannelle vint danser autour du garçon, cependant que la voix de man Éloise lui disait en esprit :

— Les morts vois-tu il faut les enterrer, Ti Jean, voilà ce qu'il faut faire...

— Il en sera comme tu voudras, petite mère, fit-il en un soupir.

Luttant contre le vertige, il combla précipitamment la fosse, attrapa la vieille besace de man Éloise et y glissa une pierre à feu, son bois mâle, un couteau de poche et une machette, une longueur de fil métallique pour ses pièges; et, sur un dernier regard au goyavier, envoya la bêche macabre par-dessus son épaule et traversa le village, fut sur le sentier oublié d'En-haut...

Quand Ti Jean avait soulevé le cadavre, au bord de la rivière, il avait cru cette peine trop lourde pour son cœur. Mais une consolation lui venait maintenant sur le sentier, à cause d'un certain parfum de cannelle qui voletait encore devant lui, moins fort que tout à l'heure, près de la fosse, mais suffisant pour lui tenir compagnie. Tout en se traînant, halant ses os plombés de chagrin, il guignait du coin de l'œil une lune rousse qui déployait ses ailes dans le haut des grands arbres, à la manière d'un oiseau en volée. C'était une belle nuit d'autrefois, avec une fine poudre d'étoiles qui tombait continûment du ciel, du côté de la Soufrière. Et le héros se souvint des propos de man Éloise sur la Voie lactée, qu'elle décrivait comme le chemin des dieux; ceux-ci ramassaient les étoiles à pleines brassées et les entassaient dans des sacs, mais certaines étoiles captives s'échappaient et se brisaient, en tombant, pour former cette poussière qu'on voit :

> *A pleines brassées ils les recueillent*
> *A pleines brassées ils les entassent*
>
> *A pleines brassées*
> *Comme la femme qui recueille les sauterelles*
> *Et les empile dans son panier*
> *Et le panier tout plein déborde*

Ainsi porté par la chanson, il écarta l'aloès qui fermait le passage secret et monta la rampe du plateau, et c'étaient ruines sur ruines où qu'il porte son regard, ici comme dans la vallée. Une boursouflure gonflait l'herbe grise au pied du manguier de Wademba. A un mètre sous l'herbe, la bêche rencontra un squelette assis et tenant dans ses bras le mousquet bien serré dans une peau de vache. Sur les genoux du squelette reposaient une corne de bouc, emplie de poudre noire, et un étui chargé de balles qui semblaient d'argent. Une faiblesse prit nostr'homme en découvrant l'arme intacte dans la peau de vache. Et déjà ses cheveux se hérissaient au souvenir de la Bête, il perdait pied, songeait à dévaler la montagne en hurlant, comme l'autre fois, quand une lointaine exhalaison de cannelle vint chatouiller ses narines. L'odeur était si faible que rien, dernier souffle de la petite créature avant qu'elle ne s'en descende sous la terre, mais elle lui rendit aussitôt son port d'âme : merci, dit-il en souriant à l'âme en rodage, merci petite mère, grand merci...

Soudain, percevant un léger bruit dans son dos, il se retourna et voici que deux êtres bizarres se penchaient vers lui, l'examinant du haut de la fosse. L'un d'eux était Eusèbe l'Ancien, l'homme au visage d'esprit venu le chercher au soir de la mort de Wademba, et toujours pareil à lui-même avec son caleçon long, sa tunique, le vaste chapeau de paille qui lui battait mollement les épaules. Et l'autre était l'un de ces êtres qui semblaient hésiter entre deux mondes cette nuit-là, dans leur immobilité de statues, devant la case toute ronde et chaulée de lune; un vieux nègre à la panse énorme, plissée, et dont le torse humain était surmonté d'une hure de sanglier aux longues soies bruissantes, qui produisaient un son inquiétant...

Les yeux rouges de la hure étincelèrent et sa gueule ouvrit sur une voix caverneuse, à peine articulée :

— Que dis-tu de ce garçon, Eusèbe?

— C'est un brave enfant, il est venu juste à l'heure...

— Crois-tu qu'il soit capable?

— Moi, il me fait plutôt bonne impression. C'est la gueule crachée de Wademba, et si je ne voyais pas ce grand squelette tout au fond de son trou, je me penserais que le vieux a décidé de prendre un nouveau départ. Et il n'a pas seulement les traits de Wademba : vois comme ses yeux brillent de fureur, ils vous regardent tout droit en face, un vrai feu dévorant. Mais après tout peut-être lui manque-t-il quelque chose, car il a l'air bien stupide...

— Je ne le trouve pas vraiment stupide, fit Eusèbe avec un petit rire.

— Question de goût, comme disait celui qui suçait une corne d'escargot...

— Stupide comme quoi?

— Voyons un peu : stupide... stupide comme qui veut tirer une corde de fumée...

— Comme qui baise la main qu'il devrait trancher...

— Comme fou à qui déplaît sa propre folie...

— Comme qui prétend compter les dents aux poules et s'acharne à tondre leurs œufs...

— Hé hé, mon compère, et que diras-tu de celle-ci : stupide, imbécile et perdu comme qui s'en va à La Désirade pêcher des juments vertes...?

Les deux personnages éclatèrent en un rire sans joie et Ti Jean sortit de la fosse, braquant maladroitement le mousquet fuyant d'huile :

— Je ne vous demande pas pourquoi vous riez, car vous avez l'air bien satisfaits de vous et c'est l'essentiel, à votre âge; mais que faites-vous sur la tombe de mon grand-père, et pourquoi avoir prononcé son nom?

— Nous t'attendions, fit tranquillement Eusèbe l'Ancien.

— Ouais, grommela la hure en écho; bien que tu sois un peu stupide, nous avons quand même jugé bon de t'attendre...

— Vous saviez donc que je viendrais?

Eusèbe l'Ancien émit à nouveau son petit rire crissant :

— Nous savions le jour, nous savions l'heure et nous savions quelle serait ton apparence, le son de ta voix...

Et lui administrant une petite tape sur le devant du pantalon :

— Nous connaissions même le poids exact de ta baguette magique. Mais assez bêtisé, petit garçon, il nous faut maintenant aller, car nous ne sommes pas les seuls à t'attendre et tu le sais : il y a de ces vieux babouins, parfois, qu'il vaut mieux éviter de mettre en colère...

Les yeux d'Eusèbe l'Ancien semblaient d'une tristesse de pierre, avec une sorte de courroux qui se maintenait en profondeur, en dépit du sourire qui étirait sa vieille bouche noire; saisi par l'étrangeté du regard, le garçon glissa la corne à poudre et l'étui dans la besace de man Éloise, et, abandonnant le grand squelette aux étoiles, il suivit docilement les deux personnages à travers les ruines du plateau...

Tout au fond, derrière une ligne d'arbres qui faisaient face à la colline Barthélemy, une dizaine d'hommes de la Connaissance étaient assemblés autour d'un feu de branchages, ceux-là

mêmes qui avaient veillé devant la case de Wademba la nuit
de son retour au pays de ses ancêtres. Parmi cette clique d'esprits incarnés, tous ces extravagants à peine entrevus l'autre
fois, Ti Jean apprécia surtout un racoon et un agouti humains,
un grand chien aux prunelles flamboyantes sous un haut front
ridé, lourd de pensées inconnues, et puis une chauve-souris
qui se tenait assise à la manière d'un chat, toute raide et cérémonieuse, avec deux beaux yeux de chrétien qui faisaient le
tour d'un crâne chauve et piqueté d'arêtes. Mais en vérité toutes
ces faces de cauchemar lui étaient familières. Et l'esprit de Ti
Jean fit un pas en avant, retrouva en ces prunelles sauvages
l'étrange fixité qui l'avait frappé dans les yeux de son grand-
père, enfant, tout au long de leur causement nocturne. Puis,
faisant encore un pas en avant, mais à l'intérieur de lui-même,
cette fois, il reconnut sur ces faces de gobelins l'expression de
son propre visage, contemplé dans les sources, jadis, après ses
vols imaginaires en corbeau; il sut alors pourquoi les gens de
Fond-Zombi disaient qu'il avait un bloc de terre sèche à son
front, et Eusèbe l'Ancien sourit, disant :

— Tu as deviné juste, Ti Jean, tu es bien des nôtres...

Un murmure consentant parcourut l'assemblée, et, sous le
coup de l'émotion, la chauve-souris alluma une pipe minuscule
et en tira des bouffées qui la firent tousser, tousser; et puis elle
émit d'une voix soyeuse, qui semblait ruisseler entre les pointes
hérissées de sa gueule :

— Tu as entendu la voix, tu es venu et tu as ouvert la tombe :
c'est pourquoi tu es l'un des nôtres...

— Pas tout à fait, grogna quelqu'un de l'autre côté de la
flamme.

— Non, bien sûr, approuva la chauve-souris en se redressant
de toute sa hauteur; la marque est bien à son front, mais il vient
seulement de faire le premier pas ce soir, et c'est un long chemin...

Elle avait prononcé ces derniers mots avec un air d'infatua-
tion extraordinaire, et Ti Jean ne put s'empêcher de sourire du
fond de sa détresse :

— Je ne suis pas venu pour vous, mes pères, fit-il avec douceur.

La chauve-souris chancela, comme blessée d'une flèche
invisible :

— Nous le savons, enfant de la vallée, reprit-elle enfin d'une voix contrite, cependant que ses vieilles prunelles étincelaient de douleur et de regret; hélas, nous aimons la fréquentation des Puissances, et comme tu viens de le comprendre, notre plaisir est d'être semblables à des dieux. Nous ne pouvons même pas te reprocher de vouloir rester homme, car c'est sans doute ce que Wademba avait calculé pour toi : d'ailleurs, sommes-nous devenus des dieux?

Ce fut aussitôt un concert de lamentations sépulcrales, entrecoupées de cris, de hurlements furieux, tandis que la bestiole reprenait en un sourire misérable :

— Hé oui, toute notre vie nous n'avons songé qu'à nous surpasser les uns les autres, à réaliser mille prouesses dérisoires, juste de quoi effrayer les pauvres gens de la vallée. Tel était notre beau travail, tandis que les blancs vilipendaient notre sang dans la plaine. En vérité, nous avons voulu être des dieux et nous nous sommes conduits comme de vieilles femmes édentées; et maintenant cette maudite vache règne sur le monde, et nous sommes plus impuissants que jamais...

— *Vous connaissez donc la Bête?* s'écria naïvement Ti Jean.

Sur ces mots, toute l'assemblée sembla vouloir réprimer une intolérable douleur d'entrailles; et, soulevé par la joie lugubre qui pinçait ses narines, Eusèbe l'Ancien se détacha du sol en tourbillonnant lentement sur lui-même, telle une toupie, atteignit le faîte des arbres...

Le calme revenu dans la société, l'Ancien rassembla ses membres épars et descendit en vol plané, assis comme sur un nuage, vint atterrir à son point de départ, les jambes croisées et les pans de son immense chapeau de paille flottant au-dessus de lui comme des ailes :

— Hélas, dit-il alors d'une voix suave, comme renouant avec une conversation un instant interrompue par un cri, un songe ou un éternuement. Hélas, hélas, il y a bien longtemps que la Bête nous a été annoncée, mais nous n'avons pas voulu écouter les avertissements de Wademba : nous les avons enfouis au plus profond de notre cœur, chacun de nous pensant qu'il serait cadavre à son arrivée et laissant galamment aux autres le soin de s'en occuper. Or nous sommes tous vivants et la Bête est là, et son talon repose sur notre nuque...

— Et savez-vous d'où elle vient ?

— Non, nous savons seulement qu'elle vient de très loin, d'une grande Maison du ciel où elle se trouvait enfermée depuis le commencement du monde : on dit qu'elle a brisé sa corde et défoncé des barrières, là-bas...

— Mais que veut-elle ?

— Petit garçon, c'est là un autre mystère. Quand elle est arrivée, nous avons réuni nos forces pour lui soutirer son nom et savoir ce qu'elle veut, ce qu'elle pense en son cœur. Mais nous ne sommes que des terriens et il nous est difficile de sonder cette Puissance, qui n'appartient pas à la terre. Les prédictions disent seulement : un jour viendra une Bête dévoreuse des mondes qui engloutit tout sur son passage, les hommes, les fleuves, les lunes et les soleils, toutes choses pénètrent en elle et y demeurent, et sa manie est d'être un réservoir des mondes... Tu étais là, tu as dû remarquer que les gens s'enfilent entiers dans sa gueule, qu'elle ne touche pas même à un de leurs cheveux : tous sont vivants au fond de la Bête, mais la vie qu'ils mènent nous est inconnue...

— Je me demande, l'apparition est à peine plus haute qu'une case de Fond-Zombi, et comment peut-elle contenir des mondes; comment voulez-vous ça, mes pères ?

— Question ridée comme un cul d'âne, grommela l'homme à la hure en secouant les soies menaçantes de son poitrail, qui se heurtèrent avec un cliquetis métallique.

Ti Jean sourit du bout de ses dents à cette réflexion incongrue; mais considérant le drôle de corps qui le regardait d'un air supérieur, affecté, il n'en laissa rien paraître et poursuivit sur un ton d'indulgence discrète :

— Je ne suis qu'un enfant, mes pères, et le monde est pour moi un moulin à mystères. Mais sans vous manquer de respect, permettez-moi de vous dire que toute cette histoire ne me semble pas très raisonnable. Si je peux comprendre qu'un si grand esprit joue avec les mondes, les lunes et les soleils, quel plaisir

est le sien d'avaler de pauvres gens comme Nestor Galba,
et man Vitaline avec ses varices, et la petite Aurélie Nicéor
qui n'avait pas cinq ans lorsqu'elle s'est engouffrée dans sa
gueule, sous la lumière de mes yeux vivants ? Et dites-moi encore,
que peut bien faire une Bête aussi puissante à la Guadeloupe,
une motte de terre, une miette qui ne figurait même pas sur la
carte du monde à l'école de La Ramée ? Et surtout : qu'avait-
elle à faire de Fond-Zombi, notre petit Fond-Zombi de trois
pieds six pouces, qui n'était même pas connu de toutes les
bonnes gens de Guadeloupe ?... vrai, tout cela est-il bien raisonnable ?...

— Petit garçon, fit Eusèbe avec un sourire pincé, tu poses
beaucoup de questions à la fois et c'est le privilège de la jeunesse. Mais nous dont tu ris en ton cœur, ce qui est aussi un
droit de ton âge, nous savons depuis toujours que les réponses
n'existent pas ; que depuis le commencement des temps, il
n'y a jamais eu le commencement du commencement d'une
réponse. La Bête était annoncée et son chemin passait par la
Guadeloupe : ce chemin était annoncé pour nous et sans doute
l'était-il pour elle, puisque c'est celui qu'elle a pris. Comme
tu le vois, ce n'est pas là une réponse mais seulement l'autre
bout du bâton. Et maintenant, quant et quant de ce qui est
de son apparence et des mondes qu'elle contient, voici l'envers
de ta question : le crâne de l'homme est à peine plus gros qu'une
noix de coco et ne contient-il pas des mondes, lui aussi ?

— Je vois que vous êtes mes pères, s'inclina obséquieusement
Ti Jean, et moi je ne suis qu'un petit enfant qui vient de choir
du ventre de la femme : mais s'il en est ainsi pourquoi m'avoir
fait venir autour du feu, et qu'attendez-vous de moi ?

— A cela non plus il n'y a pas de réponse, sourit l'homme
au visage d'esprit. Et il faut bien que tu l'apprennes, garçon,
plusieurs d'entre nous sont très sceptiques à ton sujet : tu nous
as été annoncé par Wademba, mais nous ne savons pas à quelle fin
et pour tout dire, nous ne savons pas plus sur toi que sur la Bête...

— Sauf une chose, rectifia la hure.

— Oui, nous savons seulement que tu es de notre sang,
et que tu marches sur nos voies. Et c'est pourquoi nous avons
accepté de t'aider, comme nous l'a demandé notre Maître

avant de partir ; même si, ainsi que le pensent certains d'entre
nous, tout cela n'est qu'inutilité et perte de temps. .

— Peut-être êtes-vous aussi une perte de temps pour moi,
lâcha Ti Jean de façon insinuante ; qui donc parlait tout à l'heure
d'une assemblée de vieilles femmes édentées ?... encore une
question que je me pose mes bons pères : qui là ça, ho ?

Il s'était redressé de fureur, les veines à son cou gonflées
de l'amertume et du chagrin qui lui venaient à la pensée d'Égée
perdue, engoulée par la dévoreuse des mondes, cependant
qu'il se livrait au caquetage de ces êtres poussiéreux et désen-
chantés. Mais, au lieu de relever l'affront, l'assemblée s'immobilisa et le fixa avec un intérêt extrême, cependant que la chauve-
souris couinait toute joyeuse, palpitante d'espoir :

— Compagnons vous voyez ce feu, cette flamme ?

— Aucun doute, tonna la hure en extase, ce petit garçon
n'éprouve pas la moindre crainte pour nous...

Et Eusèbe d'ajouter avec allégresse :

— Pas le moindre respect pour nos cheveux blancs...

Puis, se tournant vers Ti Jean, l'homme au visage d'esprit
esquissa une sorte de geste protecteur, une simple ligne tracée
en l'air, avec mélancolie, comme avait fait Wademba la nuit
de son départ :

— Oublie donc nos paroles, garçon, car ce ne sont là que
des cartouches mouillées dans un fusil sans charge. Ton sang
est vif et beau, chantant, et nous regrettons beaucoup que tu
ne veuilles pas être des nôtres. Mais après tout, il nous a été
annoncé que ton chemin est parmi les hommes et ta force,
petit buffle, dans la tristesse qui envahit ton cœur. Cette tristesse est l'élan qui te porte, nous le savons de bonne source ;
et si nous avons joué quelque peu avec toi, c'est pour nous
conformer à la volonté du Maître qui nous a dit avant de retourner au vieux pays : *Quand l'enfant viendra sur ma tombe, agacez-le
un peu et frappez sur sa peau comme sur un tambour, afin de
connaître sa résonance exacte. Et si le son de cet enfant vous
plaît, s'il est bien conforme à ce que je crois, ouvrez une veine de son
poignet et mêlez son sang à celui d'un corbeau mâle, car cet animal
est celui de mon clan : puis laissez-le partir, aller son chemin...*

— Oui, c'est ça même qu'il a dit, confirma humblement la hure.

La suite se déroula rapidement. Les gobelins s'étaient rapprochés pour mieux assister à l'opération, en surveiller le moindre détail de leurs yeux secs et durs, fouilleurs, plus acérés que des griffes. On ramassa dans l'herbe un grand corbeau aux reflets bleus et qui paraissait mort, l'œil éteint, les barbillons défraîchis sous le bec entrouvert. Puis, d'un coup de tranchet rapide et sûr, Eusèbe l'Ancien incisa une veine au poignet gauche du garçon docile, absent à lui-même, secrètement glacé par la cérémonie. Il fit saigner la cuisse de l'oiseau et appliqua les lèvres de l'entaille contre la plaie du garçon, accolant l'un à l'autre, veine à veine, le jeune humain et la bête. Puis il tendit la volaille à bout de bras, très haut, comme pour lâcher un coq de combat dans l'arène du ciel; et sur un ton impératif, à la fois monocorde et bizarrement chantant, l'homme de la Connaissance débita :

> *Par-dessus les feuilles*
> *Par-dessus les paupières des hommes*
> *Par-dessus le mufle du lion*
> *Ecarte tes ailes noires...*

Un tremblement intérieur parcourut le petit paquet de plumes bleues. Les doigts de l'homme s'écartèrent du corbeau qui partit en flèche, sans croasser ni bouger des ailes, tomba comme une pierre vers les arbres qui se refermèrent sur lui sans un remous. Ti Jean ne sut comment naquit en lui l'image d'un envol. Au même instant, sans que nul signe particulier, nulle douleur ne marque le passage d'une forme à une autre, un vent le souleva de terre et il fit aussitôt corps avec les fortes membrures de ses ailes, qui battaient violemment l'air noir, avec ses pattes projetées en avant et ses griffes ouvertes, avec son bec, surtout, ferme et tendu comme une pointe d'acier. Il eut soudain l'impression obscure d'avoir déjà vécu cette chose-là, cette étrangeté absolue : peut-être accompagnait-il l'oiseau seulement en esprit, comme autrefois, et peut-être son corps humain l'attendait-il quelque part, dans un autre temps, étendu près d'un bivouac de chasseur, et lui suffirait-il de glisser dans la poitrine endormie du jeune homme pour en finir avec cette avanie ? Mais il eut beau regarder à terre, sous ses ailes fuyantes, il n'y avait pas de bivouac ni rien qui ressemble à un chasseur, et, au milieu du cercle d'esprits aux yeux transparents, une chemise et un pantalon étalés dans l'herbe figuraient vaguement une forme humaine ; alors, sur un croassement funèbre, Ti Jean se décida à l'envol et s'engouffra d'un seul coup dans le ciel, à la manière d'une flamme dans une cheminée...

Se laissant porter par le vent, il prit de la hauteur et une griserie lui vint à voir les formes du monde si réduites, tout en sachant qu'il lui suffisait de se laisser glisser vers elles pour retrouver leur grandeur véritable. Champs et bois défilaient sous lui, écrasés par un talon gigantesque. Parfois un vertige le saisissait, et il redescendait vers la terre en des plaintes que n'entendait pas, aussitôt avalées par le vent. Puis il y eut un vide immense en bas, un ciel qui paraissait aussi profond que celui d'En-haut, à peine traversé de quelques lueurs éparses, lointaines, qui vous rappelaient vaguement à l'existence des humains. Il comprenait, croyait comprendre pourquoi certains nègres se transformaient autrefois en « volants ». Des gommiers garnis de fanal étaient en haute mer et plus loin, dans la direction de Pointe-à-Pitre, des vaisseaux illuminés quittaient le port, lourds des produits du nouvel esclavage. Il hésita, obliqua mollement vers les monts Caraïbes ; enfin s'insinua entre les vallées qui séparent le piton de la Madeleine du cratère de la Soufrière, dont les vapeurs répandaient un voile de soie jaune au-dessus des cols...

Comme il atteignait les crêtes sauvages qui dominent Fond-Zombi, il crut apercevoir la lueur d'un feu au milieu du plateau d'En-haut. Mais il n'eut pas le temps de s'y attarder, car déjà son attention était captée par une petite tache blanche, vaguement phosphorescente, on aurait dit un ver luisant, en bordure du marécage où il venait autrefois guetter les vols de canards : au même instant, un éclair invisible jaillit de la petite lueur innocente et il ressentit une brûlure jusque dans les plis, replis les plus secrets de son cerveau...

Un peu plus tard, à la verticale de Fond-Zombi, il fut surpris par l'image étrangère que lui proposaient ses yeux de corbeau, alors qu'il savait la plus fine ravine, la plus légère bosse de terrain inscrites comme veines et glandes dans son corps humain disparu ; puis, sur un dernier coup d'aile, il atterrit dans l'herbe du plateau d'En-haut, au milieu du cercle d'esprits incarnés...

Non loin de lui, à côté d'un petit tas de vêtements, gisaient le mousquet de Wademba et le ceinturon, l'anneau, la corne à poudre, la besace de man Éloise dont la bretelle entourait encore l'épaule de sa chemise étalée dans l'herbe. Il suscita hâtivement une image en son esprit. Et il lui semblait que les mondes humains s'en allaient, ne tenaient plus dans les limites de son crâne de corbeau, quand un léger déplacement d'air le projeta, debout, dans un corps d'homme, sur des jambes lisses et noires d'homme. A ce moment, Eusèbe l'Ancien le considéra d'un air de mélancolie et dit, ses yeux délavés luisant d'une tristesse de pierre, en dépit du sourire qui étirait sa vieille bouche noire :

— Te voilà maintenant de la famille des corbeaux, noble et ancienne famille, mon garçon ; va, et que les dieux t'accompagnent sur le chemin qui se nomme tristesse, obscurité, malheur et sang...

8

Ti Jean quitta l'assemblée sur ces mots, les yeux encore tout remplis du dernier regard d'Eusèbe l'Ancien ; regard qui avait été comme un appel, un avertissement secret, et la main que l'on pose sur le front d'un enfant qui va mourir...

Passant devant la tombe ouverte, il salua le grand squelette et l'idée lui vint d'honorer sa mémoire d'un coup de feu. Tout content, il vérifia le dispositif de mise à feu du mousquet : une étincelle jaillit. Puis versa un peu de poudre au fond du canon, la tassa soigneusement à l'aide de la baguette et enfila une balle d'argent au bout d'un petit bouchon d'herbe, comme il avait vu faire aux vieux chasseurs qui utilisaient une escopette de l'autre siècle. Mais, comme il braquait l'arme vers les étoiles, il vit le visage d'Égée dans le ciel et son geste lui parut inutile et vain, parfaitement dérisoire, comme avaient été inutiles et vains les espoirs que Wademba avait fondés sur son petit-fils, guerrier d'un autre temps, qui s'était préparé à des batailles qui n'auraient pas lieu. En vérité, il n'y aurait que cette chute, cette pente obscure où le monde glissait vers un gouffre toujours plus profond; et, renvoyant le mousquet derrière son épaule, Ti Jean abandonna le village en ruine qui gémissait dans le vent, donnait de la trompe, on aurait dit, tel un navire en perdition..

Les étoiles s'éteignaient quand il rejoignit l'apparition, au bout du marécage où il l'avait vue pour la première fois. Elle était allongée dans les hautes herbes, le mufle entre ses genoux repliés, et la vapeur montant du marais accentuait l'irréalité de cette forme immense qui semblait reposer au milieu d'un lit de nuages. Ti Jean la trouva belle ainsi, il ne savait de quelle beauté terrifiante. S'en approchant à pas lents, il vit le pélican au creux de son oreille et qui semblait dormir, lui aussi, les paupières rabattues dans un songe, la poche jaune du bec enflant et se vidant à un rythme régulier. Le rayonnement électrique de la Bête avait faibli et vue de près, au travers des longs cheveux de vieille qui la recouvraient, la peau donnait l'impression à la fois d'une substance onctueuse, douce au toucher, et du dedans nacré d'un coquillage...

Ti Jean contourna la dévoreuse des mondes et s'approcha de son mufle, soudain indécis, transpirant une vilaine sueur. Les mâchoires bâillaient juste assez pour un corps d'homme. Sous les babines luisantes, humectées d'une salive mousseuse, jaunâtre, les dents de vache semblaient sourire dans leur sommeil, avec une ironie qui les nimbait d'une sorte de vie surnaturelle. Eusèbe l'Ancien avait dit que toutes formes vivantes étaient au fond d'elle, intactes... il avait dit intactes; et, pressant le mousquet contre sa poitrine, nostr'homme engagea précautionneusement une jambe et posa son pied à l'intérieur, de l'autre côté de la rangée de dents...

Livre Quatrième

Où l'on voit comment Ti Jean atterrit au pays
de ses ancêtres, par le gouffre qui s'était ouvert
dans les entrailles de la Bête;
suivi du récit de la première journée du héros,
misère, misère vous dis.

1

Donc, de son pied nu, nostr'homme prenait contact avec
l'autre monde, par-derrière une rangée de molaires qui n'avaient
jamais servi, à l'émail lisse et bleuâtre des dents de lait. Et il
se tâtait, encore, le mousquet bien serré contre sa poitrine,
quand la langue fabuleuse reflua légèrement sous ses orteils,
ainsi que le bord d'une huître sous l'effet d'une petite goutte
de citron. Au même instant, les vastes paupières se soulevèrent
et il se sentit couler tout entier entre les mâchoires, couler comme
on coule au fond de l'eau, à la douce, sans la moindre offense,
et il se demanda en un éclair de surprise lointaine ce qui
venait d'arriver : s'il s'était franchement et honnêtement jeté
dans la Bête, ou bien si elle l'avait happé ?

Au fond de la gorge, béante comme un porche d'église, il
entrevit deux hauts piliers sous une voûte qui n'allait pas du
tout avec l'apparence extérieure de la Bête; puis il plongea
mélancoliquement dans la nuit des entrailles, cul par-dessus
tête, avec pour seule idée de ne pas laisser filer le mousquet
et la besace de man Éloise...

Il fut surpris par la douceur de la chute. L'espace autour de
lui s'était dégagé, hors de toutes limites. On ne distinguait
plus les contours de rien et son corps descendait avec une lenteur d'oiseau qui se pose au sol; tombait droit à l'horizontale,

la face tournée vers le gouffre et les bras écartés comme des ailes. Un calme naissait de cette chute paisible. Et il respirait lentement dans le vide, bras toujours écartés et les jambes en ciseaux, les joues parcourues d'un léger vent noir et frais. Une poussière d'étoiles l'entourait, certaines se gonflant et se dégonflant comme des méduses, selon que s'en approchait ou s'en éloignait, en sa coulée paisible de poisson des grandes profondeurs. Çà et là il croyait distinguer des soleils, des lunes de couleurs différentes et qui se déployaient chacune pour soi, en quartiers inégaux, dans des régions opposées de l'espace; et plongeant dans cet océan, il revoyait la Bête endormie dans le marécage, là-haut, par-delà les coulées et les coulées d'étoiles prisonnières, en ruissellement dans ses entrailles...

Son corps s'habituait à la chute, y trouvait une nouvelle façon d'être, de respirer, et il finit lentement par s'endormir à poings fermés, répandant son âme dans la nuit. Quand il souleva les paupières, l'œil frais, il était en planement dans un vaste ciel étoilé. Tout en bas, c'était maintenant un paysage de collines, de champs tracés comme en damier, lits de rivières au cours sinueux et argenté. Puis il reconnut les premiers arbres de la Guadeloupe, palmiers, cocotiers, fromagers; et comme il se posait dans une savane blanchie par la lune, rebondissait pour venir enlacer la terre, en riant, pleurant et riant, ses joues se frottant inlassablement à l'herbe fraîche de la nuit, soudain l'odeur de ce monde lui parut singulière et il s'assit, regarda tranquillement ce qui s'offrait à lui...

Toutes choses avaient une allure à la fois insolite et familière. Palmiers et cocotiers, fromagers qu'il avait reconnus dans sa chute ne lui offraient plus le même visage. Vus de terre, ils semblaient plus grands que ceux de Guadeloupe, avec quelque chose de rude et de heurté qui n'existait pas là-bas. Quant à l'air âcre et chaud, à l'espace qui l'entourait, à la disposition des étoiles dans le ciel, ils étaient étrangers au pays, bien que Ti Jean éprouvât au fond de lui-même qu'ils ne lui étaient pas tout à fait étrangers, à lui, considéré dans l'intime de son estomac :

n'avait-il pas déjà respiré cet air, ressenti l'angoisse de cet horizon, contemplé la disposition mystérieuse des étoiles dans un ciel non pas transparent, comme celui de Fond-Zombi, mais éclaboussé par endroits d'une encre très noire, pareille aux jets désordonnés que projette le poulpe?...

Alors, comme il regardait en direction d'un arbre trapu, à la frondaison courte et bulbeuse, qui rappelait la coupelle d'un champignon, des sons naquirent en lui à la vue de cet arbre et il prononça ce mot : baobab.

2

Nostr'homme demeura toute la nuit, dans cette savane, à humer les odeurs anciennes et nouvelles de la terre d'Afrique. Parfois sa main caressait une pierre, un brin d'herbe dans l'ombre, et il ressentait jusqu'au bout de ses doigts le sentiment troublant de faire partie du paysage, de s'y trouver au même titre que le brin d'herbe ou la pierre. C'était une sensation que n'avait jamais connue à la Guadeloupe, où une fine buée de lointain recouvrait toutes choses, avec certains jours l'impression déchirante d'être en exil sur sa propre terre. Et il goûtait cela, d'être si proche de l'herbe et de la pierre, fondu aux voix obscures qui montaient du sol. Mais soudain des visions l'envahissaient, coupant son cœur; et l'instant présent se dissolvait dans le cri d'Égée, là-bas, sous le figuier banian, par-delà les mâchoires fabuleuses de la Bête...

L'aube éclaira un paysage de collines molles, allongées, qui déferlaient à perte de vue, telles des vagues se pressent à la surface de la mer. Ti Jean prit appui sur son fusil et se mit debout, pivota lentement sur une jambe, indécis. A Fond-Zombi, le soleil apparaissait toujours du côté de la rade pour aller se noyer derrière la montagne, entre le volcan et les deux Mamelles. Sur cette pensée, le garçon prit tout naturellement la direction du levant, avec la certitude tranquille d'y rencontrer une ville comparable à la Pointe-à-Pitre. Peu à peu des montagnes se dessinaient à l'horizon. Les bois s'éclaircissaient, des arbres géants dominaient les taillis et des animaux identiques à ceux des livres d'images s'immobilisaient, biches, antilopes et girafes qui l'observaient d'un œil tendre, puis détalaient sans un cri. Tout cela était si conforme qu'il se demanda si cette Afrique ne naissait pas de ses songes, au fur et à mesure qu'il foulait de son pas tranquille les hautes herbes dégoûtantes de rosée; à moins qu'il ne se mût sans le savoir dans l'esprit de la Bête, qui avait suscité pour lui, tout spécialement, une Afrique à l'image de ses rêves avec un jour et une nuit comme autrefois, et un soleil pareil à celui de Fond-Zombi... quoique plus étalé dans le ciel, plus frémissant dans le rougeoiement de l'aube, plus ressemblant à une tache de sang...

Tout à coup, comme il contournait un bosquet étincelant, aux feuilles pareilles à des flammes vertes, dans la lumière de l'aube, il revit une des scènes les plus attrayantes de son livre en couleurs sur l'Afrique. Dressé contre le tronc d'un jeune arbre, un lion de sable jaune s'efforçait de happer un négrillon juché entre deux branches. La bête était énorme, avec une caboche qui semblait rapportée d'un animal encore plus considérable. Ti Jean entra en grand' rêverie devant cette nouvelle blague de ses sens. L'enfant riait, d'un faux rire d'épouvante, tout en picotant d'une javeline le museau écumant de la bête qui retombait en arrachant des plaques entières d'écorce. Il pouvait avoir une dizaine d'années, ce garçon de fumée, et de nombreux anneaux d'or encerclaient ses cheveux par touffes régulières, bien sagement rangées autour de son crâne et qui lui composaient une sorte de couronne. Ti Jean haussa philosophiquement les épaules. Et, sans se presser, il chargea son mousquet à poudre et balle d'argent, mit un genou en terre et visa posément l'épaule de sable jaune, comme s'il se fût agi d'un exercice. Toutes choses se figèrent dans le blanc silence que creuse une détonation dans l'espace. Tombé sur le flanc, l'animal se mit à rouler autour de lui-même, tout en défiant du regard l'ennemi invisible qui venait de lui imposer sa loi. Puis il fit un énorme bond de hasard et s'immobilisa dans l'herbe, les yeux grands ouverts; les échos de la détonation résonnaient encore, au loin, par saccades mourantes, comme en hommage au valeureux combattant à crinière...

Le négrillon remit en place le bout d'étoffe qui entourait ses reins et descendit de l'arbre, s'en vint à Ti Jean d'un air ambigu, la pointe de sa javeline tournée vers une région intermédiaire entre la terre et le ciel. Il eut un regard en dessous à l'adresse du mousquet, puis remonta peureusement la taille du chasseur, s'attarda sur le ceinturon et la corne à poudre, la besace de man Éloise, enfin sourit en découvrant le visage de l'inconnu qui venait de lui sauver la vie :

— Si j'étais un petit chien je ferais poulou poulou de la queue; mais étant fils de l'homme, je me dois de te dire merci...

Le visage de l'enfant était tout en lignes douces, sauf la région du front où l'arcade se rebiffait en une sorte de visière osseuse, qui ombrait délicatement des yeux de poulain; et devant ce regard globuleux, naïf, qui le fixait sans crainte, une intuition frappa soudainement l'esprit de Ti Jean :

— Ami, tu sembles reconnaître mon visage, alors que nous ne nous sommes jamais vus sous le soleil...

— Veux-tu dire que tu es un étranger?

— Je veux le dire, sourit Ti Jean.

— Veux-tu dire que tu n'es jamais venu par ici, même en rêve?

— Jamais, assura Ti Jean.

Disposant poliment une main devant sa bouche, l'enfant étouffa un éclat de rire :

— Alors comment fais-tu pour entendre notre langue, étranger qui n'es pas d'ici?

Deux ou trois vautours avaient atterri près de la dépouille du lion et observaient les jeunes gens à la dérobée, d'un œil paillard et froid. L'enfant leur jeta un regard indifférent et poursuivit avec malice :

— Hé, je suis un poussin qui n'a pas encore jeté la coquille de son œuf, mais permets-moi d'admirer la façon dont tu parles notre langue, étranger qui n'es pas d'ici; il est vrai que nous vivons en des temps bien, bien étranges, à ce que disent les Anciens...

— Et pourquoi ces temps sont-ils si étranges?

L'enfant rejeta la tête en arrière et pouffa discrètement, courtoisement, entre ses doigts écartés en éventail : puis en un souffle léger, narquois, faussement confidentiel :

— Parce que vois-tu, dit-il, c'est un temps où les morts remontent de la terre...

Presque aussitôt, comme s'il voulait éviter à Ti Jean la peine de nier l'évidence, le bout d'homme vint à l'arbre qui lui avait donné refuge et ramassa un fruit dans l'herbe, en fit l'offrande cérémonieuse au chasseur. Très à l'aise, il semblait ne voir aucun inconvénient à la présence d'un mort qui parle, rigole à l'occasion et vous abat le roi de la forêt comme on écrase une puce. Il se nommait Maïari, Enfant-du-tout-petit-œil. Ce prénom lui avait été donné, expliqua-t-il, à cause de sa tendance à cligner d'un œil lorsque la lumière est trop forte. Mais l'écoutant à peine, Ti Jean se pencha vers le garçon et lui demanda, pour la deuxième fois, dans cette langue inconnue qui lui coulait tout naturellement de la bouche :

— Ami, j'ai l'impression que tu me regardes comme une personne de ta connaissance : nous serions-nous déjà rencontrés quelque part?

L'enfant fit scintiller ses larges yeux noirs, étales, dont l'éclat remontait doucement vers le voyageur inconnu :

— En vérité, dit-il, tu me rappelles un voyageur qui se présenta dans mon village, il y a longtemps, bien longtemps, lorsque je n'étais pas plus haut que mon nombril. Je ne suis encore qu'un brin d'herbe, mais je sais que la feuille ne tombe jamais bien loin des racines; et le sang de cet homme a modelé chacun des traits de ton visage, car je t'ai reconnu au premier coup d'œil...

— Et lui as-tu parlé, à ce défunt qui me ressemble? s'écria Ti Jean avec exaltation.

— Je lui ai parlé comme à toi, lors de la brève halte qu'il fit dans notre village avant de continuer son chemin. Vois-tu, nous avons su tout de suite que c'était un mort ancien, très ancien; car il s'est mis sans retard sous la protection de l'arbre à palabres, comme faisaient les voyageurs, autrefois, avant que les blancs ne nous gâtent la terre. Le roi est venu s'informer de quel pays il venait. Et tandis qu'arrivaient des rafraîchissements, il essayait en vain d'obtenir des réponses de ce mort qui connaissait les anciennes coutumes. Mais le voyageur se taisait, et la seule réponse qu'il voulut bien accorder, ce fut lorsque le roi mon père lui offrit un pagne pour couvrir sa nudité de vieillard...

— Le roi ton père?

— Oui, le roi Émaniéma, fit l'enfant d'un air étonné, comme si la nouvelle devait en être connue sur toute la terre.

— Et que dit alors le revenant; ami, ami, as-tu souvenance de ses paroles?

— Il remercia à la manière ancienne et dit que l'attendaient dans son village autant de pagnes qu'il pouvait en souhaiter : puis il baisa l'épaule de mon père et s'en fut, pour ne plus jamais revenir...

— Au moins vous aura-t-il laissé son nom?

— Il ne nous a rien laissé, et ce jour-là nous avons seulement connu la lumière de ses yeux. Mais pourquoi veux-tu que je te le dise, son nom : ne le connais-tu pas mieux que moi-même?

— Tu as raison, je veux seulement que tu me conduises à lui.

— Voilà ce que je craignais, voyageur...

— Et pourquoi cela?

— Car ce défunt n'est plus, fit le garçon en posant une main consolatrice sur le bras de Ti Jean.

— Au moins, me conduiras-tu à son village?

Le garçon secoua la tête sans répondre, ses yeux tout à coup endormis sous les lourdes paupières aux courts paquets de cils bleus :

— Il vaut mieux que tu viennes chez moi, dit-il enfin, après avoir jeté un regard affolé à un groupe de collines qui semblaient les épier, tout au fond de la plaine... Ami, tu as dû faire un long voyage à travers les royaumes souterrains : pourquoi ne pas souffler un peu, venir goûter de notre lait caillé?

Un vent sans iode, sans sel et sans odeur se leva, un vent sec et brûlant de carême qui lui fit savoir, pour la première fois, qu'il se trouvait loin de tout océan; et, comme le vent heurtait sa poitrine de front, Ti Jean se figura qu'il s'engouffrait au travers de ses côtes par un vide qui s'était creusé en lui, de part en part, un trou béant à l'endroit de son cœur :

— Compère, dit-il avec effort, j'ai suivi la direction de ton regard et la vérité que tu me caches, je la trouverai de l'autre côté de ces collines...

— La verité, tu l'apprendras au bout d'une lance; mais ne me demande pas de porter le coup...

— Et qui me portera le coup avec plus de douceur, sinon la main d'un ami?

Les yeux de l'enfant paraissaient tout à coup endormis, flottant dans un songe, sous le voile des paupières aux courtes envolées de cils bleus; puis une petite larme pressée courut jusqu'à sa lèvre, aussitôt happée d'un coup de langue distrait, machinal, et Ti Jean comprit qu'une vérité amère l'attendait sous le ciel de ses ancêtres :

— Ceux de son village l'ont fléché, se lamenta le petit bout d'homme; ils l'ont fléché, Wademba...

3

Tournant son regard vers l'horizon, Ti Jean distingua quelques cases étagées dans le lointain, sur la croupe vaporeuse d'une colline. Elles étaient étrangement pareilles à celles de son grand-père, toutes rondes et blanches, avec un petit toit conique de chaume, d'où l'on s'attendait presque à voir surgir des abeilles. Et ça lui fit une rude secousse à l'âme, nostr'homme, le spectacle de ces cases si ressemblantes à celle de Wademba; ça le troubla et l'étonna plus que tout le reste, biches et antilopes, girafes, un peu comme s'il était la fameuse rivière du proverbe, qui avait remonté le morne pour contempler sa source :

— C'est ton village? demanda-t-il à voix basse.

— Non, c'est seulement la maison de mon père et le véritable village est derrière... ·

Puis la voix de l'enfant se fit suppliante :

— L'étranger ne veut-il vraiment pas s'y reposer un instant, goûter de notre lait caillé?

— Je veux aller sur ces collines, dit Ti Jean.

— Dans ce cas, déclara l'enfant après réflexion, il vaut mieux que je t'accompagne jusqu'aux limites de ma tribu, car nous ne sommes plus dans les temps anciens, où les chemins étaient rois. Tu m'as sauvé de la patte du lion et si tu dois mourir, je préfère que ce ne soit pas de la main des miens...

Après une errance en savane, tous deux s'engagèrent dans le lit d'une rivière morte, en cheminement profond, ombragé, où leur intrusion secoua des hordes et des hordes de volatiles criards. Des paquets de roseaux et d'herbes fanées s'accrochaient aux arbustes des berges, en souvenir d'inondations anciennes. Une mélancolie saisit nostr'homme devant ces longues chevelures pendantes; il lui semblait, comment vous dire ça, nouvelle génération au dos lisse, jamais fendu, ...lui semblait que son cœur était le lit même de la rivière, tout rempli de sable, d'herbes fanées et de broussailles...

Au bout d'un temps, Maïari considéra la position du soleil et se mit à escalader la berge, s'agrippant aux racines d'un arbre qui dressait son fût au-dessus des eaux absentes. Le vent de l'aube était tombé et les feuilles se tenaient immobiles, attendant une brise qui ne viendrait pas. Mais un bruissement humain était né autour d'eux, tout en murmures et chuchotis, faux ramages qui ne trompaient personne ; et l'exilé sourit en son cœur, songeant, vieux coureur des grands bois, que les hautes herbes peuvent bien avaler la pintade, mais pas le souffle de la pintade. Soudain un homme parut entre deux touffes, un carquois sur l'épaule et le corps drapé dans un pagne qui coulait jusqu'à terre, d'un blanc mousseux, comme une robe de mariée. Et passant devant son ami, l'enfant fit plaisamment remarquer, d'une voix aiguë qui portait loin à la ronde : *ne faut-il pas que*

133

la petite étoile accompagne la lune ? Mais une gravité rentrée démentait son sourire, et Ti Jean comprit que le fils du roi lui offrait le bouclier de sa personne. Alors le guerrier porta son regard sur le voyageur inconnu, et, l'œil incrédule, il s'inclina cérémonieusement et s'évanouit, comme rentré sous terre. Quelques instants plus tard, la rumeur d'un tam-tam s'élevait dans son sillage, allègre et chantante, bourdonnante, bien que modulée d'une façon impossible à danser, et Maïari dit simplement :

— Nous sommes annoncés dans mon village...

— Que dit le tam-tam ?

— Le tam-tam dit : un ami est sur le chemin...

Puis, tel un incendie de cannes sèches, la coulée sonore gagna d'une seule envolée le milieu de la plaine et cessa, reprit un peu plus loin, mourut et reprit encore, encore et encore, jusqu'à l'extrême limite de l'horizon où les battements se firent de plus en plus vifs, exprimant une sorte de rage ténue, vibratile, d'insecte en mal de piquer son dard :

— Et maintenant nous sommes annoncés de l'autre côté de la rivière, sur le territoire des Sonanqués...

— Que dit le tam-tam, cette fois ?

— Le tam-tam dit : un étranger qui a la face de Wademba est sur le chemin...

Plongé dans un état second, Ti Jean ne portait plus le moindre regard sur le paysage, attentif seulement à la petite silhouette qui se faufilait devant lui, entre les herbes, la tête étincelante de ses dizaines d'anneaux d'or qui semblaient capter chacun un rayon de soleil. Une âme bien trempée, un cœur bien accroché et des glandes lacrymales sèches, carbonisées, voilà ce qu'il faut avoir dans la vie, se disait-il en raillerie de lui-même et de son état actuel, englué dans l'étrange, à cheval entre deux mondes également impossibles. Tout à coup le jeune garçon s'immobilisa et, venant à lui, Ti Jean découvrit à leurs pieds une rivière qui s'écoulait au fond d'un val. Les eaux se divisaient au milieu de leur cours, emprisonnant un îlet minuscule en forme de barque; de l'autre côté, la brousse s'élevait en muraille verte, impénétrable au regard :

— Cet îlet que tu vois n'appartient pas aux humains, dit l'enfant, c'est pourquoi nous l'appelons le bateau des dieux. Mais au-delà commence un territoire ennemi, et si tu poses un pied sur l'autre rive, tu marches sur les ancêtres d'un autre peuple et je ne suis plus comptable de ton sang...

— Pourquoi devraient-ils me tuer? répéta Ti Jean.

Sans lui répondre, le garçon descendit jusqu'au bord de la rivière où il se dévêtit, avant d'entrer dans l'eau, ses bras dressés à la verticale et le pagne roulé en boule dans le creux de ses mains. L'eau atteignit ses épaules, sa bouche, elle recouvrit ses anneaux d'or et Ti Jean ne vit plus que deux avant-bras au-dessus de la surface. Il en fut ainsi durant quelques secondes, interminables, et puis les anneaux réapparurent comme par miracle. Ti Jean se déshabilla à son tour et rejoignit la petite grenouille frissonnante, qui se séchait à la manière des enfants du Bassin bleu, repoussant l'eau du tranchant de la main, à coups vifs, de façon à produire des gerbes de gouttelettes...

Au milieu de l'îlet, des roches entouraient une petite plage de sable à consistance de farine, de la fine fleur on aurait dit, pas de la recoupe. Maïari noua son pagne et s'assit dans cette farine d'ange, le torse bien droit, les paumes découvertes sur les genoux, s'immobilisa soudain comme statue; ses lèvres encore humides se gonflèrent en une moue :

— Ouye, ouye, ouye, mes poumons m'empêchent de parler, tellement ta conduite me navre. Toutes les lances que tu trouveras de l'autre côté se tourneront contre toi, pourquoi ne pas accepter mon hospitalité?... Regarde, il nous reste une main de soleil et en allant d'un bon pas, nous pourrions être à mon village avant la nuit...

La rivière clapotait en sourdine contre la proue de l'îlet. Nostr'homme pensait à ce que man Éloise lui avait laissé entendre de l'Afrique, cette terre prodigieuse où les dieux avaient élu domicile. Rassurés par leur nonchaloir, les animaux du voisinage reprenaient vie, et, de l'autre côté de la rivière, la muraille s'ouvrit sur une petite guenon avec deux enfants accrochés à son ventre. L'aimable personne avait écarté le feuillage d'une main prudente et demeura quelques instants à humer l'air, ses fines lèvres humaines projetées en avant, comme pour évaluer la menace. Et puis alertée par un bruit, un signe à elle seule perceptible, elle rentra sa petite tête amicale et le rideau de feuillage se referma sur son mystère...

— Maintenant, dit Ti Jean, je veux savoir pourquoi la mort m'attend là-bas, de l'autre côté de la rivière...

— Tu y tiens vraiment tant que ça, étranger ?

— Et plus encore, sourit Ti Jean.

— Eh bien, apprends que ta mort est accrochée à celle de Wademba, aussi étroitement que les petits de cette guenon étaient accrochés à son ventre...

Maïari semblait compter les grains de sable, les feuilles des arbres, les dernières étincelles du jour en miroitement sur l'eau. Après un long silence, il fit pivoter sa tête tremblant d'or et abaissa des paupières soumises, trempées de sueur, montrant par là qu'il rendait entièrement les armes devant la folie de l'étranger :

— Oui, accrochée à celle de Wademba, ta mort, car un événement est toujours le fils d'un autre, c'est ce que nous enseigne le roi : *en vérité, pour qui sait voir, la flèche qui tua Wademba avait été lancée avant même le jour de sa naissance...* Ce sont là les paroles de mon père, acheva l'enfant en promenant doucement ses prunelles sur Ti Jean, comme pour s'excuser par avance de ce qu'il avait à lui dire.

— Alors je t'en supplie, gentil poulain, à quel moment la flèche a-t-elle été lancée ?

Sur ces mots, le fils du roi secoua gravement la tête, en hommage à la sagesse de celui qui avait su comprendre, deviner que dans l'ordre et la suite d'un récit, il y va de l'ordonnance même du monde; et dilatant ses narines, prenant son inspiration au plus profond de ses entrailles, il entama d'une voix lente, psalmodiante, d'écolier qui a bien appris sa leçon :

— *En vérité, en vérité, la flèche fut lancée avant même le jour de sa naissance : au tout début, au commencement du commencement, lorsque l'œuf qui devait donner les Sonanqués dormait encore dans le sein de la terre...*

LE RÉCIT DE MAIARI
OU
HISTOIRE DE LA FLÈCHE QUI ATTEIGNIT WADEMBA

Il était une fois en un pays lointain, lointain, à de longues années de marche d'ici, un roi qui perdit les deux yeux dans un combat contre l'envahisseur : bon. Vaincu en ce même combat, son peuple dut s'enfuir et un esprit apparut en songe à l'aveugle, lui promettant de les conduire dans un pays qui serait leur nouvelle terre, un pays que le roi reconnaîtrait à une odeur spéciale émanant du sol : voyez-moi ça...

Ils s'en allèrent ainsi, derrière l'aveugle, poussant devant eux leur maigre troupeau. Et puis un jour, le roi se mit à tituber comme un homme ivre et l'on monta campement en ce lieu. Guidé par ses narines sacrées, le peuple traça les limites du royaume que lui avaient imparti les dieux. Saison après saison, les enfants y firent leur soleil, jusqu'à ce qu'un nouveau peuple sans terre se lève et vienne frapper aux portes du deuxième royaume. Au cours de la bataille, il arriva que le vieil aveugle fut entièrement cerné par l'ennemi, avec un petit nombre de ses guerriers. Seules quelques longueurs de bras le séparaient d'une haie de javelines. Sûrs de leur proie, les ennemis frappaient déjà sur les tambours de la victoire, ils déchiraient l'air de leurs sifflements, ils le déchiraient. L'aveugle s'assit et ordonna à ses gens d'imiter son exemple. Après un temps de silence il se leva : allons, dit-il, on ne tue pas ainsi les rois. Puis il marcha la tête haute vers la haie de javelines en criant : écartez-vous, faites place à mon sang. Et les ennemis lui ouvrirent passage et il traversa leurs rangs, comme un qui jaillirait tout sec d'un pot de graisse ; et il se réfugia sur le sommet d'une montagne, avec les survivants de son peuple et un reste de bétail...

Voilà pour le commencement : la flèche n'était pas lancée, mais les cordes de l'arc commençaient à se tendre...

Après le sacrifice d'une vache, les devins examinèrent les entrailles de la bête, bon, et ils dirent que seul un chant nouveau pouvait insuffler au peuple un courage nouveau : voyez-moi ça. Le luthier se mit au travail et tailla une cora à trois cordes. Puis l'on transmit l'oracle aux membres de la famille du roi et maintenus par les devins, ils furent conduits auprès de l'aveugle pour y être immolés sur l'âme encore vierge de la cora. L'un après l'autre il les prenait par les cheveux et, l'un après l'autre, il guidait le flot de leur vie sur le bois de la cora. Quand vint le tour de son dernier fils le garçon avait disparu, et le roi dit alors, car il était bien fatigué : assez, assez pour aujourd'hui. Il prit dans ses mains la cora ruisselante et glissa un doigt sous une corde, et l'on entendit un son misérable. Et les conseillers du roi dirent : assez n'est pas assez. Et vers la fin de ce jour, on poussa contre l'aveugle son dernier-né que l'on venait de retrouver dans un buisson. La vie coula de la gorge du garçon. Et touchée par le sang de l'enfant, le dernier, la précieuse écume de ses reins, la cora fit entendre des sons d'une grande beauté et des paroles inconnues s'échappèrent de la gorge du roi. Le chant racontait les exploits des Célestes, un peuple mystérieux qui habitait les nuages et faisait la guerre aux humains, car il trouvait son contentement à les voir souffrir. Le lendemain, l'aveugle le chanta devant tout son peuple rassemblé, et les guerriers s'écrièrent à la fin de son chant : ô roi, donne-nous des peuples à dévorer. De cet instant mourut ce peuple, et de cet instant naquit un peuple nouveau qui se donna le nom de Sonanqués, ce qui signifie dans l'ancienne langue : les Dévorants...

Et la flèche s'éleva dans l'air, avec un sifflement qui fit trembler toutes les tribus voisines : les Sonanqués avaient été pourchassés en gibier, ils devinrent les chasseurs et des royaumes s'écroulaient sur leur chemin, des générations entières descendaient sous la terre. L'aveugle touchait les cordes de sa cora, et le sang de ses fils réclamait toujours du sang et le malheur des hommes n'avait pas de fin. Et il advint ceci : après la mort du roi, la cora se mit à chanter toute seule et les Sonanqués poursuivirent leur chemin, droit devant eux, comme une armée de sauterelles qui dévorent tout sur leur passage. Cette course dura mille ans, jusqu'à ce que la cora tombe en poussière. Quand cela se produisit, ils étaient

*arrivés dans le pays qui nous entoure, entre la rivière Séétané
et la grande boucle du fleuve Niger. Ici vivait alors un peuple
qui portait un nom, un peuple qui parlait une langue et avait des
souvenirs aussi vieux que les collines, et ce peuple était le nôtre.
Les Sonanqués avaient entrepris de nous dévorer. Mais voyant
leur course finie, le chant de la cora réduit en poussière, ils posèrent
leur talon sur notre nuque et leurs coutumes devinrent nôtres,
et nous oubliâmes jusqu'à notre nom. Et c'est pourquoi, depuis
des temps et des temps et encore des temps, nous sommes seulement
connus sous le nom de Ba'Sonanqués : les fils, la vile progéniture
des Sonanqués. Nous restions sur nos terres, mais le produit du
sol leur appartenait et le ventre de nos femmes leur appartenait,
et le bras de nos jeunes hommes allait à la défense de leur royaume.
Aujourd'hui tout cela n'est plus que fumée, et il y a longtemps
que nous avons secoué le joug. Mais c'est leurs dieux que nous
adorons, et nous construisons toujours nos cases à l'image des
leurs, car nous avons perdu jusqu'au moindre souvenir de ce que
nous fûmes, autrefois, dans ce pays qui nous entoure : enfants,
entendez-vous la flèche voler dans le ciel ?...*

— Je l'entends, murmura Ti Jean, je l'entends cette flèche
et c'est jusqu'au fond de mes entrailles que je l'entends... mais
je ne comprends pas la direction qu'elle a prise et il me semble
que je deviens fou : ces hommes-là qui vous mirent en esclavage,
avaient-ils donc pas la peau noire ?

— Ils avaient la peau noire, bien sûr, répondit le bout
d'homme en fronçant des sourcils, mais que vient faire ici la
couleur de leur peau ?

— Fou, je dis que je deviens fou tout bonnement, fou dans
ma tête et fou dans mes os. Je vois bien cette flèche dans le ciel,
mais je ne comprends pas du tout sa trajectoire : hélas, le nègre
peut-il se mettre lui-même dans les chaînes ?

— Quel est ce mot bizarre ? demanda Maïari en portant deux
doigts au lobe de son oreille : il n'appartient pas à notre langue,
il n'est pas d'ici...

— De quel mot parles-tu ? s'étonna Ti Jean.

— Je parle du mot : « nègre »...

Ti Jean le considéra longuement, et voyant que l'enfant ne le badinait pas :

— Frère, dit-il enfin, mon petit frère de l'autre côté de l'eau, oublie donc mes paroles et continue ton histoire, je t'en prie...

— Frère? répéta l'Africain d'un air incrédule; et, abaissant ses paupières sur le monde visible, il renoua avec sa récitation d'enfant sage, de cette même voix lente et cérémonieuse qui était à la fois la sienne et celle d'un autre, le roi, sans doute, qui parlait par sa bouche :

Une deuxième période de mille ans s'écoula : bon. L'une derrière l'autre, les générations faisaient leur soleil, des deux côtés de la Séétané. Mais toutes les calebasses finissent par se briser, elles vont à la rivière et se brisent, et c'est ce qui advint peu après l'arrivée d'hommes blancs sur la côte : voyez-moi ça...

Jusqu'à ce jour, il se faisait que les Sonanqués vendent certains d'entre nous à des marchands qui les emmenaient le plus loin possible, par mille détours, afin que les malheureux ne retrouvent pas le chemin de leur village. Ils vendaient ceux qui leur avaient déplu, ceux-là qui les transperçaient du regard, les injuriaient la bouche fermée. Mais avec l'arrivée des hommes blancs, les marchands se firent aussi nombreux que des sauterelles et c'est par files entières que les captifs prirent le chemin de la Côte, où ils disparaissent de tous regards, subitement, aussi bien que s'ils étaient descendus au Royaume des Ombres : et c'est alors que la calebasse se brisa...

Un jour, un de nos jeunes gens reçut l'ordre de courir l'antilope. Et comme il revenait de la chasse les mains vides, sans l'animal désiré, son maître le fouetta et le mit « au bois » pour la nuit. Le lendemain, après avoir libéré ses chevilles du « bois », son maître répéta l'ordre de courir l'antilope et le jeune homme dit malicieusement, sans être entendu sur ses intentions profondes : aujourd'hui sans doute je tuerai, car je viserai juste. Le soir, comme il s'en retournait encore les mains vides, son maître vint au-devant de lui avec une lanière de cuir. Le jeune homme l'ajusta d'une flèche et l'étendit mort dans l'herbe. Il cria ensuite : bien. Et jetant son arc à terre, il dit aux parents du défunt qui s'emparaient de lui : laissez-moi, suis-je un oiseau pour m'envoler au ciel ? On lui creva les yeux, on lui enfonça des bâtons dans les narines et les témoins du spectacle disaient en pleurant : il tonne aujourd'hui sur le monde, il pleut à grosses gouttes. Or, parmi ceux qui assistaient au supplice, il y avait un homme très ancien du nom de M'Pandé, un vieillard aux cheveux blancs comme l'écume de la mer. Quand tout fut terminé pour le jeune homme, il se mit à l'écart des siens et remua de sages pensées. De nombreuses graines tombaient dans sa tête et poussaient, elles devenaient un véritable jardin; ainsi, après avoir pris conseil en lui-même, il revint au milieu de son peuple et lui dit :

— Pour qui pleurez-vous ? pour qui vous emplissez-vous la bouche de cris ? Nous avons oublié nos dieux, nous avons oublié notre langue et nous avons perdu jusqu'au souvenir de notre nom : de qui donc attendez-vous un secours ?

Et le peuple lui répondit :

— Nous n'attendons aucun secours, mais nous voulons pleurer...

Et il leur dit, M'Pandé, celui qui devait devenir le premier roi des Ba'Sonanqués :

— Aujourd'hui, je ne pleurerai pas avec vous; car ne voyez-vous pas qu'il nous faut tarir la source de nos larmes, et changer d'yeux ?

Alors quelqu'un sourit aux paroles de l'Ancien :

— Notre cervelle, ne faudrait-il pas aussi la changer ?

— Il faut la changer, dit M'Pandé.

— Et les entrailles ?

— Il faut les changer, dit M'Pandé.

— Le cœur ?

— Le cœur aussi, dit M'Pandé.

— Et que restera-t-il de nous ?

— Rien, il ne restera rien de nous, dit M'Pandé.

Alors le peuple entier se réjouit aux paroles de l'Ancien, il était las de lui-même et se réjouit :

— En es-tu bien certain, vieillard ?

— Certain, dit M'Pandé, car deux seulement savent la vérité sous le ciel : celui qui frappe, et celui qu'on a frappé...

*A ces mots toutes larmes disparurent, et la guerre commença.
Le peuple sans dieux, sans langue et sans nom au milieu du front
s'était dressé comme un léopard, et bientôt le pays tout entier
sentit le sang humain. Dans les pauses entre les combats, les
parents des morts se portaient de chaque côté de la rivière et
échangeaient des insultes. Et puis les Ombres elles-mêmes se
mirent de la partie. Remontant les couloirs souterrains, elles
s'affrontaient en des batailles aériennes plus féroces encore que
celles des vivants, et qui soulevaient dans la plaine des colonnes
tournoyantes de poussière. De vastes étendues se couvrirent de
squelettes blanchissant au soleil. Le pays dévorait maintenant
ses habitants, il les dévorait ; et des deux côtés de la rivière, on
en vint à murmurer qu'il était temps de faire pousser les hommes...*

*Celui qui ramena la paix était un être d'une taille surnaturelle,
comme il ne s'en voit plus aujourd'hui. Il appartenait à la race des
Maîtres et avait pouvoir de se changer en corbeau, car il était
le messager de son roi ; ainsi, il ne devait pas cette faveur à la
sorcellerie. Un jour, cet homme revêtit discrètement ses ailes et
traversant la rivière, il vint se poser à l'intérieur de la case de
M'Pandé, premier roi des Ba'Sonanqués. Là, le dignitaire reprit
forme humaine et s'assit devant l'entrée de la case. A son apparition les gardes du roi retinrent leur souffle. Ils mirent la main
à l'épée, et ils s'apprêtaient à tuer l'ancien Maître lorsque le roi
s'avança, lui tendit un verre d'eau. L'homme but en silence et
le roi s'écria : voyez, il a bu de mon eau. Puis il tendit un plat
de viande à l'homme qui s'en saisit, mangea tranquillement.
Alors le roi se tourna vers les gardes et leur dit : voyez, il a bu
de mon eau et il a mangé sous le toit de ma case, il s'agit aujour-
d'hui de savoir si nous sommes des hommes ou des Dévorants.
Enfin, s'adressant à son visiteur, il lui demanda compte de sa
présence en ce lieu et le dignitaire sonanqué haussa les épaules :*
*— Que faut-il faire, ô roi, pour que vous nous pardonniez
mille ans de servitude ?*
Surpris, l'homme aux cheveux d'écume lui répondit :
— On voit toujours Vénus à côté de la lune et c'est pourquoi

on s'imagine qu'elle est son chien : mais Vénus n'est pas le chien de la lune. Permets que je te demande, à mon tour, avec tout le respect dû à ta qualité d'hôte : que faut-il faire mon fils, pour que vous nous pardonniez de ne plus être vos serviteurs ?

— Tu as raison, dit l'inconnu avec désespoir, il n'y a rien que nous puissions faire ni les uns ni les autres, et nous mourrons tous jusqu'au dernier...

— Qui t'envoie ? lui demanda doucement le roi.

— Je suis mon propre messager...

— Au moins auras-tu entendu une voix ? lui dit alors le roi ému ; et comme l'autre secouait la tête en dénégation, le vieux M'Pandé s'assit en face de son hôte et entra dans une longue rêverie.

Puis, le visage tout illuminé, il ordonna qu'on fît venir soixante bœufs de deux ans et raccompagna son ennemi jusqu'au bord de la rivière Séétané, afin qu'il ne lui arrive rien sur le parcours. L'homme traversa la rivière à gué, suivi du troupeau que les gardes repoussaient vers l'autre rive, et il ne lui avait été fait aucun mal. Ainsi s'acheva la guerre entre les Sonanqués et leurs anciens esclaves : sans qu'aucune parole de paix n'ait été prononcée. Les seuls incidents désormais furent le fait « d'hommes dans les fourrés », des guerriers isolés qui se glissaient de l'autre côté, la nuit venue, frappant toute vie jusqu'à ce qu'on les mette à mort. Mais tout cela était seulement le tribut que l'on doit au lion, et ces actes de folie ne mirent pas fin à la trêve qui se poursuivit jusqu'à nos jours : eïa, eïa sur les collines...

Ai-je pas dit que l'homme venu en corbeau se nommait Gaor ? Après son aventure, il reçut le nom de N'Dasawagaor : Je-suis-mon-propre-messager, et sa gloire sur les deux rives devint bientôt telle qu'elle offensa le trône. Alors le roi des Sonanqués le fit tuer par son sorcier, qui lui rongea lentement l'âme ; il fit mourir tous ceux de sa maison et déchira la chair de son avenir, son unique enfant, un garçon de dix ans qu'il vendit à une caravane de la Côte. L'enfant portait le nom de Wademba et fut vendu il y a cent et quarante et cinq pluies, certains disent davantage. Souvenons-nous du père, souvenons-nous-en, oui, afin que son nom plane sur ce royaume. Mais n'oublions pas le fils, n'oublions pas celui qui erra si longtemps dans le séjour des Ombres, par-

dessous l'immensité de la mer, pour retrouver le chemin de son village et y être fléché comme une bête puante : eïa, eïa sur les collines, et que le souvenir des héros dure éternellement...

Une ombre s'étirait au-dessus des arbres, dans l'air fluide et transparent du crépuscule. Elle se débattait, on eût dit le flux et le reflux d'une marée, une houle qui avançait de manière hésitante, envoyait un coup de langue écumeuse et puis se repliait, revenait à l'assaut de la lumière, ainsi, jusqu'à recouvrir tout le ciel d'un voile indéfinissable de sous-bois. Le monde semblait dans l'attente d'une parole à surgir des ténèbres. Tout était en suspens. Un oiseau rasa la surface des eaux en poussant des cris effrayés. Et soudain le silence fit place au vacarme des mille voix de la nuit, réveillées toutes ensemble. Les mains de Maïari glissèrent le long de ses joues, découvrant ses yeux gonflés de chagrin, pareils à des œufs translucides de pigeon :

— Tu comprends, les Sonanqués disent que l'esclavage est une lèpre du sang et celui d'entre eux qui est saisi par l'ennemi, fût-ce pour une heure, il n'a plus droit à revenir dans la tribu... car il est déjà atteint de la souillure, disent-ils...

Et d'une voix soudain fluette, qui avait retrouvé le charme et la spontanéité de l'enfance :

— Traverseras-tu la rivière ?

— Demain, je te répondrai demain, fit Ti Jean en se laissant tomber en avant, dans le sable, comme versant dans le gouffre qui s'était ouvert au cœur de la Bête.

Presque aussitôt il vit Égée toute mince et nue, un poisson rouge dans le creux de sa main. Elle sortait de la Rivière-aux-feuilles et avançait vers lui, souriante, mais la distance entre eux ne diminuait pas; elle avançait, murmurant des paroles confuses...

Soudain un vent frais la souleva en fétu de paille et elle disparut, s'évanouit au bout de l'horizon : c'était l'aube...

4

De l'autre côté de la rivière, une sente en coulée animale s'infiltrait dans la muraille de verdure. Ti Jean se retourna et fit signe au garçon demeuré sur la barque des dieux. Un fil rasant de soleil éblouissait Maïari, qui porta une main en visière et répéta faiblement, d'une voix assourdie par le vent, la crainte et le vent :

— Adieu cousin, adieu, et que ceux qui sont sous la terre t'accompagnent...

Au même instant, une ombre humaine se glissa derrière un tronc d'arbre et on entendit le premier roulement du tambour...

Après une longue course en forêt, où tous les arbres avaient des yeux pour le voir, des bras pour le saisir, Ti Jean déboucha brusquement sur une plaine semblable à celle traversée la veille, de l'autre côté de la rivière. Au loin, entre les éclaircies bleues d'une colline, pointaient les mêmes cases rondes et blanches et coiffées de paille. Des volutes de fumée s'en élevaient, aussitôt happées par le vent, girandolantes. Mais au fur et à mesure de son approche, de petites silhouettes courbes quittaient les cases pour se perdre dans les hautes herbes alentour ; et, arrivé sur les lieux, nostr'homme fut accueilli par le bêlement de quelques chèvres qui tiraient sur leurs cordes, s'efforçant de rejoindre les habitants du village...

Vues de près, les cases ne ressemblaient plus tellement à celle de Wademba, qui prenait subitement un air misérable dans le souvenir du garçon. Elles étaient ornées comme des jeunes filles en parade, avec des parois chaulées de frais, des portes flanquées de colonnades sculptées et enluminées de figures. Chacune semblait plus belle et pomponnée que sa voisine, à croire qu'elles s'en allaient au bal, le long des rues bordées de palmiers nains et si parfaitement lisses, brillantes, qu'elles auraient pu servir

d'assiettes. Errant parmi toutes ces merveilles, Ti Jean les comparait involontairement aux cases du plateau d'En-haut, pauvres
papillons défraîchis, sans couleur, réduits à la carcasse pour
s'être trop débattus dans les ronces d'un autre monde. Soudain,
une odeur familière chatouilla ses narines. Elle provenait d'une
marmite de terre posée sur quelques braises encore rougeoyantes,
à l'abri d'un auvent. Deux ou trois ronds de calebasses montraient que la famille s'apprêtait au repas lorsque lui avait été
signalée l'approche de l'inconnu à face de Wademba. Il souleva
le couvercle de la marmite et reconnut un plat de gombos aux
boyaux salés, avec un bouchon d'herbes nageant par-dessus,
pour l'arôme; tel exactement que le préparaient les gens de
Fond-Zombi, tel. Ti Jean prit place au foyer, se vida un peu de
nourriture dans une calebasse et commença à manger en ravalant son cœur, à chaque bouchée, et en secouant lourdement
la tête, aussi; ravalant son cœur sur ce qu'il voyait, sur ce qu'il
avait entendu la veille, et secouant la tête parce qu'il n'arrivait
toujours pas à y croire. Mais au milieu du repas, un coup de
bile lui vient et le voilà qui se met à arpenter le village en criant,
s'époumonant comme un homme saoul à ras bords : écoutez-
moi, ne rampez pas dans les hautes herbes, espèces de serpents
que vous êtes, crapauds marécageux en dérade!... Ce que vous
ne voulez pas voir, c'est ce que vous verrez aujourd'hui et ce
que vous ne voulez pas entendre, c'est ce que je vais vous dire :
je viens dans mon pays et c'est dans mon pays que je viens,
sous mon propre toit!... Je ne suis pas un étranger, pas un
étranger... Vous m'avez vendu à l'encan, vendu et livré aux
blancs de la Côte : mais je ne suis pas... pas un étranger je vous
dis, non, bande de filous, rapaces en démangeaison perpétuelle!...

Soudain, ce fut comme une seule retombée sur son cœur et
il se mit à rire de ses injures d'ivrogne, gagna la sortie du village
où il trouva un sentier qui s'enfonçait dans le ventre du territoire des Dévorants. Le village suivant lui offrit le même vide
et la même absence, et celui qui lui succédait. Çà et là, des signes
apparaissaient le long du sentier, toutes sortes d'avertissements

146

à son endroit : poules égorgées, bâtonnets piqués en terre, statuettes d'argile encore toutes fraîches, aux bras écartés pour l'empêcher d'aller plus avant. La terre était sèche à craquer, mais il avait l'impression d'enfoncer dans un marécage et c'était un seul glissement de terrain, il descendait et remontait et le sol glissait, et il déboulait, retombait une fois de plus. Le soleil y allait maintenant de tout son éclat et des nuées de petits papillons s'élevaient très haut, à la recherche de courants frais qui les faisaient girer, tournoyer subitement dans un remous d'hélices. Les animaux eux-mêmes plongeaient dans cette léthargie d'après midi. Seuls quelques singes à camail rouge se risquaient encore, sautant de branche en branche ou se dissimulant vaille que vaille derrière des troncs d'arbres, oublieux de leur énorme queue blanche, qui débordait. Un groupe de trois personnages parut en travers du sentier et Ti Jean s'immobilisa. Tous trois étaient de haute taille, le torse court sur d'interminables jambes grêles à la peau collée sur l'os, qui leur donnaient une silhouette fragile d'échassier. Le corps protégé d'une peau de bœuf, les deux plus jeunes portaient chacun des fusils d'un autre âge, au canon évasé, mais qui n'atteignaient pas à l'ancienneté du mousquet de Ti Jean. Le troisième était un vieillard simplement armé d'une lance, avec un pagne en travers de l'épaule et la tête surmontée du crâne blanchi d'une chouette, dont le bec épousait une partie de son front. Le torse du vieillard était de pierre et les lignes de son visage rappelaient celles de l'oiseau de proie : mais, faisant contraste avec cette austérité de chose morte, pétrifiée, ses petits yeux ronds évoquaient de façon troublante l'œil candide d'une perdrix. Ce fut lui qui ouvrit la parole :

— Qui es-tu, qu'espères-tu trouver parmi nous?

La voix était tranquille et amusée, secrètement chargée d'une morgue sans appel. Elle semblait venir de très loin, une distance incommensurable, à croire que l'être parlait du haut d'une étoile. Ti Jean comprit qu'aux oreilles de cet homme, ses paroles à lui ne seraient jamais qu'un grand courant d'air. Cependant, il ouvrit la bouche à son tour :

— Je cherche le village d'Obanishé, dit-il.

— Obanishé est le premier village, celui où tu as mangé du

gombo aux boyaux salés. Mais j'attends toujours la réponse à ma question : que viens-tu faire de ce côté-ci de la rivière, étranger ?

— Peu de chose en vérité, peu de chose, dit l'ami Ti Jean... Je viens seulement vous répéter les paroles de mon grand-père, au soir de sa mort : *Si tu te présentes un jour là-bas, dans mon village d'Obanishé, sur la boucle du Niger, toi ou ton fils ou ton petit-fils ou quelque de tes descendants lointains, jusqu'à la millième génération, il vous suffira de dire que votre ancêtre se nommait Wademba pour être accueillis comme des frères...* telles furent ses paroles oui, au soir de sa mort ; et c'est en leur souvenir que j'ai refusé de croire ce qu'il en est de vous, les hommes sonanqués...

Une lueur fantasque voleta tout au fond des petites fosses d'ombre, tandis que le visage demeurait de pierre lisse, impénétrable :

— Et maintenant tes yeux se sont dessillés, à ce qu'il semble ?

— Mes yeux sont nus, dit Ti Jean.

— Eh bien je m'en réjouis pour toi, car tu sais maintenant ce qui te reste à faire... Les oiseaux vont avec les oiseaux, c'est bien connu, et les animaux à poil avec leurs semblables... tes yeux se sont dessillés et tu as vu clair ; retourne parmi les tiens...

— Les miens, ne suis-je pas parmi eux ?

— Parmi les tiens ? Non, tu es pour nous comme ces animaux que l'on voit parfois dans la brousse, et pour lesquels on ne dispose pas de nom, voilà tout ; et ton langage est pour nous comme la nuit, tes paroles sont pour nous comme des cris de chouette dans la nuit... Écoute, jeune homme aux yeux dessillés, nous n'avons pas envie de te tuer, nous ne désirons pas que ton esprit revienne rôder entre nos cases, la nuit, pour nous empoisonner de son aigreur... Nous ne voulons pas ta mort mais ta vie, et c'est pourquoi nous te répétons : va-t'en, retourne parmi les tiens...

— Est-ce cela que vous avez dit à Wademba, avant de le flécher ?

— Non, non, à chaque bête selon son trou et son collet. Nous t'avons parlé selon ta nature et nous avons dit à Wademba les paroles exactes, la vérité même de ses os... Malheureusement il était comme son père Gaor : un corbeau au foie dur, à l'œil chassieux et à l'intelligence inexacte...

— Et qu'aurait-il dû comprendre? demanda doucement Ti Jean.

— ... Que nous sommes des hommes libres, et qu'il n'y a pas de place ici pour ceux qu'on met dans les cordes...

Ces paroles tombèrent sans colère, avec une sorte de sérénité froide et lointaine, comme lancées du haut d'une étoile, vraiment. Ti Jean se laissa lentement pénétrer par l'offense, qui atteignit d'abord la mémoire de son ancêtre Gaor, puis reflua sur le vieux fou solitaire du plateau, Wademba, ô merveilleux écervelé, ... et enfin recouvrit tous les gens de Fond-Zombi et leurs parents et leurs grands-parents, en vague amère et salée, suffocante, jusqu'aux épaules du premier nègre qui posa un pied incertain sur le sol de Guadeloupe; cependant, une fois de plus, il ne put retenir les rênes de sa bouche :

— Mais n'est-ce pas vous qui l'avez mis dans les cordes, vous-mêmes, de vos propres mains?

Le vieux dignitaire rejeta la tête en arrière et eut un rire bref, sans joie, rire de chien qui ne dépasse pas les dents :

— Le ciel a beau éclairer, dit-il, les yeux de l'aveugle demeurent dans l'obscur. Si ton langage n'était pas comme la nuit, et si tes paroles n'étaient pas comme des cris de chouette dans la nuit, tu saurais que Wademba a été vendu avec l'assentiment des dieux. Hélas, jusqu'à quand durera votre folie? Et combien de fils du néant renaîtront parmi nous, aveuglés par le désir de confondre leur sang avec le nôtre?

Là-haut, la nuée de petits papillons blancs avait perdu de l'altitude et se dispersait parmi les grands arbres, pillée, déchirée par un vol de passereaux qui s'ébrouaient en tous sens, pris de frénésie, dans un poudroiement de farine et d'ailes brisées. Les cris des oiseaux semblaient jaillir des papillons qui battaient maintenant retraite, descendaient en catastrophe entre les branches des grands arbres, pour s'évanouir dans l'herbe et le taillis. La voix précise du vieillard tira Ti Jean de sa rêverie. Elle était

revêtue d'une douceur surprenante, une espèce de mansuétude
où perçait l'ombre d'un regret :

— Y a-t-il un sacrifice que nous puissions faire pour vous
apaiser, toi et ceux qui te suivent?

— Inutile, nous sommes en paix maintenant...

— Veux-tu que nous te donnions un bœuf pour la route?

— Non, ma route s'arrête ici et je veux seulement voir ce
que vous allez faire, dit Ti Jean en un sourire.

Le vieux dignitaire demeura en attente, une minute, une éternité, puis une lueur traversa son œil candide de perdrix : un
éclair de tristesse infinie. Et, soulevant son arme, il la dirigea
tranquillement vers Ti Jean, sans hâte, sans précipitation aucune,
comme s'il savait que le jeune homme aux yeux dessillés ne
bougerait pas non, au contraire : redresserait les épaules et ferait
saillir le mitan de son ventre, afin que la lance l'atteigne en plein...

5

Le crépuscule tombait quand il reprit connaissance. Les trois
Sonanqués avaient disparu et il gisait au milieu du sentier,
férocement agrippé au bois de la lance enfoncée dans sa poitrine, comme pour l'empêcher d'aller plus avant. Les souffles
et les stridences de la nuit l'assaillirent; et découvrant la voûte
du ciel, il eut le sentiment d'une grande main posée sur le monde,
une main qui remuait mollement, laissant filtrer des millions
de petites lumières entre les interstices de ses doigts...

Il était étendu sur le dos, la longue hampe dressée au-dessus
de lui à la verticale, tel le mât d'un navire. La lance avait fendu
l'os et il en devinait la pointe au creux de son thorax, à plusieurs
centimètres de profondeur. Mais nulle douleur n'accompagnait
cette sensation, nulle idée de brûlure ou de froid, et il sut immédiatement qu'une protection l'entourait, une magie qui lui
donnait pouvoir d'arracher le signe de mort et de se lever,

reprendre la route. Intrigué, il détacha ses doigts du bois de la lance et découvrit qu'une chaleur émanait de son ceinturon de force, une pulsation heureuse, grisante, en rayonnement jusque dans la moelle de ses os. Il pensa d'abord en lui-même, tout content de cette découverte : voilà, le ceinturon ne veut pas que je meure. Mais à la réflexion, ça ne lui parut guère convenable de vivre en un monde si proche du songe, un monde qui était peut-être une vision de la Bête au bord du marécage, et où l'on fléchait des hommes tels que Wademba : raison pour laquelle il demeura allongé sur le sentier, la lance toujours fichée dans sa poitrine...

A la lune montante, une mince silhouette parut entre les hautes herbes et c'était Maïari balayant tout l'espace d'un regard effrayé, sa javeline pointée droit devant lui. Ti Jean ne put retenir un soupir et l'enfant vint à lui, s'agenouilla, se mit à verser de chaudes larmes qui tombaient une à une sur les joues du gisant. Nostr'homme ferma résolument les yeux car il venait de décider que son chagrin était éternel. Mais au bout d'un moment, sans qu'il y prenne garde, les petites larmes s'infiltrèrent dans le creux de son être à la manière d'un baume consolant; et soulevant les paupières, il s'assit tranquillement devant le garçon étonné, arracha la lance de sa poitrine et sourit. Le sang coulait à peine de la blessure qui se refermait à vue d'œil, déjà réduite à deux fines lèvres sanguinolentes. Ti Jean racla un peu de terre et s'en fit un emplâtre dont il aveugla soigneusement la plaie. L'enfant le regardait sans rien dire, tout songeur devant le sortilège. Puis secouant la tête, comme pour chasser une nuée de moustiques à son front, il détourna son regard de la poitrine du miraculé et lui offrit à nouveau l'hospitalité de son village, soit comme invité du roi, si la tribu y consentait, soit comme captif; mais dans ce cas, précisa-t-il d'une voix émue de tendresse, il serait lui-même captif de son amitié pour Ti Jean...

Tous deux s'enfoncèrent dans la nuit, dans la houle sombre des hautes herbes agitées par le vent...

Ils évitaient les sentiers, faisaient de larges boucles autour des villages que Maïari nommait l'un après l'autre, sans les voir, sur un simple examen des cieux. De temps en temps aussi, le négrillon s'arrêtait, humait l'air à deux ou trois reprises, de ses tendres narines dilatées en naseaux de poulain, puis s'ébranlait d'un air plus assuré. Il avançait d'un pas vif, sautillant, la tête auréolée de ses dizaines d'anneaux d'or qui semblaient retenir les rayons de la lune, projeter autour de lui un foisonnement de lucioles. Feignant la lassitude Ti Jean avait commencé par s'accrocher à l'épaule de son ami. Mais au bout d'une heure, le soulageant discrètement de son poids, il se mit à marcher d'un pas tout à fait ordinaire. Le garçon ne fit aucun commentaire et par la suite Ti Jean le soulagea également de son fusil, de sa corne à poudre, de la besace de man Éloise que l'enfant avait ramassée au moment du départ : alors Maïari poussa un soupir, et, sans transition aucune, il développa méticuleusement l'histoire que Ti Jean devrait raconter aux gens de son village, s'il ne voulait pas être lapidé...

En vérité, expliqua-t-il d'un air résigné, depuis tout à l'heure, depuis qu'il avait vu cette terrible blessure se refermer comme un œil, il ne savait plus si Ti Jean était mort ou vif et ne s'en souciait guère, car il l'aimait de bonne et douce amitié. Mais les autres ne verraient pas la chose comme lui, ils n'avaient pas été sauvés de la bouche du lion, précisa l'enfant en un sourire; et c'est pourquoi, il convenait de leur dire tout bonnement que Ti Jean était remonté du séjour des morts, pour rejoindre la tribu de ses ancêtres. Oui, c'était l'histoire qui se coulerait le mieux dans leurs oreilles : l'étranger venait de très loin, il avait erré de nombreuses années dans les mondes souterrains, et parvenu dans la région de son grand-père il avait d'abord essayé de remonter par un ventre de femme sonanqué. Mais leurs entrailles ne l'avaient pas accepté, et c'est pourquoi il était remonté par une grotte, dans la montagne, à deux ou trois jours de marche de sa rencontre avec Maïari. Qu'il n'oublie surtout pas : leurs entrailles l'avaient déjà repoussé dans la terre, bien avant que les hommes ne brandissent la lance contre lui... il était donc empli d'une haine de bossu pour les Sonanqués, et tout prêt à leur faire la guerre...

— La guerre?

— La guerre est terminée, c'est vrai, mais il arrive qu'un chef sonanqué s'enivre au récit des batailles anciennes et traverse la rivière. Nous appelons ça la guerre, mais peu nombreux sont les hommes qui y perdent la vie, et c'est seulement la part de chair que nous devons au lion...

— Je ferai donc la guerre, dit Ti Jean.

— Ne te moque pas, étranger, car ton sort est encore incertain. Nous respectons le voyageur qui s'assied sous l'arbre à palabres, mais nous mettons à mort tous les sorciers, d'où qu'ils viennent, et quel que soit leur déguisement. C'est pourquoi avant toute chose, il faut te souvenir de celle-ci : tu es remonté par une caverne dans la montagne, tu es arrivé sur notre terre par des moyens d'homme, et non par la voie des sorciers...

— La mort est-elle un moyen d'homme? s'étonna Ti Jean.

Négligeant cette remarque, qu'il semblait tenir pour artificieuse, l'enfant renversa la tête en arrière et laissa pendre ses bras avec lassitude :

— Ami, je ne parle pas pour le seul plaisir d'entendre le son de ma voix; tout à l'heure, nous nous présenterons devant le roi mon père et je ne veux pas qu'on te tue...

— Pourquoi me tuerait-on, aujourd'hui : parce que je suis du sang des Sonanqués, qui m'ont déjà tué hier?

— Ne te moque pas, ne te moque pas, tu sais très bien de quoi je parle : tu n'es pas arrivé ici par des moyens d'homme, et lorsque je t'ai vu sur le sentier, la lance était profondément enfoncée dans ta poitrine... Dis-moi, à qui as-tu confié ta douleur : à un arbre?

— Je l'ai confiée au vent du soir...

— Tiens, au vent du soir? s'émerveilla l'enfant.

— Je l'ai confiée à une étoile...

— A une étoile : laquelle?

— Non, je l'ai confiée à mon ceinturon, rectifia honnêtement le miraculé; je l'ai confiée à ce ceinturon qui me vient de mon grand-père, un homme doué de grands pouvoirs, en son temps..

— Pouh, fit l'enfant incrédule.

Et il ajouta avec un rien de condescendance :

— Mon pauvre ami, tu as tort de plaisanter avec ces choses. Peut-être sont-elles inconnues chez toi. Mais ici, vois-tu bien, il existe une menace encore plus terrifiante que les Sonanqués, car elle est invisible. Il y a des gens qui vivent parmi nous et ils ont la forme humaine, mais ce ne sont que des fauves assoiffés de sang. Ils vous tuent par maléfice et puis se métamorphosent en hyène, en vautour et n'importe quoi, la nuit, pour se rendre au cimetière où ils se repaissent de votre chair, en compagnie des membres de leur confrérie... Le serpent qui te mord le talon, la poule suivie de ses petits et qui rôde, le soir, entre les cases, la chouette qui vient se percher sur le toit de ta maison sont en réalité des esprits du mal...

— Et à quoi les reconnaît-on ? demande Ti Jean d'une voix blanche.

— Justement, à leur pouvoir de se changer en bêtes, la nuit, pour aller boire l'âme des gens...

— Ceux qui se transforment sont donc des sorciers ?

— Oui, c'est là un signe qui ne trompe pas, sauf exceptions très rares, comme celle de ton ancêtre Gaor qui avait reçu ses ailes des dieux. Mais il y a aussi leur don d'insensibilité : lorsqu'ils sont pris, ils confient leur âme à un arbre et si on veut leur faire sentir la douleur, il faut porter des coups à cet arbre lui-même... C'est pourquoi il convient que tu souffres un peu plus de ta blessure, lorsque nous serons dans mon village, acheva Maïari en jetant un regard narquois à son ami : sinon, on pourrait croire que tu appartiens à ceux qui n'aiment pas le mil et le lait...

— Ce sont là des choses étranges, murmura Ti Jean, et dont je n'avais jamais entendu parler auparavant... des êtres assoiffés de sang humain, comment une telle horreur est-elle possible, le frère ? Et d'où peut leur venir un goût si singulier ?

Les fuyards s'étaient arrêtés sur une éminence qui dominait la plaine. Non loin de là, à deux ou trois vallées en contrebas, le village d'Obanisché était reconnaissable aux fromagers monumentaux qui se dressaient en quinconce, parmi l'amoncellement désordonné des cases. Sans prêter garde à cette menace, Maïari considéra attentivement son ami; et, les joues gonflées de sa propre importance, il déclara en guise d'introduction :

— Écoute, grand chasseur, tu as fait un bien long chemin pour t'instruire auprès d'un enfant. Mais après tout, les affaires d'un mort ne vont jamais comme il faut; et il vaut mieux que je te raconte toute l'histoire des sorciers, depuis le commencement, si tu veux aller un peu sous notre soleil...

» Oui, tu as beau venir de loin, je m'étonne un peu que tu ne saches pas ce qui advint dans les débuts, à l'origine même de toutes choses, lorsque la terre venait à peine de naître de la fantaisie de Dawa, le divin batteur. A cette époque, vois-tu, le Créateur du monde n'était pas content de son œuvre et refaisait tous les jours son travail de la veille. Et les hommes allaient errant dans la nuit, souffrant et criant; et ils entraient dans les villages, tuant et blessant ceux qu'ils rencontraient, leur faisant tout le mal qu'ils pouvaient :

> *Le froid et la mort, la mort et le froid*
> *Je veux fermer l'oreille*
> *Le froid et la mort, la mort et le froid*
> *Je veux fermer l'oreille...*

» Le soleil n'avait pas encore été lâché, c'est ce que dit le chant. Seule la lune courait dans le ciel, et il y avait alors très peu d'eau sur la terre, car les fleuves n'existaient pas encore, ni les rivières ni les sources; et tout ce qui vit devait se contenter de l'eau de pluie, de celle des mares et des étangs...

» Un jour, un groupe d'hommes et de femmes mouraient de soif, ils en mouraient, et ils virent un petit étang qui brillait sous la lune. Ils se précipitèrent et burent tant et plus, et puis ils s'aperçurent que c'était un étang de sang. Tous ensemble et sans le vouloir, c'est vrai, c'est vrai, ils avaient commis le plus grand péché dont l'homme peut rêver sur la terre. Et dans le même temps, leurs entrailles se tordirent et ils ressentirent le goût de boire du sang, et ils s'en allèrent inquiets, se demandant ce qu'ils allaient devenir parmi les hommes de miel et de lait.

Alors Dawa se pencha vers eux et leur dit : s'il en est ainsi, mes enfants, je ne peux plus vous laisser aller parmi les hommes de mil et de lait, à moins de planter deux grandes cornes à votre front, afin qu'on puisse vous reconnaître et se garer. Mais les malheureux défendirent leur cause, disant que c'était la soif d'eau qui les avait poussés vers l'étang, la soif d'eau et non celle du sang, qui était venue ensuite, c'est vrai, c'est vrai. Dawa comprit la justesse de leur point de vue et il décida de lâcher les fleuves, les rivières et les sources. Quant aux buveurs de sang et à leur descendance, il ne les affligea pas d'une marque, mais les dispersa dans toutes les régions de la terre, afin que le mal soit le lot de tous. C'est pourquoi les sorciers n'ont pas de cornes plantées sur le front, ni leurs descendants qui vivent encore parmi nous, mêlés aux hommes de mil et de lait; cependant, comme je te l'ai dit, on peut les reconnaître à certains signes et surtout à leur capacité de se transformer en bêtes, la nuit, pour aller boire l'âme des gens...

Et Maïari ajouta naïvement, sur un petit rire inquiet de gorge :

— J'espère bien que tel n'est pas ton cas, l'ami...

— Sois tranquille, j'ai reçu certains dons mais je ne les mets pas au service du mal : je ne suis qu'un homme sous les nuages, n'importe lequel...

— Et peut-on savoir quels sont ces dons? demanda l'autre d'un air soupçonneux.

— Voyons si tu es intelligent, sourit Ti Jean, voyons si tu sais deviner les choses : mon premier don, écoute bien ce que je vais te dire... c'est une chose qui n'a ni jambes ni ailes, et cependant elle va très vite et rien ne l'arrête, ni les rivières et ni les précipices, ni même les murailles les plus épaisses : réponds...

— Aurais-tu le regard du roi?

— Le regard du roi...

— Oui, dit Maïari, c'est le don de voir à de très grandes distances, même la nuit...

— Je n'ai pas le regard du roi, dit Ti Jean.

— Vois-tu les choses en rêve?

— Non, ce n'est pas cela, dit Ti Jean.

L'enfant se grattait l'oreille, toutes inquiétudes jetées par-dessus bord, les esprits de la nuit et les fauves, le voisinage des Dévorants ; et s'animant soudain à l'étrangeté du jeu :

— Es-tu devin ? peux-tu lancer une flèche sans arc ? ou bien sauter, tchoupe, et te trouver en deux endroits à la fois ?... Un de mes ancêtres possédait ce dernier don, qui lui était extrêmement précieux au milieu des batailles : tu « sautes », c'est bien cela ?

— Hélas, soupira Ti Jean, mon don est beaucoup plus modeste et je t'avoue que je suis précisément en train de l'exercer, sous tes yeux...

Et comme l'enfant se figeait, pour le considérer d'un extraordinaire petit œil rond, Ti Jean déclara imperturbable :

— Le premier don que la nature m'ait fait, c'est la voix... la voix humaine, compagnon...

— Pouh, exhala le bout d'homme, je plains celui qui serait commis à monter la garde dans ta bouche. Tu sais, il me semble n'avoir jamais entendu parler d'un aussi grand menteur que toi ; et peux-tu me dire quels sont tes autres dons, puissant magicien ?

— Mes dons sont plus nombreux que les étoiles, et tous plus étonnants les uns que les autres. Mais nous en parlerons plus tard, en un lieu plus accueillant que celui-ci, avec ta permission ; sinon, je n'aurai jamais plus l'occasion de les exercer...

— Ah, fit l'enfant soudain hilare, tu me tues, mon ami, je te dis que tu me tues...

L'aube n'était encore qu'une absence, un pâle remous montant des eaux lorsqu'ils atteignirent la rivière. Parvenus de l'autre côté, ils se séchèrent cette fois avec des plantes parasites que Maïari préleva sur l'écorce d'un baobab, et qui avaient la douceur un peu râpeuse de la fibre d'éponge. Les fruits du baobab, que l'enfant appelait les œufs de l'arbre, les fournirent également en jolies graines comestibles enfouies dans une pulpe blanche, duveteuse. Le négrillon s'était assis le dos contre le tronc lisse et dodelinait du chef, une joue gonflée de graines, tandis que ses mains esquissaient le geste de retenir le trop-plein imaginaire de son ventre. Les deux lascars rirent à l'unisson ;

et soulevant une paupière ensommeillée, Maïari déclara gravement :

— Ami, nous dirons que la lance a ricoché contre l'os...

— La lance a ricoché, dit Ti Jean, et n'a-t-elle pas ricoché ?

— Vieux renard... Ah, n'oublions pas la caverne des morts...
Si tu t'obstines à dire que tu es arrivé à pied de la Côte, les gens
te verront aussitôt avec des ailes et ils te lapideront, ils te lapideront, je t'assure : non, tu es remonté par une caverne dans
la montagne, là-bas, à deux journées de l'arbre où tu m'as sauvé
la vie...

— Je suis remonté dans la caverne, dit Ti Jean.

— Tu avais erré des années et des années, dans le Royaume,
car tu n'arrivais pas à retrouver le village de tes ancêtres... Et
lorsque tu parleras du Royaume des morts, dis seulement... les
terres sans soleil, ou le séjour des vaches bleues : cela suffira...
Mais surtout, n'oublie pas de dire que tu as été esclave dans
ton pays, car nous autres les Ba'Sonanqués, nous nous sou-
venons encore de la servitude...

— Je n'ai pas été esclave, fit Ti Jean songeur, mais je n'ai
pas non plus connu la liberté...

— Ça ne fait rien, concéda l'enfant, ça ne fait rien si tu n'as
pas été esclave; et d'ailleurs, tout bien pesé, il vaut mieux que
tu ne parles pas de ton pays, car ceux qui remontent ne se souviennent jamais de leur vie antérieure...

— Je ne parlerai pas de mon pays, dit Ti Jean.

6

Après s'être assoupi un moment, l'enfant se réveilla en sursaut
et gémit avec bonheur : ah, ah, j'ai dormi, je revois la lumière.
Puis il bâilla, soupira, s'étira, se gratta le crâne, tirailla chacune
des mèches enfermées dans un anneau de soleil, procédant en
toutes ces choses avec mesure et circonspection, comme se doit,
pour ne pas brusquer l'engourdissement sacré de son sang,
tel un nègre de chez nous qui s'apprête à affronter une nouvelle

journée de son temps sur la terre. Enfin, ayant accompli tout son bal, il dénoua sa gorge par l'éclat de rire traditionnel et sur un clin d'œil silencieux, donna le signal du départ...

Tout en marchant, il se répandait en conseils très précis, en menues recommandations quant à la conduite de Ti Jean au village, les paroles que devait prononcer, la manière dont il baiserait le genou du roi, l'épaule des vieillards et la main de tous les hommes plus âgés que lui. En vérité, précisa-t-il en souriant, nul d'entre eux n'accepterait un tel hommage et il convenait seulement d'esquisser le geste. Mais si le roi Émaniéma tenait à ce que toutes les formes soient respectées, il voulait également qu'on y mît de la bonne humeur et de la grâce : sinon, se plaisait-il à dire, il finirait par crouler sous le cérémonial. Ainsi, raconta Maïari, un jour que son père se promenait sur son bœuf de parade, l'animal plia soudain les genoux et le noble personnage fut jeté à terre. Un guerrier levait son arme au-dessus du sacrilège quand le vieillard l'arrêta d'un geste, s'écriant avec malice : voyez la sotte bête, mes maîtres, ces pauvres créatures ne connaîtraient-elles pas les rois ?

— Pourquoi le roi dit-il : mes maîtres ? s'enquit joyeusement Ti Jean.

— Parce qu'il est notre serviteur, répondit le bout d'homme en coulant un regard surpris vers son ami : n'en est-il donc pas ainsi, dans ton pays ?

Un sentier était né sous leurs pieds et les terres prenaient des teintes de brûlis, avec de petites pousses vert tendre qui pointaient de la cendre noire, semblaient monter à l'assaut des troncs calcinés. Plus loin ce furent des herbages, des carreaux travaillés en damiers, des bocages d'ombre qui bouffaient çà et là dans le sillage d'une minuscule rivière bleue, toute plate, qui s'écoulait à fleur de sol. Un cortège se profila sur l'autre berge. Un vieillard osseux ouvrait la marche, s'appuyant sur une lance à chacun de ses pas. Derrière lui venaient, dans l'ordre, quelques jeunes gens en armes, des femmes balançant de lourds plateaux de bois sur le crâne, et puis de merveilleuses petites filles elles aussi noyées dans des voiles éclatants, mais qui ne balançaient rien que vent et songe, rêverie, sur leurs billes rondes hérissées de queues de rat. Tout ce monde avançait comme une file de voiliers par temps calme, chacun soulevé par les plis de robes multicolores et qui semblaient de soie, à première vue, et puis non : c'était tout bonnement des fibres de rafia, tendres et lustrées, affinées, colorées comme par le doigt des fées...

Nostr'homme revoyait la tunique d'Eusèbe l'Ancien, elle aussi tissée de fibres végétales, mais toute rude et grisâtre et envoyant des flocons, telle une peau de cabri mal grattée. Et son cœur se serra, tandis que les yeux de l'enfant s'envolaient vers un lot de cases endormies sur une colline. Elles s'enroulaient en escargot à partir de la plaine, jusqu'à un formidable baobab moussu, argenté, qui semblait étendre sa protection sur la terre et le ciel. A l'entrée du village deux femmes écrasaient du grain dans un mortier de bois, leurs rondes épaules tout illuminées de sueur. Un coup elles chantaient au rythme du pilon, et un coup elles pilonnaient au rythme variable de leur chant, en une sorte de danse subtile, aérienne, ainsi que faisaient les commères de Fond-Zombi en pilant café, cacao, farine de manioc, ou voltigeant linge contre les roches blanches de la rivière; et le cœur de nostr'homme se serra, se serra devant ces images familières, comme si les deux mondes s'étaient tendu la main sans se voir, siècle après siècle, par-dessus l'océan...

Cependant, des enfants surgissaient de toutes parts, signalant leur arrivée par des cris aigus. Et c'est précédés d'un tumulte indescriptible qu'ils montèrent le long des rues en colimaçon, et bordées de palmiers nains, elles aussi, tout comme les villages de l'autre côté de la rivière. Massés derrière les claies les habitants les saluaient au passage, d'une main sur l'épaule, en faisant mille commentaires sur la taille de Ti Jean qui dépassait ce qu'on avait vu de plus beau depuis des lustres : voilà, voilà comme étaient les hommes autrefois, du temps des dieux, disaient-ils en portant une main admirative à leur bouche...

Tout en haut de la colline, il y avait une place ronde et lisse,
brillante, au milieu de laquelle se tenait le papa baobab entrevu
depuis la plaine. Maïari conduisit son ami à l'ombre de l'arbre
et le fit asseoir sur un petit banc qui évoquait vaguement un
scarabée, avec son dos de laque noire, d'une patine d'insecte,
et ses courtes pattes finement taillées. Puis, sur un signe rassu-
rant, l'enfant l'abandonna et disparut dans la foule. Autour
de lui, il y avait toutes ces cases d'un blanc frais, un blanc de
fromage blanc, immaculé, chacune d'elles fermée d'une porte
peinte. Et puis il y avait ces hommes et femmes qui se tenaient
à distance, en bordure de la place, drapés dans des étoffes somp-
tueuses, à la fois gaies et inspirant une idée de majesté. Un instant distrait par le faste, cette luxuriance si proche des livres
d'images, Ti Jean se souvint à nouveau du petit banc sur lequel
était assis son grand-père, au soir de sa mort, et de cette même
idée de scarabée qui lui était venue. Et son cœur se serra pour
la troisième fois, depuis le commencement du jour; et portant
les mains contre son visage, devant la foule stupéfaite, le fils
de man Éloise ne put contenir un sanglot...

A ce moment une rumeur parcourut la foule et un homme
s'avança, en qui Ti Jean reconnut aussitôt le monarque, bien
qu'aucun signe extérieur ne marquait sa dignité. C'était un
vieillard comme les autres, très maigre, les joues recouvertes
de poils blancs et qui s'appuyait comme les autres d'une lance.
Mais ses yeux pétillaient d'une malice étrange, à la fois lointaine
et familière; un feu venu d'ailleurs et qu'il ne dissimulait pas,
gardant constamment ses paupières grandes ouvertes, comme
sous l'effet d'une vision. Impressionné par ce regard, Ti Jean
se pencha vers lui pour rendre hommage à son genou, ainsi que
le lui avait recommandé l'enfant aux anneaux d'or. Mais, le
repoussant aimablement, le monarque s'assit en face de son hôte,
semblant attendre une parole qui ne venait pas; alors Ti Jean se
souvint de cette parole et dit, non sans une secrète envie de rire :

— O roi, recueille-moi et je serai ton chien, j'aboierai tous
les jours pour toi...

— Je vois que mon fils t'a bien fait la leçon, déclara le vieillard d'un air attendri. Rassure-toi, tu ne seras ici le chien de
personne, pas même celui du roi, car nous autres Ba'Sonanqués

ne possédons pas de chiens à deux pattes. Nous savons qui
tu es, nous avons parlé à ton grand-père, ici même, et nous n'igno-
rons rien de ton courage en face du lion, poursuivit-il en souriant
de manière imperceptible. Nous savons aussi ce qui s'est passé
là-bas, de l'autre côté de la rivière, et c'est pourquoi nous te
proposons de vivre parmi nous sous le nom d'Ifu'umwâmi,
ce qui signifie dans la langue ancienne : Il-dit-oui-à-la-mort-
et-non-à-la-vie. Ce nom te convient-il?

— Roi, roi, dit nostr'homme sourire pour sourire : nul n'a
jamais choisi son nom, ni la couleur de ses entrailles...

— Tu seras donc Ifu'umwâmi, celui qui accable la mort
d'injures et n'en reçoit pas de réponse, car elle hésite toujours
à le prendre. Feras-tu la guerre pour nous?

— Je ferai la guerre, dit Ti Jean.

— Respecteras-tu nos vieillards?

— Je les respecterai, dit Ti Jean.

— Et nous donneras-tu des fils de ton sang?

— Je vous donnerai des fils, dit Ti Jean.

— Alors sois le bienvenu, s'écria le roi en l'embrassant sur
une joue, puis l'autre, tandis qu'une vague d'enthousiasme
portait la foule autour de l'arbre à palabres, où s'esquissait
maintenant une danse, un pas vif et heurté qui rappelait oui,
la danse des mouchoirs, à la fin de la saison des cannes...

7

Assis sur son petit banc de bois sculpté, Ti Jean reçut jusqu'au soir offrande sur offrande, remerciant chaque fois par
les mots traditionnels : voilà un beau cadeau, mon cœur éclate
dans ma poitrine. Puis il se tournait vers Maïari qui soupesait
gravement le poulet, la poignée de maïs, l'éternel panier d'œufs,
et, secouant joyeusement ses anneaux d'or, s'écriait avec une
ferveur toujours nouvelle : enterrés, cette fois nous sommes
enterrés...

Peu à peu, dans l'euphorie générale, les langues se firent indiscrètes et l'on interrogea le revenant sur sa vie antérieure, le temps qu'il avait connu avant de descendre au séjour des Ombres. Fidèle à la consigne, Ti Jean ne se souvenait de rien et put seulement confirmer les vivants dans l'idée qu'ils se faisaient du Royaume des morts, ces terres sans soleil où paissent des vaches bleues. Mais certaines questions l'inquiétaient, relatives aux hommes blancs de la Côte, et puis le plongèrent dans un trouble qui alla grandissant avec les jours et les semaines, les mois, les années : car il s'en dégageait l'image d'un monde où les bateaux étaient encore à voile, et où les canons projetaient des boules de fer qui ricochaient en tous sens, disaient les Ba'Sonanqués, « ainsi que des pierres plates sur l'eau »...

A ces questions d'un autre siècle, un vertige saisissait Ti Jean qui se demandait en quel temps il avait chu, depuis le gouffre ouvert au cœur de l'apparition : en quelle Afrique?

Les premiers signes d'une réponse lui arrivèrent avec ses cheveux blancs, sur la cinquantaine. Quelques années plus tôt, un jeune garçon avait été enlevé par des inconnus et mis dans un sac, comme bien d'autres, pour être vendu à une caravane de passage. Or, un beau jour, ce garçon du nom de Likéléli fit sa réapparition au village, presque mourant, et raconta une bien curieuse et bien raide histoire. Habile au maniement de l'arc, il avait changé plusieurs fois de maître et s'était finalement trouvé commis à la garde d'un grand roi, au bord d'un fleuve, à une semaine de marche de la Côte. Les rois de ce pays avaient toujours vendu des esclaves aux blancs établis sur leurs terres, en des hautes maisons de roches que venaient lécher les vagues de l'océan. Les marchands d'hommes n'en sortaient que pour se dégourdir les jambes, sur l'invitation expresse de leur hôte. Mais brusquement, deux ans après l'arrivée de Likéléli chez son dernier maître, les blancs revendiquèrent tout le pays dont ils se proclamaient eux-mêmes les rois, de par le droit de la patte du lion. Alors commença une guerre cruelle, qui s'acheva par la capture du souverain légitime et l'incendie de sa capitale.

Likéléli assura que le sort de ce royaume, du nom de Dahomé, serait bientôt celui de toutes les terres qui s'étendaient sous le ciel. Et c'est pourquoi il avait mis cet acharnement à rejoindre son village, après des années de pérégrination solitaire. Il était venu leur apporter le témoignage de ses yeux, il pouvait maintenant rejoindre ceux qui sont au fond de la terre : ce que fit le lendemain de son retour, épuisé par une longue course...

A cette lueur terrible que projetait le récit de l'esclave, s'ajoutait un point de détail qui fit particulièrement rêver nostr'homme. Selon Likéléli, l'invasion blanche s'appuyait de troupes noires vêtues de larges pantalons bouffants et d'un bonnet rouge surmonté d'une queue. Et comme le moribond en faisait la description soigneuse, méticuleuse, Ti Jean revit soudain la photo jaunie qu'exhibait volontiers un habitant de Fond-Zombi, le dénommé Bernus, vieille gorge pavée de rhum qui prétendait avoir participé, dans sa jeunesse, à la conquête de l'Afrique. Dans son souvenir, la main qui présentait cette photo était elle-même usée jusqu'a la corde. Mais pas de doute, tout le monde en avait convenu sous la véranda de man Vitaline : l'image encore assez distincte était bien celle du nègre Bernus, au garde-à-vous, dans l'éclat incroyable de ses vingt ans, et revêtu de ce même uniforme tapageur que décrivait l'esclave en fuite...

Plus tard, lorsque tous ces bruits se confirmèrent, les quelques cheveux blancs de Ti Jean avaient fait place à une seule toison de neige, un seul pied de coton éclatant au soleil. Et il se demanda ce qui arriverait si la conquête s'étendait jusqu'aux limites du royaume des Ba'Sonanqués : se trouverait-il un jour face au jeune homme de la photo, et le reconnaîtrait-il au milieu d'un combat, essayerait-il de lui parler ? Mais que pourrait-il lui dire, n'essayerait-il pas plutôt de le tuer ? Et que deviendrait alors le souvenir qu'il avait de cette photo ancienne, entrevue autrefois sous la véranda de man Vitaline : s'évanouirait-il de son esprit ou bien continuerait-il à flotter, en lui, épave de plus en plus lisse, transparente, réduite à un souffle, comme tout ce qui se rapportait à Fond-Zombi ?...

Livre Cinquième

Où l'on trouvera la vie et les aventures de
Ti Jean en Afrique jusqu'à sa descente
au Royaume des Ombres; récit sincère et
au grand complet qui comprend maints détails inédits
sur les amours du héros, ses haines, ses naissances
et ses deuils, ses fêtes, ses guerres,
sans oublier ses rêves d'un autre monde.

1

Les premières semaines dans la tribu furent aussi lisses et
pleines, mystérieuses qu'un œuf. Sous les apparences d'une vie
naturelle, sans soucis autres que ceux de la naissance, de la
maladie et de la mort, les Ba'Sonanqués cachaient des abîmes
qui déjouaient la subtilité d'un nègre de Guadeloupe. La terre
était pour eux comme un ventre de femme, ils ne l'ouvraient,
ne lui prenaient sa substance qu'avec précaution, lui sacrifiant
un coq avant d'abattre un arbre et puis versant une goutte de
vin de palme sur l'âme du coq. Quant à leur corps vivant, ils
le regardaient un peu comme une graine éternelle, montant de
l'Ombre et y redescendant, sans fin, de sorte que chacun d'eux
était à la fois son propre grand-père et son petit-fils. Le plus
inquiétant était leur sommeil, car ils ne faisaient pas de différence
entre le rêve et l'état de veille, et, si l'envie leur prenait, ils pouvaient vous demander compte de vos actes nocturnes. Ainsi,
une jeune fille ayant rêvé que Ti Jean lui faisait des avances,
il s'ensuivit le lendemain matin une scène extrêmement pénible
et qui aurait pu mal tourner, n'était sa qualité d'invité du roi;
mais heureusement, sauf exceptions rarissimes, ces gens-là
semblaient se conduire en sommeil avec autant de mesure et
de discernement, de scrupuleuse honnêteté qu'à l'état de veille...

En dehors de ces histoires de coq, et de vin de palme sur l'âme
du coq, sa vie lui rappelait un peu celle qu'il avait connue

167

autrefois, à Fond-Zombi, entre les courses dans la montagne et l'animation paisible et rassurante du village...

Les Ba'Sonanqués connaissaient les armes à feu, les « poupou », comme ils désignaient de grossiers tubes métalliques montés sur des fûts de bois sculptés, ouvragés si bellement qu'ils auraient mérité de porter des canons d'or. Armes dangereuses il est vrai, qui éclataient souvent à la figure du tireur, on ne les utilisait que par temps de grand'sécheresse, les dirigeant vers le ciel pour faire tomber la pluie. Le mousquet de Ti Jean fit merveille au regard de cette pauvre ferraille. Tous les matins, le devin du roi annonçait le gibier qu'il avait vu en rêve, en tel bord de rivière ou tel bois, telle savane; puis, suivi par une file de porteurs de viande, plus ou moins longue, selon ce qu'avait rêvé le devin, nostr'homme s'en allait vers des chasses véritablement de songe où le gibier était toujours au rendez-vous, semblait attendre le chasseur...

Le mousquet lui-même était enragé, mystifié au contact de la terre d'Afrique. Déjà toutes munitions avaient fui, sauf une dernière balle d'argent, l'ultime, que Ti Jean conservait précieusement en souvenir de son grand-père. Mais il avait beau tirer à charge sauvage, pointes de fer, cailloux projetés par une poudre misérable à base de salpêtre, qui explosait avec des cris de putois, les coups perçaient jusqu'aux profondeurs de l'éléphant et aux plaques du rhinocéros, jusqu'aux bardes insondables de l'hippopotame que les Ba'Sonanqués appelaient le cheval du fleuve. On ramenait la viande au son des flûtes et les torches s'allumaient autour du baobab de palabres, tandis que la fête commençait sous les feuilles, à la douce, ... et puis gonflait subitement ses voiles, avec la nuit montant sur la colline...

2

Les plus belles filles papillonnaient autour de l'invité du roi, attirées par le mystère de son origine, par tout cet éventail de promesses qui entourent l'inconnu, le nouveau et le rare, l'inac-

cessible, et qui aurait également troublé le cœur d'une jeune
fille de Fond-Zombi. Dans le feu de la danse, ce jeune homme
étincelait comme un soleil, un vrai taureau de parade disaient-
elles, capable de vous faire trois enfants à la fois, d'un seul
clin d'œil, selon le témoignage des vieilles qui l'avaient baigné
le jour de son arrivée. Les gens de Fond-Zombi disaient tout
bonnement que le fils de man Éloise avait hérité d'une verge
en or : ça se savait, ça se devinait même dans son pantalon, et
l'on se contentait une fois pour toutes de cette forte parole.
Mais ces gens-là de l'autre côté de l'eau ne parlaient pas de
verge en or. C'était comme un ciboire à leurs yeux, un taber-
nacle qu'il promenait entre ses cuisses, le gaillard, une grand-
messe destinée à tomber en pluie de bénédictions sur tout le
royaume. Cependant nostr'homme ne songeait guère à la faire
sonner, cette messe, et ses oreilles ne faisaient qu'entendre et
entendre le cri d'Égée, là-bas, derrière les temps et les mondes,
sous le figuier banyan qui leur avait ouvert son arche, après
l'affaire du camion à plate-forme. Il avait beau se fouailler,
invoquer ses devoirs, se souvenir de sa promesse au roi Émaniéma,
rien à faire : il ne voyait dans toutes ces plantes charmantes que
certains points de détail, tel sein, telle hanche, telle envolée du
cou, tel front bombé en rêverie paisible, heureuse, et qui lui
rappelaient un peu son amour perdu...

L'une de ces filles n'avait pour tout mérite que la voix d'Égée.
Ce fut celle qu'il choisit pour épouse, le jour venu, quand le
fils du roi l'avertit d'une certaine rumeur naissant autour des
marmites et qui risquait de déborder le cercle des femmes;
voire devenir dangereuse pour lui, si elle s'étendait, car il est
bien connu que solitude est mère de la sorcellerie...

On fut un peu surpris de son choix, car Onjali était une fille
sans grande beauté, au visage lisse et rond, plat, d'où le nom
que portait depuis son enfance : *Petite écuelle*. Ti Jean la rencontra au village de l'Hippopotame, sur les bords du fleuve
Niger où il faisait partie de la Maison du roi en promenade.
Un peu en retrait des rives, les cases dominaient une immensité

d'eau qui marche, piquetée çà et là d'îlots qui semblaient prendre
leur envol, tout à coup, dans le déploiement de milliers d'aigrettes roses. Chacune des cases ressemblait à une cloche de terre, une
énorme termitière surgie du sol même où elle se tenait, avec une
petite ouverture ronde sur le côté, à hauteur d'enfant. On aurait
dit l'une de ces constructions fragiles, compliquées, éternellement
modelées par la marmaille sur la plage de La Ramée, et éternellement défaites par le flot. Mais il y régnait une fraîcheur exquise
et plusieurs jours s'écoulèrent en ripailles qui s'appellent, à tuer les
hôtes, à les faire se mettre à genoux demander pardon merci. Les
hommes de ce village perdu ne quittaient pas des yeux le monarque et les jeunes filles s'étonnaient de la taille surnaturelle de
Ti Jean, de sa force et de sa beauté, un soleil disaient-elles
derrière les haies. Puis, transmis par l'éternelle voix des marmites,
le bruit courut que cet astre brillait pour une autre que le revenant avait connue dans sa vie antérieure, sa vie d'avant sa mort,
et qu'il n'avait pas oubliée. Et les jeunes plantes se détournèrent
bien qu'à regret, tendirent le bouquet de leur jeunesse vers d'autres narines, qui respiraient seulement en ce monde...
   Un jour, tracassé par ses rêves, nostr'homme s'éloigna du
village pour se promener le long du fleuve Niger. Au pied d'une
falaise, une minuscule rivière se jetait d'un bond dans le cours
du fleuve et dominant le bruit de la cascade, il entendit les rires
si particuliers de jeunes filles qui prennent leurs ébats. Perdu
dans ses pensées, il avait oublié de signaler son approche et
s'éloignait déjà, honorablement, lorsque crut reconnaître la
voix d'Égée. Elle était debout sur la berge, lui tournant le dos,
et son corps se noyait dans une vaste toge à motifs rouges comme
la terre de Fond-Zombi, verts comme ses collines, bleus comme
son ciel. En dépit des cris indignés des baigneuses, Ti Jean
s'approcha de la jeune fille qui tourna vers lui un visage de nuit
profonde et surprise, et ne le reconnut pas. Il demeurait ébloui,
buvant des yeux une inconnue aux lèvres plus noires que le
teint et aux yeux encore plus noirs que les lèvres, avec pour
seules taches de lumière des pommettes haut perchées, un peu
saillantes, qui tendaient sa peau comme celle d'un tambour.
Et il allait lui parler en créole, lorsque sa bouche s'ouvrit ino-
pinément sur des mots de langue africaine :

— C'est moi, souffla-t-il, tu ne me reconnais pas ?

— C'est moi qui ? fit-elle égarée.

La jeune fille n'avait vraiment rien d'Égée, sauf l'éclat discret de certaines mangues ombrées, en attente, celles qui poussent dans les fonds humides et odorants. Elle lui lança un regard farouche, et s'adressant à ses compagnes qui s'étaient immobilisées, lumineuses et grasses, leurs mains sagement jointes entre les cuisses :

— Mais quel est cet illuminé, mes sœurs, ce grand pendard, ce bœuf ahuri en mal de savane, dit-elle sans hâte, avec la voix de la fille du père Kaya ; je ne me souviens pas l'avoir vu dans nos pâturages, et l'auriez-vous rencontré par hasard, mes petites gazelles ?

Plongée dans l'eau jusqu'à mi-corps, une frêle jeune fille à l'œil naïf tapota ses joues de bonheur et dit le plus sérieusement du monde :

— C'est Ifu'umwâmi, l'invité du roi. Mais il vaut mieux ne pas le regarder trop longtemps, car ce beau jeune homme ne brille pas pour nous : c'est un bouillon qui cuit à petit feu pour une autre, une qui n'est pas de ce monde, à ce qu'il paraît...

— Un triste bouillon selon toutes apparences, rétorqua celle qui avait la voix d'Égée. On m'avait parlé d'un jeune homme étincelant comme le soleil, un taureau de parade capable de vous faire trois enfants à la fois, d'un seul clin d'œil ; et que voyons-nous là, mes sœurs ?

Et sur un éclat de rire outrageant :

— Faut-il que nous te chassions à coups de pierre, étranger ?

Puis la jeune personne s'adoucit, des taches lui vinrent aux pommettes et sa main glissa vers le creux de son ventre, comme si elle était nue, cependant que son âme paraissait couler à vif, soudain, au milieu de son visage lisse et rond comme une écuelle :

— Faut-il que nous te chassions, le faut-il ?

— Non, non, ce n'est pas nécessaire...

— Alors qu'attends-tu ?

— J'attends que tu me dises ton nom, balbutia le garçon.

— Mon nom pour toi sera : Je-suis-une-chèvre-qui-bêle.

— Et pourquoi cela ?

— Car la chèvre qui bêle n'a pas soif ..

Le soir, sur la place du village, il la retrouva parmi le groupe de jeunes filles qui batifolaient dans la crique. Et c'était une enfant tout à fait ordinaire, avec un visage agréablement lisse et rond, exact, mais sans grand éclat, en dépit de ses nattes redressées en rang de tiges de sorgho, de la fine poussière rouge, odorante, étalée sur ses joues, et puis des pans de cotonnade blanche qui lui retombaient dans le dos, jusqu'aux talons, en longues bandes frissonnantes, tourbillonnantes, tandis qu'elle s'envolait devant le tam-tam. D'après le fils du roi, elle s'appelait Onjali et appartenait à une bonne famille de l'Hippopotame, dont le sang coulait droit depuis les époques les plus hautes, les générations les plus reculées. Elle s'en revenait d'une visite lointaine et c'est pourquoi on ne l'avait pas vue jusqu'au jour d'aujourd'hui. Maïari affirma que les parents de la jeune fille étaient tous deux bien vivants, il n'y avait pas le moindre doute à ce sujet. Et Ti Jean l'écouta bouche bée, se demandant par quel enchantement Égée, la propre fille du père Kaya, avait bien pu sortir du ventre d'une femme Ba'Sonanqué avec un visage rond comme une écuelle, et des yeux qui ne le reconnaissaient pas. Voyant son trouble, l'enfant s'offrit à porter un cadeau à la jeune fille, accompagné d'une invitation pressante à un rendez-vous nocturne. L'ambassadeur s'en revint avec une mine affligée : hélas, Onjali te fait dire qu'il n'y faut pas compter, car ses volailles ne picorent pas de ton côté...

Sur ces méchantes paroles, Ti Jean alla se coucher et vira, tournevira sur sa natte, n'arrivant pas à comprendre par quel enchantement Égée, la propre fille du père Kaya, avait bien pu sortir du ventre d'une femme Ba'Sonanqué avec un visage lisse et rond comme une écuelle, et des yeux qui ne le reconnaissaient pas. Nostr'homme se sentait comme un racoon pris à la dent du piège. Il l'approcha encore les jours suivants, lançant devant elle des mots créoles, au hasard, dans l'espoir de surprendre il ne savait quoi, une ombre dans ses yeux qui remonterait de sa vie antérieure; et tous les soirs il démanchait son corps jusqu'aux étoiles, devant le tambour de parade, dans le vain espoir d'attirer l'attention de la jeune fille...

Maïari l'adjurait de garder son calme, car trop pressé fait la femme accoucher d'un enfant sans tête. Selon lui, d'après tout ce qu'il avait vu sous le soleil, les meilleures épouses aiment à se faire prier, pour la raison même que les fruits les meilleurs se trouvent tout en haut de l'arbre. En vérité elle reculait pour mieux sauter, l'enfant avait vu juste : et quelques mois plus tard, elle quittait le village de l'Hippopotame avec ses joues rouges et ses bandeaux blancs pour entrer dans la case que Ti Jean lui avait moulée de ses propres mains, à l'intérieur de son enclos, et séparée de sa case de guerrier par un étroit couloir de gaules tressées fin, à l'épreuve de tous les regards...

3

Égée ne consentit jamais à le reconnaître. Il avait espéré, dans les débuts, attendu et attendu qu'elle se souvienne de sa vraie vie, son temps d'avant le sortilège, d'avant qu'elle ne remonte sur la terre par le ventre d'une femme Ba'Sonanqué. Souvent il l'appelait de son nom d'autrefois, Égée, Égée Kayà, comme pour rire, ou bien il lâchait au hasard un nom de rivière, de plante ou de roche, d'oiseau, dans le but de la surprendre, de réveiller une rumeur enfouie de Guadeloupe. Mais elle le regardait d'un œil rond et s'affolait, surtout à ce nom d'Égée qui revenait sans cesse, avec un accent de désespoir. Elle y voyait une femme qu'il avait eue dans sa vie antérieure et en était jalouse, disant que l'esprit de cette créature poursuivait Ifu' umwâmi jusqu'au-delà de sa mort; et l'empêchait de la sentir, elle, Onjali, de la sentir comme elle aurait voulu qu'il la sente, de toutes ses forces de jeune homme beau comme le soleil...

Elle conçut dans la première année de son mariage, ce qui lui donnait le titre envié de Tête-heureuse-à-la-matrice-fertile. Jusque-là, sans qu'elle fût véritablement avare de son corps,

173

la jeune femme ne s'était prêtée que dans la position traditionnelle des Ba'Senanqués, position si commune que les gens de Fond-Zombi la considéraient avec dédain, comme une pure et simple perte de temps. Et puis à l'annonce même de la grossesse, elle tint à manifester sa gratitude de manière acrobatique, debout sur une jambe et l'autre étant envoyée audacieusement sur l'épaule de Ti Jean. Elle donna bientôt dans des fantaisies. Ainsi, il ne fallait pas tousser durant les joies conjugales, sous peine que la toux retombe sur la poitrine de l'enfant; ni faire l'amour après le lever du soleil, ce qui risquait d'amener toutes sortes de catastrophes, prétendait-elle, craintive, sans jamais s'étendre sur ce point. Elle y consentit néanmoins, certaines après-midi magiques, enflammées, à condition que les corps s'unissent dans l'eau rafraîchissante d'un ruisseau. Tout cela aurait pu surprendre Ti Jean, voire l'inquiéter s'il n'y avait eu l'évidence secrète du coquillage de la jeune femme, qui s'exprimait avec l'âme et le sentiment exact de celui d'Égée...

La grossesse avançant, elle se plaignit de son ventre qui la portait en l'air, comme une vessie de poisson, au lieu de la tasser doucement vers la terre. Sur l'avis du grand-prêtre, on la lesta aussitôt de roches cousues dans l'ourlet de ses jupes. Puis, le globe météorique de son ventre l'entraînant au plafond, il fallut la retenir, l'arrimer par des cordes aux poteaux de sa case. Et le sixième mois, comme elle s'était mise à rêver d'objets pointus, une abeille la piqua en songe et elle se réveilla toute plate, dégonflée, à nouveau jeune fille. La nuit même de cet incident, une deuxième case s'éleva comme par miracle dans l'enclos attribué à Ti Jean en plein milieu du village. Et le lendemain, dans cette case au chaume encore vert, voici que se tenait une petite sœur d'Onjali, une enfant, une sirène aux seins à peine debout et que l'aînée lui présenta calmement comme sa seconde épouse...

— Est-ce bien toi que j'entends, s'étonna Ti Jean, toi-même qui me demandes...?

— Oui, tu dois te nourrir d'elle comme de moi, car cela convient à un homme de ton rang, confirma gravement Onjali.

Ces paroles achevèrent de démonter le fils à man Éloise, qui contempla la jeune femme sans la reconnaître. Pour la première fois, il se demanda si son épouse africaine était véritablement

Égée, bien qu'elle en eût le teint et cette voix liquide, dont les sons lui remuaient l'âme, toujours, comme s'ils avaient traversé des couches et des couches d'eau avant de remonter sous le ciel d'Afrique. Avec les années, une troisième et une quatrième épouses vinrent ajouter a sa perplexité. De nouvelles cases s'étaient construites dans le voisinage de celle de Ti Jean qui était l'axe autour duquel viraient et déviraient ses épouses, confondues maintenant en une sorte de grande roue anonyme qui tournait sans arrêt, ne lui laissant jamais un instant de repos, un vrai moment d'aise, bien à soi, pour ouvrir ses narines à la fuite du temps...

Onjali régentait ce monde d'une main ferme, d'une voix sans réplique. Et la nuée d'enfants qui déboulaient dans l'enclos, elle en parlait tous comme des siens, jaillis de sa propre matrice, avec sur l'écuelle de son visage un éclat de douce fierté qui surprenait grandement Ti Jean. Mais des rides lui étaient venues autour des yeux, de la bouche, des fils d'argent se prenaient à ses tempes et elle ne savait plus que faire de son corps, la nuit, lorsque venait son tour d'accueillir le seigneur et le maître du lieu. Il y avait en elle un élan et une retombée, et c'était comme une eau à contre-courant qui s'offre et se refuse à la fois, dans une même coulée enveloppante. Elle ne trouvait plus son vrai rayonnement qu'en sommeil. Chaque fois, juste avant de s'endormir, elle se tournait vers Ti Jean et lui soufflait un adieu craintif, angoissé, à cause de son âme qui partait pour un voyage incertain, dont on ne revient pas toujours, lui avait dit sa mère. Et puis elle disparaissait au sein d'une eau paisible où ses traits bougeaient, se recomposaient, retrouvaient tout à coup le scintillement et l'éclat moelleux de la jeunesse. Le sortilège intriguait toujours nostr'homme. Et parfois même, penché sur ce visage comme sur un gouffre, une berlue lui venait et il croyait voir naître un remous dans les profondeurs, tandis que les traits de la vieille épouse s'effaçaient, balayés, emportés comme de l'écume, pour faire doucement place au visage d'Égée...

Une nuit, comme elle revêtait les traits de l'autre, Ti Jean ne

put en supporter davantage et la pinça brusquement à l'épaule.
La dormeuse fut prise d'un frisson. Et, écartant les paupières
sur des yeux blancs, tournés du côté de son rêve, elle ne put
retrouver le chemin de son village. Mais ces gens-là savaient
très bien comment faire rentrer une âme chez elle, aussi loin
que l'ait entraînée son voyage nocturne. Et le huitième jour,
après qu'on eut chanté, dansé, imploré ceux qui vont sous les
arbres, et lavé tout son corps avec une macération d'yeux de
caïman, qui ont réputation de voir les choses cachées, les yeux
de la gisante glissèrent dans leurs orbites et elle se réveilla,
raconta ce qu'il en était de son voyage. Elle habitait un pays
inconnu, se souvint-elle confusément, une lèche de terre entourée
d'eau et qui ne voyait jamais le soleil; et là, elle y était enceinte
d'un véritable enfant qui buvait son sang à distance, et l'empêchait de mettre bas en ce monde, acheva-t-elle en pleurant.

Jamais plus Ti Jean ne la pinça en sommeil et c'est contempler
seulement qu'il la contemplait, des nuits entières, penché sur
l'onde où flottait par intermittence un visage absent; et lorsqu'elle s'éveillait, touchée par l'influence, la pression immatérielle d'un regard, son beau visage mûrissant s'illuminait et
elle tendait vers l'homme des bras aussi ronds et frais que le
premier jour, à la cascade, là-bas, celle qui verse dans le fleuve
Niger...

Après d'autres promesses, qui s'achevèrent toujours en vent,
la reine de l'enclos arbora un visage tantôt paisible, empreint
d'une sérénité lointaine, béate, et tantôt assombri par un nuage de
mélancolie qui creusait ses tempes et voilait l'éclat de ses yeux.
De nouvelles petites sœurs étaient venues s'installer autour
d'elle, chacune ayant sa propre case et son jour de « visite »,
et toutes pareillement acharnées à compenser la défaillance de
l'aînée. La provision épuisée, Onjali hésita plusieurs années
avant de conduire une sienne cousine à la saillie de Ti Jean. Elle
l'avait choisie fort laide, avec une allure de mangouste en dérade,
mal dessinée et imparfaitement cuite. Mais, sitôt qu'elle l'eût
poussée dans une case au chaume encore vert, elle en devint

mystérieusement jalouse à mourir. Elle la turlupinait, l'incendiait de paroles et quand venait le tour de couche de la mal finie, elle s'agenouillait contre le mur de banco, au-dehors, jusqu'à l'aube, pour suivre son décollage et sa perte de souffle, les ailes qui lui poussaient dans les bras de Ti Jean; mais c'était une femme de tête et d'expérience, et nul ne s'aperçut de rien jusqu'au dernier jour. De son côté, au lieu de prendre modestement sa place dans la grande roue de l'enclos, la cousine se signala aussitôt par les cris de triomphe qu'elle poussait sous l'homme avant même qu'il ne la touche. Certes, le chant des matrices n'était pas inconnu des Ba'Sonanqués. Bien au contraire, ils lui attribuaient une action très positive sur le mil et, les plus vieux avaient gardé le souvenir de moissons extraordinaires levées en une seule nuit, à cause d'une femme partie en joie et qui répandait son miel et sa succulence sur le monde. Malheureusement, les cris de la cousine ne feraient pas lever le moindre grain de mil, toute la colline le sut à la première seconde, et les nuages le surent, et les arbres les plus éloignés dans la plaine : car ils ne jaillissaient pas de ses entrailles mais d'une petite tête fêlée par l'envie, la manie de détrôner la reine de l'enclos...

Une nuit, nostr'homme se trouvait en compagnie de cette punition du Bon Dieu, dont c'était le tour de couche, selon l'ordre rigoureusement établi par Onjali, quand il crut entendre un léger sanglot. Se levant sans bruit, il sortit de la case et découvrit la grande royale agenouillée contre le mur de banco, les yeux fermés, une oreille collée à la paroi de terre. Elle était demi-nue et ses rondes épaules de lamantin étincelaient sous la lumière de la lune, qui donnait une blancheur éclatante à ses cheveux de vieille femme. Ti Jean rentra discrètement dans la case, veillant à ne pas faire le moindre bruit susceptible d'écorcher les oreilles d'Onjali qu'il devinait toute proche, sanglotante, affalée sous le poids de son âge. Mais, alertée par ce manège, la cousine sortit à son tour de la case et s'approchant en catimini de la vieille épouse, lui administra un gros coup de roche sur le crâne; Onjali tomba en avant, ne sachant pas même ce qui lui arrivait...

Un tel scandale ne s'était pas vu depuis des générations. Et la mangouste eut beau se défendre, disant qu'elle avait cru surprendre un envoyé de la nuit, quelque bête à maléfice, on la convia solennellement à reprendre le chemin du village de l'Hippopotame. Par le même jugement, il fut reconnu que toute la joie d'Onjali était de faire pousser le mil de l'homme, d'agrandir les troupeaux de l'homme et de lui donner des enfants, fût-ce à travers d'autres ventres que le sien. En vérité, dirent les Anciens, elle avait toujours été pour lui une gourde bien fraîche, un toit qui ne laisse pas passer la moindre goutte, une femme pour toutes les intempéries, vraiment, les nuages le savaient, et les arbres dans la plaine ne l'ignoraient pas; et c'est pourquoi ils la gardèrent au village, auprès du vieil Ifu'umwâmi, en dépit de la honte extrême à laquelle elle s'était exposée, elle, la reine de l'enclos, en témoignant publiquement de sa jalousie...

La vie reprit, la vieille épouse guérit de ses blessures. Et toutes choses semblaient rentrer dans l'ordre, la paix ancienne, quand Onjali ressentit une mystérieuse difficulté à respirer. Tous ses os lui faisaient mal, et bientôt elle se plaignit d'un coq rouge installé à l'intérieur de son ventre. Ce fut aussitôt du délire car on avait reconnu la maladie. Toutes les nuits, au moindre cri de bête, les femmes se répandaient en clameurs afin d'éloigner l'envoyé de l'ombre, le sorcier qui rongeait lentement l'âme d'Onjali. Et munis de torches, les hommes armés comme à la guerre massacraient tout ce qui glisse et rampe, voltige dans l'air, jusqu'aux insectes les plus inoffensifs. Mais ce n'étaient que créatures vivantes, saintes créatures nées comme l'homme de la terre, et l'état de la malade ne s'améliorait pas. Or, un soir, s'étant posté sous le chaume de sa case, Ti Jean vit une chouette qui vibrait mollement autour du toit de sa vieille épouse et tira. Atteinte de plein fouet, elle eut un hululement qui s'acheva en plainte d'une tristesse infinie, cependant qu'un corps de femme s'écrasait en bordure de l'enclos. C'était la petite épouse qu'il avait répudiée, encore reconnaissable à une moitié de son visage. On l'entraîna vers le champ de lapidation; et, comme elle s'éteignit en chemin, on la confia à la rivière Séétané liée à un

tronc d'arbre, afin que les eaux douces l'entraînent vers la mer,
dont nul ne revient...

Onjali ne lui survécut guère. Allongé près de la moribonde,
Ti Jean avait oublié ses devoirs et pleurait toutes les larmes de
son corps, tandis qu'un murmure désapprobateur montait de
la foule assemblée autour de la case. A la fin, comme il la croyait
déjà partie, elle revint le temps d'un sourire léger, empreint
de coquetterie, et d'une voix qui semblait avoir traversé des
étendues et des étendues d'eau, pour arriver à sa bouche, elle
murmura sur un ton d'excuse :

— Tu vois, la vie est une femme lunatique, et comme je suis
une femme et demie, je me suis montrée encore plus lunatique
qu'elle : et toi qui étais-tu, mon compagnon, mon beau taureau
de parade... *mais qui étais-tu donc, ami...?*

Excepté les larmes de la fin, rien de palpable ne pouvait
être reproché à l'invité du roi. Il avait toujours suivi le chemin
qui a du cœur, acceptant les concubines que lui amenait la reine
de son enclos et les traitant avec une égalité parfaite, sans qu'on
pût relever la moindre préséance accordée à l'une d'elles, le
moindre tour de faveur. Pourtant, il se dégageait de toute cette
affaire quelque chose d'excessif, de suspect, un parfum d'extravagance qui était le signe de l'excès, d'une limite franchie entre
l'homme et la femme. Telle fut la rumeur qui partie de l'enclos
de Ti Jean fit aussitôt le tour du village, soufflée par la langue
agile des pileuses de mil, et s'en revint considérablement grossie
à son point de départ ; alors une crainte envahit les petites sœurs
d'Onjali qui s'en retournèrent au village natal, emportant vaches
et pots de terre, enfants qu'elles avaient reçus des graines de
l'invité, et puis déposés dans le tablier de la morte...

Ti Jean comprit soudain que ses mains étaient restées vides,
désespérément vides, depuis le jour de son arrivée chez les Ba'
Sonanqués. Quelle que fût la bienveillance du roi, qui lui avait
accordé jouissance de l'enclos, et même l'amitié de son fils, le
bon et fidèle Maïari, pas un grain de terre ne pouvait appartenir
à l'étranger qu'il demeurait, pas une tige du chaume sous lequel

dormait, pas une goutte de sang qui coulait dans les veines de
ses fils. La seule chose qu'il ait jamais possédée, sous le soleil
de ce monde si proche du rêve, et qui peut-être n'existait pas :
le cœur d'Onjali...

4

Tous les ans, à la récolte du mil, les Ba'Sonanqués venaient
en offrir les prémices aux morts, dans une caverne de la montagne, celle-là même dont lui avait parlé le fils du roi, sur la
barque des dieux, le lendemain de sa chute dans le ciel d'Afrique.
Les cortèges se déroulaient en sinuant dans la brousse, puis
venaient mêler leurs eaux au voisinage de la caverne, où les
vivants chantaient et dansaient avec les morts, la nuit, trois
jours durant, leur offraient de la nourriture dans des marmites
de terre consacrée. Sortant de la caverne, les Ombres étaient
toutes enveloppées d'un même pagne indigo qui se distinguait
mal de la nuit, semblait un morceau de nuit vivante, indécise.
Ti Jean savait que nulle Ombre ne pouvait le reconnaître, car
elles ne se souviennent que de leur lignée, des mortels de leur
apanage et de leur sang. Mais tous les ans, régulièrement, il
attendait l'apparition d'Onjali et avait plaisir à la voir circuler,
avec sa grâce, en son manteau de nuit; prendre les nouvelles
de l'année, comme les autres, et puis venir s'asseoir en face d'un
parent de l'Hippopotame et s'entretenir avec lui, tout en pio-
chant délicatement dans le plat déposé entre eux. Ses yeux
étaient deux demi-lunes d'argent, qui se reflétaient dans une
eau dormante; et lorsqu'elle sortait de la grotte, ils sautaient
d'un vivant à l'autre, tout enjoués, brillant d'une intensité
enfantine, mais sans jamais s'attarder sur les traits d'Ifu'umwâmi...
Cependant, nostr'homme finit par se lasser de ce regard qui
l'effleurait sans le reconnaître, et il cessa de prendre le chemin
de la caverne des morts; il vivait seul, désormais, dans une case en
bordure du village, une sorte d'ajoupa que s'était façonné, de gaules recouvertes de chaux, à la manière ancienne de Fond-Zombi...

En ce temps-là, il avait seulement cinquante ans sur son corps, un corps vivant même, qu'on aurait dit juste sorti de la fonderie, canon de bronze tout neuf. Mais des mèches blanches lui étaient venues, là-bas, près de la caverne, à attendre un regard d'Onjali et la vie lui semblait légère, et ses pieds se détachaient de cette terre de songe. La guerre l'arracha à cet engourdissement. Elle commença par une rumeur, une vague prophétie qui assurait mille nouvelles années de conquêtes aux Dévorants. Puis des guerriers isolés traversèrent la rivière, des « hommes dans les fourrés » qui allaient droit devant eux, frappant toute vie jusqu'à ce qu'on les arrête d'un coup de lance; alors le roi Émaniéma se fit porter au bord de la Séétané, et, haranguant ceux d'en face, il leur tint ce langage :

— Voisins, nobles guerriers, écoutez la voix de mes cheveux blancs...

Un sarcasme traversa la rivière :

— Hé, nous t'écouterons si tu prends une jupe de vieille pour t'en ceindre les reins...

— Voisins, s'écria faiblement le vieux roi, je vous le dis, mieux vaut battre son mil qu'aiguiser son épée; car la guerre est le triomphe des morts, c'est le chaudron des sept douleurs, et si jamais le nuage blanc qui vient de la Côte...

Une flèche interrompit sa phrase et on le transporta à l'ombre d'un arbre. Là, tandis que des injures s'échangeaient des deux côtés de l'eau, il murmura quelque chose dans l'oreille de Maïari et s'en fut, expira dans le plus grand calme. Il avait dit : mon fils, celui qui améliore le monde ne se venge point. Mais cette parole s'envola aussitôt, emportée par le vent d'une course furieuse, impitoyable, d'une cruauté que Ti Jean n'aurait jamais imaginée, en dépit des nombreux récits dont il avait connaissance. Lui-même avait perdu toute mesure et une auréole de légende entoura bientôt son nom, un chant qui le décrivait :

> *Rapide comme l'hyène et déchirant de même*
> *Saisissant par la cuisse les plus habiles coureurs*
> *Et les jetant à terre...*

181

A plusieurs reprises, le mousquet chargé à ferrailles troua les rangs ennemis qui encerclaient le nouveau roi, son tendre et fidèle Maïari. Mais les Dévorants avaient pour eux une préparation de grand style, et leur férocité savante jeta peu à peu la consternation parmi les anciens esclaves, qui se débandèrent en direction du fleuve Niger. Une nuit Ti Jean rêva qu'il fondait bec et ongles sur l'ennemi. Ouvrant les yeux, il se retrouva changé en corbeau, ses grandes ailes déployées au-dessus du jeune roi endormi près de lui, dans la tente qu'ils partageaient. Alors il se commanda un corps d'homme et puis revint à son état de corbeau, ainsi, quatre ou cinq fois, jusqu'à ce qu'il se fût assuré que la métamorphose lui était soumise, de l'homme au corbeau et du corbeau à l'homme, à volonté. Soudain enflé de colère, toutes plumes debout, il se glissa hors de la tente du roi et vola vers le camp ennemi où il fit ravage, donnant du bec et de l'ongle jusqu'au petit matin. Lorsqu'il reprit forme humaine, à proximité de la tente, son torse lui apparut tout entier recouvert d'un rouge tablier de boucher. Il s'en fut à une source et puis revint se coucher, silencieusement, auprès de son ami; il fit de même la nuit suivante et la troisième, et toutes les autres nuits, jusqu'à ce qu'un vent de folie se mette à souffler dans le camp des anciens maîtres...

Alors un autre bruit parcourut le ciel des Dévorants, qui disait maintenant la vanité de la prophétie. Et quand ce deuxième bruit eut triomphé, quand le dernier ennemi eut franchi la rivière Séétané pour s'enfoncer dans la muraille de verdure, là-bas, à l'endroit même d'où avait jailli la menace, on recherche les ossements du roi Émaniéma et on les mit dans une tombe, aux côtés d'un vieux lion, car il avait été le chef suprême de son cœur. Après cela, on organisa une grande fête en l'honneur des disparus et le griot les invita à remonter au plus vite, par le ventre des femmes, afin de couler de nouveaux jours au soleil. Puis il chanta longuement les actes d'Ifu'umwâmi, le bien-nommé, et le nouveau roi poussa des filles devant son corps, des petites sirènes comme celles que lui amenait autrefois Onjali; mais nostr'homme sourit et on le laissa regagner sa hutte de gaules, seul, selon le désir de son cœur...

Il travaillait maintenant la terre, comme les femmes, un

carreau de mil et de sorgho, de patates douces, car il avait complètement perdu le goût de la chasse, qui lui rappelait ses bras lourds de sang humain. Puis, sa journée faite, il s'asseyait devant son ajoupa, à l'ombre d'un parasol que bougeait doucement, d'heure en heure, suivant la course du soleil. Il aimait la chute brutale des nuits d'Afrique, comme le déroulement d'un rideau ; et les yeux dans le vague, le fluide et l'errance, il écoutait le bruissement paisible qui tombait des étoiles, en pluie harmonieuse, chaque jour plus proche, et la rumeur des humains sur la colline, chaque jour plus lointaine...

Parfois le roi venait le trouver, le soir, au milieu de son enclos désert. Il avait bien changé, l'enfant aux anneaux d'or, et la couronne de son ancêtre M'Pandé reposait maintenant sur un crâne chauve, un frêle corps d'échassier agité de tremblements convulsifs. Quant à ses tendres yeux de poulain, ils avaient fait place à de grandes orbites caverneuses, où se reflétait le regard exténué d'un canasson qui tire et tire, tire encore sur le harnais ; et c'était un peuple tout entier que Maïari halait, ainsi, de son immense faiblesse...

Le roi venait toujours seul, appuyé sur une lance en guise de canne. Il poussait la porte de l'enclos, s'asseyait silencieusement devant son ami, et tous deux se regardaient sans rien dire, sauf si l'un allumait une pipe ou s'envoyait une prise dans le creux de la narine. Alors l'autre lui disait : ami, fais-moi vivre, et ils échangeaient la pipe ou la blague à tabac, pour le plaisir de l'échange, et c'était là toute leur conversation sous les étoiles. Ils le savaient, le savaient bien que tout les séparait, les vivants et les morts, les dieux eux-mêmes, tout était gouffre entre eux... sauf l'amitié, et c'est pourquoi ils gardaient chacun sa parole dans son ventre. Parfois Ti Jean brûlait de le prévenir, lui dire, mettre à son service le peu de lumière qu'il avait sur les hommes blancs, dont la vraie puissance ne résidait pas dans les canons, en dépit de ce qu'on pouvait croire, non, mais dans ce qui suivrait un jour les canons. Et des images remontaient à son esprit, photographies de journaux anciens, de magazines, à Fond-

Zombi, visions sinistres et dérisoires auxquelles n'avait jamais pris garde, enfant, uniquement préoccupé de l'Afrique de ses rêves. Il brûlait et se taisait, songeant que toutes choses à venir étaient déjà accomplies, non pas véritablement futures, futures pour de vrai, mais bel et bien passées, trépassées. Il brûlait et se consumait, et finalement cousait sa bouche par-dessus tout cela, car il n'y avait pas de place pour de telles paroles dans l'esprit de son ami. Alors, quand tous deux avaient fait assidûment silence, le roi portait une main à l'épaule d'Ifu'umwâmi et lui disait en souriant : une bonne conversation nourrit l'oreille, c'est chose connue... et maintenant que nous nous sommes tout dit, viens avec moi et montons la colline ensemble, vieux compagnon; mais surtout ne reste pas, ne reste pas ainsi à compter les étoiles...

Ti Jean tressaillait toujours à ces mots de « compter les étoiles », car c'étaient ceux-là mêmes qu'employaient les gens de Fond-Zombi, en de telles circonstances, devant celui qui chavire tête en bas dans la solitude et la nuit. Alors il se levait, accompagnait le roi vers la place du village, sous le baobab de palabres, où les conversations faisaient immédiatement place à la danse. Chaque fois, nostr'homme se promettait d'en rester aux figures traditionnelles des Ba'Sonanqués. Mais la voix du tambour le mystifiait, l'emportait insidieusement vers un autre temps, un autre lieu, une autre musique intérieure; et le voilà qui se mettait à battre l'espace, à mouliner la nuit de grands gestes qui disaient, parlaient ce qui s'appelle, chantaient les mondes et les arrière-mondes, les bois qui sont derrière les bois, les tremblements et les éboulis, les chutes...

Et le cercle se dilatait, faisait silence autour de ce danseur qui semblait prendre de la légèreté avec l'âge, s'envoler jusque dans les branches du baobab, où son crâne buissonnait, d'une blancheur éclatante, à la manière d'un pied de coton qu'agite le vent...

Quand le roi n'était pas venu, Ti Jean demeurait assis dans son enclos jusqu'à ce que tous les bruits du village se meurent, le tam-tam de la veillée, d'abord, les derniers murmures dans les cases, les derniers grognements des chiens en sommeil. Alors il respirait longuement l'air salubre de la nuit, et, souriant déjà aux grands espaces, il murmurait en un créole poussif, maladroit, qui aurait bien fait rire les gens de Fond-Zombi :

> *Par-dessus les paupières des hommes*
> *Par-dessus les feuilles*
> *Par-dessus le muffle du lion*
> *J'écarte mes ailes noires...*

Puis, faisant quelques pas dans l'enclos, il s'élevait avec un léger bruit de soie, très vite, très haut dans la nuit, soulevé par une ivresse qui s'apaisait, progressivement, à mesure que les cases du village se transformaient en de petits cailloux blanchâtres, disposés en une spirale d'escargot, à la manière d'un jeu d'enfant. Il aimait les courants aériens, les chemins invisibles qui se croisent dans les plaines célestes, comme ils font sur la terre. Et il lui arrivait de se laisser porter au hasard, dans le vide, grain de pollen sans nulle attache, jusqu'à ce qu'une certaine pâleur à l'horizon lui commande de rentrer au village. Mais le plus souvent, il choisissait un vent qui s'en allait vers le pays des Hippopotames, au-dessus de la boucle du Niger dont il appréciait le déroulement calme et majestueux, cette allure de dieu qui marche sans esquisser un geste, avance dans sa propre immobilité; et là, culbutant dans le ciel, l'exilé plongeait vers l'immense ruban d'argent et se posait sur un arbre, une roche en surplomb, au bord du rivage déserté par les humains...

Nulle bête ne prenait garde à lui. Un pacte vieux comme le monde reliait les créatures qui venaient boire, chaque espèce ayant sa plage réservée, sa crique ou son lac intérieur. Une vérité reposante émanait de ces corps sans parole, et Ti Jean s'en pénétrait longuement avant de donner le premier coup d'aile du retour. Mais parfois une hésitation lui venait, à l'instant de l'envol, et il rêvait de s'en aller vers la Côte pour dénouer le mystère du nègre Bernus en pantalons bouffants et bonnet rouge à queue. Avec un peu de chance, peut-être trouverait-il à grim-

per sur un bateau qui le ramènerait à la Guadeloupe, en temps
longtemps, avant même la naissance de man Éloïse. Il riait à
cette hypothèse, prenait plaisir à la tourner et la retourner sur
toutes ses coutures, sachant parfaitement au fond de lui qu'il
ne se résoudrait jamais à abandonner Égée dans le passé, sous
la terre des Ba'Sonanqués. Mais Onjali était-elle vraiment
Égée, se demandait-il parfois par jeu; et, à force de rêver l'une
n'avait-il pas attiré l'autre à l'intérieur de son rêve?... prise au
filet d'un songe, tout simplement, la jeune fille qui se tenait au
bord du fleuve Niger, coiffée d'un bandeau retombant en longues aigrettes blanches, jusque sur ses talons?...

D'autres idées bizarres lui venaient, ces derniers temps,
grimpaient à son esprit comme des plantes parasites dont il
n'arrivait pas toujours à se défaire. Ainsi, ce qui l'intriguait
encore et encore, c'est s'il était réellement tombé par hasard en
cette Afrique d'un autre siècle; ou bien s'il était tombé là où
devait, là où devait même, la Bête n'ayant fait que l'envoyer
dans son propre songe, dans le pays même et l'époque qui couraient au plus profond de leur sang. Peut-être, s'il avait aimé
la petite Guadeloupe comme ça se doit, s'il n'avait pas porté
en lui ce ver caché, cette trahison inconnue, peut-être serait-il
tombé au milieu des héros du temps passé : Ako, Mindumu,
N'Décondé, Djuka le Grand et les autres? Mais pourquoi
Wademba lui avait-il parlé si bellement de son village, non, au
soir de sa mort, l'envoyant sans le vouloir à son précipice :
avait-il lui aussi trop rêvé à l'Afrique, là-bas, vieux congre vert
replié sur son roc, et s'était-il laissé prendre à son rêve?...

Ainsi montaient en lui toutes sortes de songes, en poussée
d'herbes folles, qu'il n'essayait même plus de sabrer : ah, les
idées, soupirait-il en son bec, à la petite aube, avant de donner
le premier coup d'aile du retour, les idées, les idées, rien de plus vite
grimpant qu'aucune autre espèce, messieurs-z-et-dames, ouaye...

Il s'élançait avec nostalgie dans les airs, regrettant d'avoir à
revenir parmi les hommes; et, parvenu au-dessus du village
endormi, descendait en cercles de plus en plus étroits, en un vol

qui se faisait ouaté, presque douloureux à force de silence, atterrissait comme une ombre au milieu de son enclos...

Une fois, une légère vapeur rose naissait à l'est lorsqu'il se décida à quitter la berge du Niger. Il était las à la pensée de son retour, et, sitôt qu'il eut pris l'air, une raideur inaccoutumée l'empêcha de rattraper son retard. Puis ses articulations se firent douloureuses et le mouvement de ses ailes de plus en plus pesant, désordonné, de sorte que le soleil était presque debout lorsqu'il fut en vue du village du roi. En un suprême effort, il survola quelques toits et se posa à l'entrée de son ajoupa, fit deux ou trois pas de corbeau dans l'ombre, puis reprit forme humaine : à ce moment plusieurs mains jaillirent de l'obscurité et la voix de Maïari se fit entendre, empreinte d'une tristesse lointaine, crépusculaire :

— Ami, qu'as-tu à nous dire ?

Nostr'homme réfléchit un instant, envahi par le sentiment de la fragilité de cet univers, qui pouvait s'évanouir au moindre souffle, telle une bulle d'eau ; alors, plutôt que de briser le rêve des Ba'Sonanqués, il mit une dernière fois ses pas dans les pas des rêveurs, et prenant le parti de sourire :

— Bon roi, dit-il, je me suis trouvé face à face avec un lion, et la peur m'a donné des ailes...

5

Au procès qui eut lieu sans retard, sous les frondaisons encore humides, étincelantes, du baobab de palabres, le roi Maïarı plaida longtemps dans le silence buté de la foule. En termes vibrants, il rappela l'histoire de l'ancêtre d'Ifu'umwâmi, celui qui s'était changé en corbeau pour se présenter sous la tente de son ennemi. A sa connaissance, nul n'avait accusé le héros de sorcellerie et l'on avait seulement dit que son clan

était allié des corbeaux : or, Ifu'umwâmı n'était-ıl pas de sa
descendance, s'écria le roi d'une voix cassée, et ne pouvait-il
avoir hérité de ce don sans pour cela être un mangeur d'âmes?

Une corde à la cheville, pour l'empêcher de reprendre son
envol, Ti Jean sentait dans la brise matinale l'odeur de la mort
qui venait jusqu'à lui. A la fin, sans mot dıre, les gens l'entraî-
nèrent vers le champ de lapidation, où il creusa un trou jusqu'à
hauteur de sa taille. Il s'y tint debout, les mains libres, contem-
plant les vieux dignitaires ses amis qui se dressaient en un seul
rang devant lui, des tas de pierres coupantes à leurs pıeds. On
lui avait retiré toutes ses cordes, au buveur d'âmes, puisque
entièrement réduit à l'impuissance avec le jour, tel un crocodile
hors de sa mare. Et nostr'homme humait l'aube, se demandant
ce qui le retenait de lâcher ses ailes dans le ciel, tout d'un coup,
pour commencer une existence toute neuve, s'envoler vers la
Côte, par exemple, des fois qu'il pourrait gagner cette Guadeloupe de l'autre siècle, comme en avait souvent rêvé, la nuit,
au bord du fleuve Niger. Cependant le roi ne semblait pas se
résoudre à donner le signal. Son petit œil gauche s'était réduit
à un fil, tout comme enfant, lorsque la lumière du soleil était
trop forte; puis une larme coula sur son vieux poil blanc, et,
la voyant couler, nostr'homme l'interpella en souriant :

— Maïari, vieux gobeur de nuages, que diable un être comme
toi est-il venu chercher sur la terre, hein?... sur la terre ricochets
et zigzags, détours et tourbillons, et pendant ce temps-là où
est ta place si tu ne sais pas rire pour pleurer, danser pour marcher, regarder yeux fermés, où est ta place je te le demande?

Alors, sur un léger sanglot, le vieux roi Maïari lança la première pierre et les autres suivirent, en une pluie qui allait redou-
blant. Comme l'une d'elles heurtait sa tête, le faisant choir
en arrière, il se souvint vaguement des paroles de Wademba
sur son avenir de tristesse, de solitude, d'obscurité et de sang.
Après qu'il se fut relevé, une autre pierre le fit tomber et puis une
troisième. Déjà ses yeux n'y voyaient plus et ça lui devenait un
vrai travail de se redresser, et puis de chercher la direction de
la foule pour lui faire face, comme ça se doit, debout sur des
jambes d'homme. A un moment donné, l'effort qu'il fit pour
se relever lui parut d'une aisance extraordinaire. Il se sentait

léger, inexistant, une bouffée de vapeur en flottaison, sous le soleil de l'aube; et tout à coup, passablement stupéfait, il se demanda lequel de son corps ou de son esprit, se tenait désormais devant la foule...?

Debout, dans le petit jour de l'aube, Ti Jean ressentit comme une blessure, une vague de feu qui était l'effet bien connu de la lumière sur les morts. Aussitôt, il se replia vivement sous le tertre de pierre et s'y tint coi, dans sa dépouille, attendant la permission de l'Ombre. Au travers d'un halo, des silhouettes humaines amoncelaient encore des roches sur lui, précipitamment, avant de s'enfuir à grandes enjambées. Puis les heures s'écoulèrent, le soleil fut au-dessus de sa tombe, une tache claire au milieu du gris; et la fumée du jour s'effilocha, peu à peu, mangée par les dents de la nuit, cependant qu'un chant lui parvenait de très loin, par à-coups, mêlé aux battements sourds du tam-tam...

Une lune mélancolique brillait dans le ciel quand il remonta de la fosse et prit la direction du village. Il avait abandonné son cadavre sous les roches, comme un serpent abandonne sa peau ancienne. Et tantôt ses pieds se posaient au-dessus de la surface du sol, tantôt ils s'enfonçaient dans la terre, jusqu'aux chevilles, selon l'impulsion que donnait à ses longues jambes grisonnantes; puis une habitude lui vint de son nouvel état et il put aller d'un pas tout à fait ordinaire, voire même courber l'herbe sous la plante de ses pieds, au gré de sa fantaisie...

Au pied de la colline du roi, il y avait une vache dont les yeux grands ouverts ne le voyaient pas, et le défunt en ressentit une tristesse. Puis, à l'intérieur du village, il s'arrêta devant un couple de jeunes gens qui se courtisaient dans l'ombre, et leurs yeux ne le voyant pas davantage, sa tristesse augmenta. Une grande foule était assemblée sur la place, autour du baobab de palabres. Les chants s'étaient tus, seul un tam-tam battait très sourdement, et comme il s'étonnait de la douceur du bruit, il vit que la peau du tam-tam était recouverte d'un pagne qui en voilait le son. Tout cela lui parut intrigant. Il s'attendait à trouver de la joie et ne voyait que des mines graves, tourmentées, qui faisaient penser à un deuil. Un feu rougeoyait au milieu de la place, sous les frondaisons chuchotantes du baobab de palabres. De l'autre côté des flammes, le dos appuyé contre le tronc de l'arbre, son ami Maïari était assis sur un siège de cérémonie, les yeux fermés, un air de méditation sur ses traits. Soudain des larmes roulèrent sur les joues du roi, et, sans soulever les paupières, il se mit à chanter l'air que Ti Jean avait entendu du fond de sa tombe; non pas air d'allégresse, comme il avait cru, mais triste et lent et paisible chant funèbre, ... celui-là même que l'enfant aux anneaux d'or avait murmuré, cinquante années plus tôt, auprès de l'inconnu qui portait une lance dans sa poitrine :

> *L'animal naît, il passe, il meurt*
> *Et c'est le grand froid*
> * C'est le grand froid de la nuit, c'est le noir*
> *L'oiseau passe, il vole, il meurt*
> *Et c'est le grand froid*
> * C'est le grand froid de la nuit, c'est le noir*
> *Le poisson fuit, il passe...*

L'une après l'autre, les formes vivantes défilaient dans le chant, saluées par le battement recueilli du tambour, jusqu'à ce que vienne au tour à l'homme de naître sous les doigts du dieu, et passer et mourir. Il se fit alors une grande paix et plongeant son regard dans la flamme, Maïari laissa couler ses larmes sans plus de retenue. L'assistance avait les yeux tournés vers lui et chaque fois que sa poitrine se soulevait, tous ceux qui le regardaient poussaient un même soupir, comme reliés par un fil à la peine du roi. Ainsi, une fois effacée la peur du sorcier, les Ba'Sonanqués pleuraient l'homme qu'ils avaient connu, aimé, un jour même hissé au pavois, bien qu'il ne fût pas de leur apanage et de leur sang. Et le défunt en ressentit une grande douceur, cependant qu'il s'en redescendait l'autre côté de la colline, vers son enclos, où découvrit ses biens intacts, non profanés, comme l'avait craint toute la journée dans sa tombe :

le mousquet et la corne à poudre, la besace, l'anneau de connaissance et le ceinturon dont la boucle étincela, sous la lune, tandis
qu'il le passait autour de ses reins. A ce moment, un chien du
voisinage se porta sur son arrière-train, et tournant sa gueule
aux étoiles, poussa le gémissement spécial des bêtes qui flairent
une Ombre. Ce fut alors un seul hourvari, un seul charivari
courant en rafale sur la colline du roi : *laisse en paix, laisse en
paix les vivants*, criait-on de toutes parts. Chassé par cette cla-
meur, nostr'homme s'éloigna à grands pas de son enclos, gagna
la plaine livrée aux bêtes de la nuit. Il disposait de trois jours
pour revoir les lieux où il avait fait son soleil, avant d'aller
contempler la face cachée de la terre. Mais les cris des vivants
l'avaient touché, meurtri, une lapidation en nouveau genre ;
et, secouant la poussière de ce monde, le héros prit aussitôt le
chemin de la caverne des morts, qu'il atteignit aux premières
lueurs de l'aube, juste avant la flamme du soleil...

Au fond de la caverne, usées par le flot des générations, des
marches descendaient en spirale vers les entrailles de la terre,
dans une obscurité de plus en plus sensible, palpable, une bouillie
noire qui vous entrait dans la bouche comme de la vase. Quelques centaines de mètres plus bas, cet escalier mourut sur une
caverne identique à celle d'en haut, même porche donnant sur
les mêmes hautes voûtes, en genre d'église cachée, enfouie
comme une matrice dans le roc. Et au-dehors, ce fut la même
terrasse à mi-flanc de la montagne, sauf qu'un plafond rocail-
leux courait au-dessus de baobabs fourchus, sans âge, arbres
jumeaux qui remontaient à la séparation du ciel et de la terre,
disaient les Ba'Sonanqués. Une grisaille très douce laissait
deviner, assourdies, telles qu'au travers d'un voile, toutes les
couleurs qu'ont habituellement les choses. Elle était infiniment
plus légère que la nuit grise de Guadeloupe, celle qui tombait
dans le passé, l'avenir, il ne savait plus, avec la fuite de la lune
et des étoiles. Perplexe, Ti Jean prit une touffe d'herbes dans
ses mains, la trouva aussi tendre que la verdure d'en haut. Souriant malgré lui, il glissa jusqu'au pied de la montagne et prit

le sentier conduisant au village du roi. Des vaches bleues paissaient à l'entrée du village, non loin de l'étang où les femmes venaient puiser de l'eau, et il reconnut sans surprise tel arbre, telle courbe du terrain, l'allure de tel bosquet, à droite, et plus loin les silhouettes des premières cases, avec leurs portes de bois sculpté : les Anciens avaient toujours dit que le monde d'en bas est la réplique exacte de celui d'en haut, sauf qu'il plonge dans la brume éternelle...

Livre Sixième

Comment Ti Jean entra au Royaume des Morts,
et comment en sortit; chose toujours plus
malaisée, comme le savez, marmaille.

1

Au pied de la colline, accrochées aux branches basses d'un
figuier, des toges pendaient comme du linge mis à sécher, toutes
taillées dans le linceul bleu indigo qui enveloppe les morts. La
plus grande semblait avoir appartenu à un mort très ancien,
car la couleur en était presque entièrement passée, usée, effacée
grain à grain par la main invisible du temps. Ti Jean s'en revêtit
et entra dans le village des morts, où la première personne qu'il
rencontra était un jeune homme tué d'un coup de lance, voici
une vingtaine d'années, lors de la guerre contre les Dévorants.
Assis devant une case, le défunt avait le front dans les mains
et semblait plongé dans une profonde rêverie. Averti d'une
présence, il souleva pesamment une tête de mouflon pensif,
aux yeux gonflés de nuit, d'extase, et dont le blanc était recouvert d'une fine pellicule d'argent :

— Bonjour, dit-il d'une voix distraite, bonjour toi qui n'es
pas d'ici...

— Bonjour, émit Ti Jean en un soupir.

— Pourquoi me regardes-tu ainsi, étranger : nous serions-
nous rencontrés parmi les vivants ?

— Je t'ai porté sur les genoux, dit Ti Jean.

— Et comment te nommes-tu, étranger ?

— J'ai connu ton père et le père de ton père, dit Ti Jean, et
je t'ai porté sur les genoux, j'ai dansé à ton mariage et suivi
le cortège de tes funérailles...

— Je regrette, car tu as un bon visage et le son de ta voix est
juste. Mais si mes yeux t'ont vu là-haut, et si mes oreilles t'ont

entendu, je n'en ai pas emporté le souvenir sous la terre : va ton chemin et pardonne-moi, étranger...

Ti Jean salua le jeune homme et s'en fut le long des rues encombrées d'Ombres en rêverie perpétuelle, guerriers à face éteinte et lions hallucinés, biches et serpents, mulots, tous voisinant, croupissant dans le même silence, les chasseurs et leurs proies anciennes, dans une même absence de désir. Il y avait des visages inconnus, morts d'une autre fournée, et puis certains auxquels il pouvait donner un nom, une histoire, tel le roi Émaniéma dont la frêle silhouette était répandue sur le sol, en travers de la route, son visage tourné comme les autres vers la voûte de pierre. Tous, figures connues ou inconnues, défunts de naguère ou d'autrefois, ils frémissaient à son approche et puis revenaient à leur position initiale, leurs paupières soulevées vers le ciel, à la façon de marionnettes mues par des fils invisibles qui les reliaient au village d'en haut, à la face éclairée de la terre. Un peu décontenancé, nostr'homme se demanda si c'étaient bien là les morts prestigieux qui commandaient aux vivants, ces grandes ombres protectrices que l'on implorait, chérissait, vénérait jusqu'à l'intérieur des rêves, et sans lesquelles rien ne se faisait sous le soleil...

Il fit seulement une pause devant Onjali, dont le visage lui parut vide, soudain, une cage dont l'oiseau se serait envolé; et, haussant les épaules, traversa la petite place au baobab et s'en redescendit par l'autre versant de la colline, où se dirigea vers le pays des Dévorants...

Là, au bord de la rivière Séétané, la muraille de verdure s'ouvrit et on lui lança des pierres...

Chassé par ses ancêtres, Ti Jean se retira au fond d'un buisson d'icaques et calcula froidement sa position de naufragé sans boussole, perdu, sous un ciel sans étoiles, au milieu d'une mer sans limites discernables. Dans ce monde où il était tombé comme flocon de kapok, la vie n'était pas la vie et la mort n'était pas la mort, le temps lui-même était suspect, en retard d'un bon siècle, tel un vieux réveil assoupi sur une étagère...

Le troisième jour, il pensa que si le Royaume des Ombres s'étendait sous toute la terre, ainsi que le croyaient les Ba' Sonanqués, peut-être allait-il jusqu'à la Guadeloupe, aussi petite que fût, imperceptible sur la carte des vivants. Et peut-être les morts de Fond-Zombi, qui avaient toujours prononcé les mots de paradis et d'enfer, se trouvaient-ils présentement sous les collines et vallées, montagnes de l'île à mener leur petit train-train dans l'ombre, sans trop s'en faire, sans trop même se préoccuper de l'absence du soleil, de ces ténèbres folles qui régnaient en surface ; et pourquoi se seraient-ils souciés du monde, ces enfants de la servitude, en effet surgis de nulle part, comme ils avaient toujours dit, ... tombés de la main de Dieu, pas de chance et mauvais temps, telle une pluie étonnée de fourmis volantes ?

Oui, là-bas était sa place, décida-t-il tout à coup, sous quelque motte de terre rouge exposée au vent, avec des morts qui le reconnaîtraient et ne lui diraient pas : étranger, d'où viens-tu ?

2

Des éternités s'écoulèrent dans la vaine recherche d'un chemin, sentier, signe quelconque d'une voie souterraine conduisant à la Guadeloupe. Nul d'entre les morts n'avait jamais entendu parler de ce grain, cette poussière de pays, et s'ils connaissaient l'existence d'un océan, quelque part, aucun ne put lui en désigner la direction précise du doigt. Peu à peu Ti Jean se résigna et les éternités se fondirent en une seule coulée sans fin, une sorte de mer indistincte soulevée par endroits de vagues, qui retombaient aussitôt dans le néant. Ainsi, il y eut cette vague étrange, cette période où Ti Jean s'attacha à utiliser toutes les ressources de son bengala du Royaume des morts. Les femmes s'ouvraient jusqu'au cœur, épousant sa métamorphose. Mais elles gardaient jusque dans le plaisir un air vaguement désœuvré, et nostr'homme se lassa peu à peu de cette danse sans musique, qui s'achevait toujours en simulacre. Alors le

Royaume des ténèbres lui parut celui de l'ennui, ainsi que l'avaient toujours défini les Anciens de la colline, les vieux de la vieille, les fourbus et les édentés, décrépits, ahuris de la dernière heure, ceux qui ne voyaient plus le ciel qu'à travers une taie de poissons des grandes profondeurs : certes, il était le reflet des mondes d'en haut, mais dans une eau grise et froide, parfaitement insipide...

Des milliers de fois le soleil traversa la voûte de pierre, cheminant, dans le glauque et l'indistinct, le silencieux du Royaume, à la manière dont une lentille d'eau parcourt la surface d'un étang. Et des milliers de villages se présentèrent au regard de Ti Jean, perchés sur des falaises ou creusés dans des grottes, abrités derrière des remparts ou tendus de hautes colonnades de terre cuite, aux cases luxueuses, peinturlurées comme des palais; villages sur pilotis ou juchés à la cime des grands arbres, comme des nids d'oiseaux, avec des échelles de liane que les habitants retiraient pour dormir, en mémoire des surprises qu'ils avaient eues sous le soleil, le vrai, celui qui dissipe les ténèbres...

Partout, il retrouva les mêmes toges bleues entrevues au village du roi, et partout les mêmes postures d'abandon, les mêmes regards tournés vers les terres éclairées, dans l'attente d'un signe, d'un message des vivants, d'une goutte de vin de palme versée à leur intention. Les morts ne connaissaient pas le repos et leur cœur bruissait plus follement qu'un nid d'abeilles. Le jour, quand la lentille d'eau indiquait le jour, ils suivaient l'agitation de leur village, accompagnant une sœur à l'étang, un fils en rivière, à la pêche, tel autre parent à la chasse, au labour, voire à la guerre où ils soutenaient là aussi la main des vivants. Et la nuit venue, ils se glissaient dans les têtes endormies des rêveurs pour donner un conseil, un remède, et surtout les rappeler à l'observance des coutumes anciennes, dont ils étaient les défenseurs enragés, intraitables. Quels que fussent leurs souvenirs de vie, et même s'ils avaient connu les pires disgrâces, le monde d'en haut leur paraissait revêtu des plus belles couleurs et ils n'aspiraient qu'à y remonter dare-dare, pour faire une nouvelle saison au soleil. Les plus avisés étudiaient soigneusement le terrain, vicissitudes de l'époque, avantages de telle ou telle branche familiale, caractère de la future mère avant d'abandonner leur grande toge bleue au hasard des ténèbres, telles des chenilles qui ont achevé leur mue. Mais la plupart n'y regardaient pas de si près et c'est démener qu'ils se démenaient comme des furieux, sitôt qu'ouvraient les yeux sur le Royaume de l'Ombre : acharnés dès l'aube à guetter le passage des femmes, là-haut, sur le chemin de la corvée d'eau, afin de se glisser dans la première matrice entrouverte...

Leur seul plaisir était celui de l'amour, mais un amour de féerie, sans bornes et sans limites, qui n'obéissait plus aux lois parcimonieuses de la terre. Lorsqu'ils se fatiguaient de voir filer le temps, les hommes envoyaient un souffle d'esprit à l'intérieur de leur bengala qui flamboyait, atteignait des dimensions prodigieuses, jusqu'à venir effleurer la pointe du cœur de l'aimée; et puis tous deux demeuraient ainsi de longues heures, parfois des jours, des semaines, ne sortant de leur léthargie que pour une brève parole, une gorgée du lait des vaches bleues, qui les ensorcelait...

Cependant, les morts anciens n'y trouvaient plus les mêmes délices et quand les nouveaux venus s'en étonnaient, les vénérables s'écriaient amèrement : compagnons, à quoi nous servent ces bengalas d'or, de rêve et de légende, s'il ne s'y trouve pas de semence, pas de quoi faire des enfants pour nous réjouir le cœur?...

C'est rire qu'il riait en son cœur, Ti Jean, à la pensée des magies que ceux du village du roi attribuaient aux défunts, les voyant sous forme d'esprits très redoutables sans lesquels rien ne se faisait au soleil, pas même la germination du mil, que les Ombres aidaient soi-disant à lever en lui soufflant doucement dans les racines : aïe, aïe, aïe, tout ce gaspillage de salive, alors que les morts gouvernaient seulement les rêves des vivants, pas plus que ça...

Finalement, n'étaient qu'une horde insignifiante de poissons échoués sur le sable et qui soulèvent languissamment leurs ouïes vers la vague, dans la pâle espérance d'une marée. Ils recevaient bien poliment l'étranger, et, d'un bout à l'autre du Royaume, les enfants s'inclinaient et les jeunes filles découvraient une épaule devant ses cheveux blancs. Mais à tout prendre, nostr' homme leur préférait maintenant la compagnie des Errants, morts comme lui loin de la case natale et qui s'efforçaient d'en retrouver la trace, le sentier ou l'écho, sous le ciel de pierre du Royaume. Esclaves ou hommes libres, ils étaient gens de toute sorte et il y avait parmi eux des joyeux et des taciturnes, des nègres de haute voltige et des sages, des savants, des contemplatifs, des bouffons et des incongrus, des sans-bornes, des aristocrates en pure perte. Et jusqu'à des enfants qui vous regardaient d'un air paisible, sans étonnement ni crainte, avec au fond de leurs yeux innocents la même flamme délirante du retour. Beaucoup avaient été entraînés dans des guerres, emportés dans les bagages des envahisseurs; d'autres étaient victimes de maléfices, d'autres étaient des sorciers et des engouleurs, des buveurs d'âmes dont la tête avait roulé jusqu'au fond de l'océan, d'autres encore des rêveurs en pays lointain et dont le sommeil avait été brusquement coupé, les abandonnant à la solitude et à l'exil. Il y en avait aussi qui revenaient de la Côte, hagards, porteurs de rumeurs étranges sur les blancs, et qui faisaient frémir les plus endurcis. Les Errants ordinaires faisaient volontiers commerce d'histoires, s'interpellant de loin en loin dans la plaine, pour échanger leurs souvenirs autour d'un bivouac, en des récits tant colorés par la nostalgie de vivre, qu'ils en devenaient plus vivants que la vie elle-même : mais ceux qui revenaient de la Côte ne lambinaient pas, quelques monosyllabes et filaient, disparaissaient, taraudés par l'urgence du message à porter là-bas, au bout de la grisaille, dans les têtes endormies de leur pays natal...

Ni les morts en situation régulière, ni les Errants n'avaient jamais entendu parler de la Guadeloupe; quant à ceux qui

revenaient de la Côte, ils en avaient oublié le chemin et leurs
doigts la situaient toujours dans des directions hasardeuses,
contradictoires...

Du côté des Errants, il s'en trouvait même pour dire que
tous étaient perdus, sans chance aucune de retrouver leur village, refaire un soleil, sauf par le plus grand des hasards. Oui,
tous ne faisaient que tracer un même cercle, assuraient-ils, de
siècle en siècle, pour revenir à leur point de départ; et puis ils
se consolaient par une histoire que racontaient les plus anciens
d'entre eux, les vétérans de l'Ombre, ceux qui ne comptaient
plus les cercles accumulés du Temps :

« *Au commencement, lorsque le soleil n'avait pas encore été
lâché, et que la nuit courait toute seule dans le ciel, Dawa prit
son tambour et le battit doucement, doucement, avec des doigts
aussi légers qu'un rayon de lune. Se détachant des arbres, des
feuilles vinrent à lui de toutes les régions de la terre, charmées
par le divin batteur. Et voici qu'elles devenaient un homme et
une femme, un homme qui était une femme et une femme qui
était un homme, tous deux unis ensemble, l'un dans l'autre, l'un
avec l'autre dans le même sac de nerfs et de peau. Mais à peine
reçurent-ils la vie, l'homme dans la femme et la femme dans
l'homme, que chacun voulut marcher dans une direction différente ;
et comme ils chutaient lourdement à terre, envoyant leurs bras,
leurs jambes en tous sens, de leur bouche unique sortit le chant
suivant :*

> *Yéyé, oh là yéyé*
> *L'homme à gauche, la femme à droite*
> *Yéyé, oh là yéyé*
> *L'homme c'est l'homme*
> *La femme c'est la femme*
> *Chacun à la maison, chacun chez soi*

*Alors Dawa fut pris d'une grande colère et il dit en son cœur :
ah, petit homme sans vergogne, ah, petite femme sans vergogne.
Et il souffla, souffla, et les feuilles se dispersèrent dans tous les
coins de la terre, et chacune de ces feuilles devint un homme, et
chacune devint une femme, et ils formèrent des villages tels que
nous les connaissons à ce jour, avec un chef, des lois, et des morts*

pour faire respecter ces lois ; puis le soleil et la lune furent lâchés,
eux aussi, chacun pour soi dans le ciel...

Telle est l'histoire de la grande colère de Dawa, le divin batteur :
mais nous savons qu'elle ne sera pas éternelle, nous savons que
demain peut-être, aujourd'hui, toutes les feuilles du monde seront
à nouveau assemblées en un seul sac de nerfs et de peau, tel qu'au
commencement. Aussi prenons-nous patience, nous les Anciens,
nous qui savons la lune et les étoiles, et le grand arbre du monde :
patience, patience, dans l'attente que Dawa reprenne son
tambour...

3

Patience, patience, mais à force de patience les ânes eux-
mêmes en crèvent. Et se détournant de cette belle histoire, nostr'
homme donna résolument dans le Royaume pour s'y frayer un
chemin, une voie qui le conduise au-delà des mers, là-bas, sous
un certain bouchon d'herbes sauvages. Mais il eut beau aller
et venir, fouiller, remuer, brasser ténèbres sur ténèbres, jamais
ne rencontra le moindre signe, écho mourant de la Guadeloupe.
Parfois, tant qu'à faire d'errer au hasard, sans nulle empreinte
où déposer ses pas, l'idée lui venait de s'allonger et demeurer
en repos, jusqu'à ce que la mort elle-même se dissolve et tombe
en poussière, comme la cora des Dévorants : mais il ne s'arrêtait pas pour autant et marchait, marchait, marchait crochu quand
la charge lui devenait trop lourde, marchait quand même, exact...

Tout au bout des éternités, qui s'étaient fondues en une seule
coulée sans fin, il rencontra un jour l'égarée des égarées, une
jeune femme aux lèvres distendues par deux plateaux de bois

et qui ne voulait plus jamais revoir le soleil. Elle dit venir d'un pays lointain, aux confins d'un immense désert habité par des peuples qui ne labourent ni ne sèment, et ne connaissent que rapt, profanation et sang. Sa nation était le vivier dans lequel les peuples du désert venaient pêcher leurs esclaves. On incisait les lèvres des petites filles et on y plaçait des coupelles en bois, de plus en plus grandes, avec les années, pour les rendre impropres à l'usage des pillards. Un jour elle s'était jetée, livrée à la rivière avec l'espoir de ne pas retrouver son bec au royaume des morts. Mais son infirmité l'avait suivie et depuis lors, elle errait dans les mondes souterrains, à travers des pays où ne risquait pas de retrouver une bouche comme la sienne. Elle éprouvait une étrange satisfaction à voir naître les rires sur son passage. Avait beau s'en défendre, expliqua-t-elle à Ti Jean, il lui fallait ces rires, qui étanchaient en son cœur ne savait trop quelle soif. Cependant elle n'était pas tout à fait une désenchantée; seulement une retirée, acheva-t-elle en détournant la tête avec pudeur, soudain charmante en sa simple tunique de nuit, avec son crâne rond et son œil très fendu vers la tempe, évoquant la grâce un peu espiègle d'un petit canard d'agrément...

Lorsqu'il se mit à lui parler, elle l'écouta comme il l'avait écoutée, avec intérêt, honneur et respect, sans manifester la moindre surprise, de sorte qu'à la raconter ainsi, bonnement, la vie de Ti Jean en devenait peu à peu une histoire comme une autre, pas plus sotte que toutes celles qu'il avait entendues jusque-là. Et poursuivant son récit, Ti Jean se disait à lui-même, souriant pas souriant, souriant, qu'il lui avait fallu rencontrer l'égarée des égarées pour oser s'ouvrir enfin de cette folie, extravagance insigne, qu'il était bien obligé d'appeler sa vie, et puis qu'on l'écoute sans rire. Ils étaient assis devant un feu, au milieu d'une plaine qui étendait ses vagues à l'infini. Des bêtes erraient à l'entour, en désœuvrement éternel, serpents qui ne mordaient pas, buffles qui ne mugissaient pas, ne perçaient que le vent de leurs sculpturales encornures. Le feu n'était plus qu'un tas de cendres lorsqu'il s'arrêta, et la jeune femme demeura longtemps pensive, un doigt posé contre sa tempe, indiquant ainsi que la parole s'écoulait présentement dans ses os. Puis, écartant les pales de ses lèvres, elle murmura d'une voix qui laissait transparaître une surprise légère :

— Cette vache qui dévore le soleil, il me semble en avoir entendu parler...

— ... Par un Errant ? lui souffla anxieusement Ti Jean.

— Non, dit-elle, je n'ai pas entendu cette histoire parmi les Ombres. On la racontait aux veillées de mon village, lorsque j'étais enfant... mais il ne s'agissait peut-être pas de la même Bête car la nôtre était si grande, grande, vois-tu, que les yeux les plus perçants ne pouvaient aller d'une extrémité de son corps à l'autre. Et lorsqu'elle eut tout dévoré, le soleil et la lune, les étoiles, les êtres humains et les animaux, il ne restait plus sur la terre qu'une femme et son fils, un jeune enfant du nom de Losiko-Siko, ce qui signifie dans mon village : Celui-qui-dit-oui-à-la-mort...

— Es-tu sûre de ce nom ? l'interrompit Ti Jean.

— J'en suis aussi sûre que de moi-même, mais pas davantage, dit la jeune femme en souriant.

— Peut-être l'auras-tu entendu ailleurs...

La jeune femme posa un œil humide sur Ti Jean et, en un murmure léger, qui séparait à peine les palettes surprenantes de ses lèvres :

— Excuse-moi, dit-elle, je vois que ce nom suscite en toi des pensées désenchantées, aussi ne sortira-t-il plus de ma bouche... et pour abréger mon histoire, disons si tu le veux qu'un jour, après mille aventures, le héros s'arma d'un couteau et pénétra à l'intérieur du monstre dont il commença à déchirer les entrailles. Lorsqu'il eut atteint le cœur, bon, la Bête poussa un mugissement horrible et tomba sur les genoux, les os brisés par son propre poids, les os brisés même. Le héros taillait maintenant dans les chairs pour s'y ouvrir un passage, voum tac, voum tac, et comme il fendait le grand sac de l'estomac, voum, la pointe de son couteau fit pousser des cris aux milliers de créatures enfermées avec lui : prends garde, tu nous déchires, lui disaient-elles alarmées. A la fin, son couteau atteignit le cuir de la bête et il y fit une large fente, viiiiii... et par cette fente, sortaient une à une toutes les nations de la terre, et puis ce fut le tour du soleil, de la lune et des étoiles qui reprirent docilement leur place dans le ciel... Et voilà, voilà l'histoire qu'on racontait aux enfants de mon village, finit-elle en essuyant une larme naissante, apparue tout à la fin de son récit : tu le vois, ce n'est qu'un conte des temps anciens...

— Au moins il finit bien, murmura Ti Jean dans un songe.

— Apprends, bon vieillard, que tous nos contes finissaient bien, contrairement à nos vies : sinon, à quoi bon les raconter ?... Mais en vérité, je dois t'avouer que j'ai mangé la fin de mon histoire, car il arrivait encore toutes sortes de choses à... *celui que je ne nommerai pas*, fit-elle en un rire subit.

— Lesquelles, je t'en supplie... ?

— Eh bien, pour ne rien te cacher, il advint que les hommes se mirent à le haïr, précisément pour les avoir délivrés de la Bête. Et alors, un jour qu'il était poursuivi par ses ennemis, le héros arriva au bord d'une rivière profonde et se métamorphosa en une petite pierre plate, tu sais, de celles qui ont des ailes, tellement elles sont agréables à lancer. Et surpris, irrité de sa disparition, l'un de ses ennemis saisit cette petite pierre et la lança sur la rive opposée en criant : voilà, voilà précisément comment je lui casserais la tête, si je l'apercevais...

— Et puis ? implora Ti Jean.

— Et puis la pierre redevint homme...

— Et puis encore ?

— Et puis mon histoire est finie, dit la jeune femme en émettant une sorte de trémulation joyeuse, semblable au roulement musical d'une bille dans un sifflet.

Et secouant la tête d'un air incrédule, comme si étonnée pour la première fois par son interlocuteur :

— Hé, l'homme a des cheveux blancs et il réclame des contes ?... Brave, brave homme, ne crois-tu pas qu'il faut reprendre ton chemin, si tu veux arriver chez toi...

— Mon chemin, existe-t-il pour moi un chemin ?

— Écoute, lui dit-elle avec émotion, nul ne m'a jamais écoutée jusqu'au bout, et tu as été pour moi comme une huile bienfaisante, comme une eau dans une gorge assoiffée. Je suis une Ombre ancienne, et il y a des temps et des temps que j'erre sous la terre. J'ai visité des lieux bien étranges, et à plusieurs reprises, j'ai entendu parler d'une sorcière qui connaît tous les chemins du Royaume et même ses issues secrètes. On dit que certains Errants l'ont consultée et deux ou trois en auraient reçu une réponse juste : mais son abord est redoutable, oh combien redoutable...

— Et son nom le connais-tu, son nom? s'écria Ti Jean avec enthousiasme.

— Ah, vieillard, sourit-elle, tu as sans doute fait beaucoup de chemin, toi aussi, mais je vois que tu n'as pas oublié l'impatience de ta jeunesse : son nom?... on dit qu'elle n'a pas de nom car née d'un génie et d'une femme, et c'est pourquoi elle n'est inscrite nulle part. Mais j'en ai toujours entendu parler comme de la Reine-aux-longs-seins et je crois savoir qu'on la trouve de l'autre côté de ces montagnes, là-bas... et des montagnes et des montagnes qui les suivent, autant qu'il y a de vagues sur la mer, autant qu'il y a de cheveux sur la tête d'un enfant...

S'étant levée, la jeune femme porta une main devant sa bouche, en un geste de pudeur instinctive; et, se haussant sur la pointe des pieds, elle indiqua gravement une barre d'un noir d'encre qui dessinait l'horizon, tout au fond du gris uniforme de la plaine...

Debout, elle lui parut encore plus jeune, menue, gracieuse jusque dans son profil de canard au long cou flexible. Elle semblait soudain excitée par la présence du vieillard, faisait des mines, allait et venait, tournait, virait sur la pointe d'un pied, heureuse d'exister sous la lumière d'un regard. Puis elle s'immobilisa, confuse, et reprenant place au coin du feu, souleva gravement un sourcil et dit ce qu'elle savait de la Reine-aux-longs-seins, une magicienne, une vraie faiseuse de destinée qui connaissait tous les chemins du Royaume. Rares étaient les Errants qui frappaient à la porte, et plus rares encore ceux qui trouvaient grâce à ses yeux, car elle salivait pour le sang humain, son met de prédilection. Cependant, il faut savoir ce que l'on veut dans la vie : la souris qui sort de son trou risque de se trouver prise au piège...

— ... et la souris qui reste dans son trou risque de mourir

de faim, l'approuva vivement Ti Jean. Amie, merci pour la
parole, je m'y accrocherai comme un enfant aux jupes de sa
mère; mais toi, mon petit monceau de fleurs, veux-tu pas suivre
également ce chemin, ... et que nous frappions ensemble à cette
porte?

— Non, non, dit-elle en reculant d'un pas, comme effrayée,
je ne veux d'aucune porte, d'aucun chemin...

— Es-tu à ce point lasse?

— Non, je te l'ai déjà dit, fit-elle avec une insistance étrange,
je suis une retirée, pas du tout une désenchantée... Un jour, un
jour viendra sans doute où l'envie me prendra de refaire mon
soleil; et peut-être y aura-t-il encore pour moi, chevrette folle,
un printemps avec des melons d'eau et des concombres, qui
sait?...

— Un jour viendra, répéta sombrement Ti Jean; mais en
attendant, que feras-tu toute seule au milieu de la nuit?

— En attendant, dit-elle, en attendant, il faut que tout ce
qui arrive soit beau...

3

Il y avait toujours des éternités derrière les éternités, des
montagnes nouvelles derrière les montagnes et des peuples
différents qui se succédaient sans fin, telles les vagues de la mer.
Ti Jean allait et allait sous le ciel de pierre et les peuples glissaient entre ses doigts comme de la poussière, les humains lui
devenaient des grains de sable que rien ne distingue plus l'un
de l'autre, et qui pourtant chacun rayonne mystérieusement
dans la pénombre, conserve quelque chose d'unique. Il allait
et allait mais les éternités ne lui étaient plus un supplice, car il
avait maintenant quelque chose pour les accueillir, pour leur
faire une place, en lui, depuis qu'il avait rencontré la jeune
femme au bec de canard, ... l'égarée qui ne cherchait plus sa
route, celle qui errerait jusqu'à la fin des temps, peut-être, en
refusant jusqu'au bout d'être une désenchantée...

Le souvenir de cette créature l'illuminait comme un soleil; et quand son esprit sombrait dans le brouillard, se confondait avec les éternités passées, présentes et à venir, il lui suffisait d'évoquer son visage espiègle et gracieux pour se transporter aussitôt à la Guadeloupe, retrouver le chemin de Fond-Zombi dont il connaissait maintenant toutes les pierres, tous les arbres et tous les visages, mieux qu'il ne les avait connus de son vivant...

Un jour, comme la jeune femme avait dit, il se trouva devant une chaîne de montagnes dont les crêtes se recourbaient sur le ciel de pierre, fermant le Royaume des morts sur lui-même. Après des temps et des temps, des recherches qui durèrent une nouvelle éternité, il finit par découvrir la faille donnant sur l'autre versant du Royaume. Les pentes s'achevaient en courtes falaises à demi éboulées, couvertes d'épineux et de plantes aux grandes fleurs lasses, étiolées, semblables à des touffes de cheveux blanchâtres. Un sentier s'offrit à lui au milieu de cette désolation. Il conduisait à une caverne profondément encastrée dans la falaise et où régnait une luminosité plus vive qu'à l'extérieur. Puis la caverne se referma en une gorge étroite, qui débouchait subitement sur une vaste salle éclairée par un feu de bois. Une vieille femme s'y tenait assise, nue, maigre comme il n'y a pas, un vrai squelette d'os noirs avec de longs seins qui s'étiraient jusqu'au bas de son ventre, telles des feuilles sèches de tabac. Elle remuait à deux mains un bâton dans une grande marmite de terre et des nuées de mouches tournoyaient au-dessus d'elle, des escouades de poux déambulaient sur son front, allaient et venaient à ses joues et ses mâchoires, pour remonter vivement se mettre à l'abri d'une touffe sale, ébouriffée. A l'approche de Ti Jean, elle souleva un menton aigu et lâcha d'une voix pleurnicheuse :

— Ouaille, le pauvre nègre, ouaille, ouaille, ouaille, que vient faire cet homme par ici, aux confins de l'univers; ne sait-il pas que fourrer son bras dans le derrière de l'éléphant, c'est s'exposer à bien des avatars... ainsi, par exemple : si l'animal se lève, on se trouve pendu à son derrière ?

Puis, après avoir dodeliné de la tête d'avant en arrière, et de droite et de gauche, comme pour exprimer sa compassion devant le sort effroyable qui attendait son visiteur :

— ... Et ne sait-il pas que mettre les pieds dans mon Royaume, c'est perdre à tout jamais l'espoir d'en ressortir ?

Cependant, nostr'homme découvrit respectueusement une épaule, et paisible comme jarre d'huile :

— Reine, dit-il en un sourire tendre et gai ; reine, il y a longtemps que ce nègre ne sait plus rien, rien de rien... Oui, longtemps qu'il erre à travers le vaste monde, cherchant un chemin, un sentier, un signe quelconque d'une voie qui le ramène chez lui : s'il connaissait son chemin, serait-il venu jusqu'ici, aux confins de l'univers ?

— En effet, ricana la vieille, s'il connaissait son chemin, il se serait bien gardé d'enjamber la dernière montagne...

Et posant sur lui un regard soudain plein d'indulgence :

— Qui es-tu donc et quel est ton nom, ô gambadeur des plaines ?

— Mon nom est Ti Jean, et je ne suis qu'un homme sous les nuages, n'importe lequel...

— Ton pays ?

— On le nommait Guadeloupe, dit l'exilé.

— Hélas...

— Reine, reine, ne t'excuse pas, fit Ti Jean en un rire bref, mon pays est si petit que nul ne le connaît, et ma nation tellement faible que c'est à peine si elle croit à sa propre existence...

La vieille femme l'étudia un instant, puis elle étendit ses bras vers le feu et secoua longuement la tête, comme si la réponse de Ti Jean avait satisfait à quelque exigence secrète; enfin, sur un hooum lugubre, elle reprit d'un ton froid et insinuant, où perçait encore la menace :

— Enfant de l'homme, tu me donnes mon titre et je t'en remercie. Cependant dis-moi : es-tu pas étonné de voir une reine en pareil attirail, avec une tête comme la mienne et les cheveux pleins de vermine ?

— Pourquoi serais-je étonné ? murmura Ti Jean en douceur.

— Es-tu sûr qu'il n'y a là rien d'étonnant, absolument rien ? reprit la vieille soudain méfiante, avec une sorte de tristesse voilée.

— Reine, fit rêveusement Ti Jean, depuis que j'erre à travers le vaste monde, la seule chose que je trouve vraiment étonnante c'est moi-même : pourquoi un être tel que moi est-il venu au monde ? voilà ce que je ne comprends pas et qui m'étonne plus que tout le reste... Je peux vous l'avouer, car l'homme ne déchoit pas en ouvrant son cœur : il arrive, il m'arrive de plus en plus souvent de jeter un regard sur ma personne, et de la trouver risible...

La vieille laissa pendre ses mâchoires et ses yeux se mirent à luire :

— Je ne vois pas ce qui prête à rire en toi, dit-elle surprise. Tu n'es peut-être plus très jeune, mais tout est en place dans ton visage et ta peau brille, brille... comme une tabatière toute neuve, acheva-t-elle d'un air singulier.

Et sur un petit rire gêné, la voix tremblante et son regard allumé d'un éclat de luciole ivre, en divagation dans le crépuscule :

— Tu es un brave, brave homme, dit-elle souriante, bien que tu ne sois pas à court d'huile pour graisser les cheveux d'autrui... Tiens, prends ceci, et voyons si tu pourras graisser mon dos aussi bien que tu l'as fait de mon âme...

Ce disant, la vieille lui tendit une fiole verte et pivotant sur son tabouret, elle exhiba une longue échine poilue, dont les os saillaient comme des lames de couteau. Ti Jean prit la fiole sans rien dire et ses mains se mirent à saigner au contact des arêtes coupantes. Bientôt, il lui sembla même que l'odeur de son sang affolait la sorcière qui retournait vers lui, par instants, un museau écumant d'hyène, avec d'énormes canines jaunes découvertes comme pour le mordre. Tout à coup, l'échine se tordit voluptueusement :

— Brave homme, de mon dos ou de la chair de tes mains, lequel est le plus tendre ?

— Le plus tendre est ton dos, dit Ti Jean.

A ce moment, il eut devant lui un admirable dos aux épaules rondes et fermes, aux hanches comme une jarre de terre cuite. Puis elle se retourna et ce fut un éblouissement, une beauté qui semblait jaillie de la nuit elle-même, lisse, tendre et parfumée, avec des scintillements d'étoiles sur les ongles et les dents, le

blanc de l'œil bleu à force d'être blanc. La jeune fille ploya son
cou avec coquetterie, et, soulevant une jambe vers le ciel, fit
admirer le coquillage le plus délicatement enroulé que Ti Jean
ait jamais vu, excepté celui d'Égée, rectifia-t-il aussitôt dans
son cœur; là-dessus, comme si elle venait de pénétrer ses pensées,
elle s'enquit d'une voix pleine d'inquiétude :

— Qui de nous deux est la plus belle?

Alors Ti Jean éclata de rire et enlaçant la jeune fille, l'étrei-
gnant de toutes les forces que lui donnaient la terreur, le désir,
la séduction cruelle de l'instant présent, il chuchota malicieusement à son oreille :

— Reine, la plus belle est celle que je tiens dans mes bras...

A son réveil, la beauté avait disparu et Ti Jean se vit couché
sur une peau de bête, dans une sorte d'alvéole rocheuse creusée
au fond de la caverne. A quelques pas, le vieux squelette noir
semblait rêver au bord du feu éteint, les coudes en pointe sur
les genoux, et ses mains couvrant honteusement le devant de
son visage. Soudain, elle tourna vers lui un regard languissant
et froid :

— Brave homme, n'es-tu pas surpris de me voir ainsi?

— Reine, je mentirais à dire que je ne suis pas déçu, oui,
je mentirais à dire cela; mais pourquoi surpris je serais, surpris?
Aurais-tu pas le droit de vivre à ta guise alors, d'aller et venir
comme il te plaît, de donner et de reprendre?

— Ne sois pas triste, car je n'obéis pas ainsi à mon caprice,
mais à une loi qui m'est raide tout autant qu'à toi. Mon vrai
corps est celui que tu as tenu dans tes bras et ce que tu vois là
n'est qu'une défroque, une peau de misère. Hélas, je ne peux
rester jeune plus de quelques heures, après quoi je dois redeve-
nir ce tas d'os et cette vieille tête pleine de poux. C'est la part
qui m'est impartie par les dieux, ... et non pas l'effet de mon
caprice, crois-le bien...

— Reine, fit Ti Jean avec émotion, je te l'ai déjà dit, je ne
sais rien, rien de rien, et à qui pardonnera-t-on ses erreurs,
sinon à celui qui marche dans la nuit?

L'être immonde laissa pendre une mâchoire de mélancolie :
— Brave, brave homme, je vois que tes yeux commencent
à s'ouvrir, à considérer les choses dans la bonne lumière... Va,
laisse-moi maintenant, laisse mon corps s'activer, car il a déjà
trop chômé aujourd'hui...

Puis elle courut vers l'entrée de la caverne et se penchant en
arrière, soulevant un lambeau de sa chemise jusqu'aux hanches,
les jambes un peu écartées, elle se mit à frapper à petits coups
redoublés sur la peau de son ventre, comme sur un tambour,
tout en chantonnant le refrain suivant :

> *Kacoutou Kacoutou Kacoutou*
> *Kacoutou Gangala*

Au fur et à mesure que tambourinait, des petits diablotins
sans couleur jaillissaient de sa maldave et venaient se disposer
devant elle, les uns après les autres, pareils à des soldats attendant commandement. Ti Jean en compta vingt-deux, puis la
vieille laissa retomber sa chemise et se mit à leur parler d'une
voix aigre, autoritaire. Déjà les petites créatures se mettaient
en branle, les unes réunissant du bois pour le feu, et les autres
se précipitant en catastrophe hors de la caverne, avec toutes
sortes d'outils d'enfants sur l'épaule, des pioches et des coutelas,
des houes, des bâtonnets à fouir. Elles avaient vaguement apparence humaine, avec des touffes rouges au sommet d'un crâne
en pain de sucre, et de petits tabliers de corde descendant jusqu'à leurs chevilles. Toute la clique envolée, la vieille revint
prendre place au coin de l'âtre où elle étendit ses bras par-dessus
la flamme, avec des tremblements violents dans ses os; elle avait
complètement oublié la présence de son hôte et vagabondait
en songe, à travers des espaces inconnus des simples mortels...

Trois jours s'écoulèrent ainsi, dans un silence de mort, avant
qu'elle ne se métamorphose en une merveilleuse jeune femme
aux yeux bleus à force d'être blancs. Mais par la suite, lorsque
redevint squelette, Ti Jean s'étonna de ne pas ressentir le même
dégoût devant ce que la Reine-aux-longs-seins appelait sa défroque. Il lui semblait voir au-delà de son apparence hideuse. Et
bien que son odeur l'incommodât toujours, et cette voix cris-
sante à ses oreilles, il devint même capable de recouvrir cette

peau misérable de la vision qui attendait tout au fond de cela et le guettait, craignant son regard d'homme. Parfois elle devinait ce mystère et lui disait, touchée :

— Vraiment, ils commencent à s'ouvrir, tes yeux, ceux qui sont à l'intérieur de ta tête et dont les paupières sont en train de se soulever, pour la première fois depuis ta naissance...

Et sitôt revenue à son corps de gloire, elle redoublait de tendresse pour son amant, fondant littéralement dans ses bras et lui tenant des propos si vifs que Ti Jean s'en inquiétait à cause de la vieille, il ne savait pourquoi...

Elle commençait à se confier, évoquait ses premières années auprès d'un génie et d'une mortelle. D'après elle, son corps véritable était celui que Ti Jean tenait dans ses bras, le sépulcre vivant, la défroque de la vieille lui étant totalement étrangère, même lui faisant horreur. Elle n'acceptait pas l'injustice qui lui avait été faite, condamnée pour l'éternité à la caverne, tandis que les morts ordinaires pouvaient remonter sur la terre et y refaire leur soleil, à travers la matrice d'une femme de leur sang. Parfois elle pleurait en évoquant les crimes de l'autre, sa perfidie, les bruits que faisait courir pour attirer les Errants du Royaume et s'en repaître. Et c'est pourquoi elle ne permettait à Ti Jean que des fruits et de l'eau, toute autre nourriture donnant à sa chair un fumet trop goûteux aux narines de la vieille. Pour troubler celle-ci, égarer complètement son odorat, elle faisait boire à Ti Jean quelques perles de son sang ou bien lui confectionnait un pain de sa fantaisie, qui parfumerait la sueur de l'homme. Elle commençait à oindre son beau corps de miel, puis répandait du grain à terre et s'y roulait, s'y déroulait, allait et venait comme un rouleau à pâtisserie. Ensuite, recueillait une à une les graines attachées à sa peau et les écrasant en farine, cuisait un beau pain doré que l'homme devait manger aussitôt, afin d'attraper son odeur; Ti Jean la plaisantait, disant que ce pain n'était qu'un charme d'amour, destiné à le faire revenir dare-dare à la table de son corps...

Des éternités filèrent ainsi, entre ces deux créatures qui n'en faisaient qu'une seule et pourtant semblaient n'avoir aucun lien, sauf dans la mémoire de plus en plus vague et confuse de nostr'homme. La vieille rêvait auprès du feu, toujours transie, les diablotins s'activaient dans le voisinage et la jeune se montrait aussi pleine de fraîcheur et de nouveauté qu'au premier jour. Le temps s'écoulait en rivière des grands fonds, d'un large flux éternel; et le voyageur commençait à comprendre ce qu'une des reines lui avait dit concernant ses paupières intérieures, à peine soulevées sur son deuxième regard, selon elle...

Or, un jour qu'il badinait avec la jeune, soudain l'image de la vieille s'interposa pour la première fois entre lui et le frais morceau de nuit noire qu'il tenait dans ses bras. Aussitôt, l'aimable créature s'immobilisa et poussa une plainte, vite étouffée. Puis elle posa doucement le bout de ses doigts sur la bouche de Ti Jean, comme pour lui interdire toute feinte, protestation qui ne ferait qu'aggraver les choses :

— Brave homme, il est temps maintenant de nous séparer; non, non, ne dis rien, souviens-toi que la parole qui t'aime reste dans ta bouche...

Ti Jean la regarda sans comprendre et se mit à pleurer, car l'image de la vieille s'était effacée et il n'avait plus devant lui qu'une jeune fille toute fraîche, aussi ruisselante qu'un poisson jaillissant de la vague. Elle s'efforçait de le consoler, attirait la tête du vieillard contre sa poitrine et le berçait tel un enfant, tout en lui disant de sa douce voix claire :

— Merci, brave homme, merci de ces larmes que tu verses sur moi. Croyais-tu que tout cela était éternel, et que je te garderais pour toujours? Il est temps que tu partes, que tu accomplisses ce pour quoi tu t'étais présenté devant ma grotte, il y a quelques années, t'en souviens-tu? Je t'aiderai, j'écarterai les pierres sur ton chemin, ainsi que j'en avais décidé le premier jour, en te voyant... Mais je pourrai seulement te conduire à mi-chemin de ton pays, car mon pouvoir s'arrête là : ensuite, hélas...

— Ensuite...? lui demanda Ti Jean surpris de la trouver si bonne, si calme, un grand lac paisible de sous-bois, en dépit de la vague enfantine qui tremblait sous la surface étale de son regard...

214

— Ensuite, il te faudra à nouveau errer, chercher comme tu l'as déjà fait, au risque de te perdre...

Le délaissant pour un instant, la reine s'en alla au fond de la grotte dont elle ramena le vieux fusil de Ti Jean et sa besace. Ses joues étaient sèches, ses traits lisses n'exprimaient pas le moindre chagrin, tout se tenait dans ses yeux qui étincelaient comme des diamants. Et la voyant ainsi, Ti Jean prit de la peine et se calma, consentit à revêtir le pagne bleu à franges d'or qu'elle avait tissé à son intention. Elle frappa des mains et apparut aussitôt un petit diablotin que désigna à Ti Jean, en souriant avec un air de majesté lointaine; puis, en un soupir :

— Tu suivras mon serviteur jusqu'au fleuve où une barque t'attend depuis des années. Tu te laisseras guider par le courant et t'arrêteras où bon te semble, c'est tout ce que je peux faire pour toi. Souviens-toi encore de ceci : ton voyage finira au premier rivage, car la barque s'enfoncera dans l'eau,... elle s'enfoncera, je te dis, dès que tu poseras un pied sur la terre ferme...

Ti Jean entendait à peine ces paroles et des larmes remontaient à ses yeux, toutes brûlantes d'une douleur qui ne voulait pas être consolée :

— Est-ce tout, n'as-tu rien d'autre à me dire, après toutes ces longues années, vraiment rien?...

Un souffle de gaieté parcourut l'eau étale de son regard, qui se chargea d'une ironie délicate :

— Mon cœur était paisible, dit-elle, et je lui ai cherché une raison de se tourmenter...

La jeune reine parut se tasser, recroqueviller dans l'ombre, sa bouche doucement fermée sur l'éclat de ses dents. En ce visage si harmonieux, simplement beau que chaque trait semblait avoir été formé l'un après l'autre, l'un en fonction de l'autre, les yeux étaient deux sources de lumière un peu clignotante, de sorte qu'on ne savait pas très bien si elle était timide, ou si elle retenait ses pensées dans une sphère connue d'elle seule. Elle reculait lentement, sans quitter Ti Jean du regard;

puis elle eut un signe de la main indiquant que tout était dit, et détournant la tête avec gêne :

— Une chose encore, mortel : oublie-moi...

***

Le diablotin avait du mal à régler son allure sur les jambes de Ti Jean, trop lentes au gré de ses petites pattes véloces qui l'entraînaient toujours vers l'avant, pour se perdre subitement dans les herbes, comme englouti par une trappe. Et puis il revenait sur ses pas avec un air de ne pas comprendre le mystère de ces longues jambes d'homme, et, bouillant déjà d'impatience, filait à nouveau loin devant Ti Jean, bientôt avalé par une motte de terre, une touffe d'herbe ou un gros caillou. Il était d'une humeur vraiment déconcertante. Et tout au long du voyage, ne cessa de se répandre en remarques ironiques sur Ti Jean, l'appelant Homme-de-patience, Homme-d'une-patience-à-faire-cuire-une-pierre-jusqu'à-ce-qu'il-en-sorte-du-bouillon, répétait-il à satiété, avec une intention spéciale qui passait l'entendement de sa victime. De temps en temps, aussi, piqué par la diablerie de son sang, il sautillait de façon ridicule sur le passage de l'humain, avec force entrechats et pieds de nez désinvoltes; et soulevant vers lui une petite figure de tamarin trop mûr, vidé de toute sa pulpe, il serinait d'une voix stridente, enthousiaste :

> *Je te le dis.*
> *Hé! gambadeur du Royaume*
> *Tu t'en vas par l'obscurité profonde, profonde*
> *Tu erres lamentablement dans la nuit*
> *Hé! Hé! gambadeur*
> *Hé! Hé! gambadeur du Royaume*

Au bout de trois semaines, le fleuve apparut du haut d'une colline qui descendait en pente douce vers la rive escarpée, toute en masses rocheuses et brillantes. Les eaux roulaient avec une sorte d'indécence tranquille et des arbres gigantesques les

bordaient, hérissés de branches nues, aiguës, dont les pointes
allaient effleurer la voûte de pierre. Une pirogue dormait dans
le creux d'une crique, simple esquif de pêcheur avec deux tolets
à l'arrière pour le maniement d'une gaffe. Suivant son regard,
le diablotin lui dit qu'il n'aurait pas à pagayer, la pirogue avait
de bonnes jambes et connaissait parfaitement son chemin...
mais il lui faudrait faire attention, très, très attention, car cette
farceuse de rivière avait des os...

Au dernier instant, comme Ti Jean avait pris place dans l'embarcation, le guide se mit à danser sur place d'impatience et
tout à coup, un air d'inquiétude extrême sur ses traits, il piailla
que le gambadeur n'aurait pas lieu de s'étonner si l'image de
la reine ne le lâchait pas. Certes elle lui avait dit oublie-moi,
mais y tenait-elle autant que ça ? En vérité il avait un secret à
lui confier : la jeune reine lui avait jeté un charme et il fallait
l'en excuser, et ne le fallait-il pas ?... car c'était seulement un
effet de sa tendresse excessive, précisa-t-il d'un clin d'œil appuyé,
en connaisseur averti de l'âme féminine.

— Tout au contraire, dit Ti Jean, je souhaite que ce charme
soit éternel...

— Ne te moque pas de moi, Homme-de-patience... et permets
à une infime créature de te dire que les plus grands charmes
ne sont pas éternels, ils finissent un jour par s'user... La seule
chose qui ne s'use pas : le cœur des hommes qui est en fromage,
c'est bien connu...

— C'est bien connu, concéda Ti Jean.

4

La pirogue avait été creusée dans un tronc d'arbre, comme
ces gommiers dont les pêcheurs de Guadeloupe évident l'âme
par le fer et le feu; mais celle-ci ne portait aucune trace d'hermi-
nette ou de braise, et seules demeuraient visibles des millions
de hachures en coups d'ongles, qui évoquaient la main des
petits serviteurs...

Assis dans le fond de l'embarcation, le dos calé en poupe, Ti Jean fit un signe amical au diablotin demeuré sur la berge et qui semblait en épilepsie, depuis qu'il lui avait confié le secret de la reine. L'être lui rendit son salut et rasant le sol comme une araignée, il escalada vivement la colline et se perdit, s'anéantit dans le gris et l'indistinct; alors, se détachant de son amarre surnaturelle, l'esquif courut vers le milieu du fleuve où il se calma, s'offrit sagement au courant...

Juste à ce moment, l'image de la jeune reine s'imposa à lui avec la soudaineté du vent, et ce fut aussitôt comme si une chemise de feu l'enveloppait. Il avait envie de rire et de pleurer et versait de l'eau sur son corps en pensant à la jeune fille de la grotte, à la vieille aussi qui finalement était une bonne créature, en dépit de ce qu'insinuait la jeune, oui, une pauvre femme incapable de la moindre méchanceté, ne serait-ce que d'allumer un cierge dans l'intention d'attirer le malheur sur quelqu'un. La jeune surtout ne le lâchait pas, elle le poursuivit ainsi des étendues et des étendues, surgissant du fleuve aussi bien que des rives désertes, du ciel de pierre qui s'éloignait à mesure, devenait une catégorie d'arche noire aux limites floues, incertaines : Ti Jean versait continuellement de l'eau sur sa poitrine et son visage, sur son bengala du Royaume des morts qui semblait vouloir le quitter, s'arracher à lui telle une lance enflammée...

Avec les jours, les semaines, le sortilège s'estompa peu à peu, se réduisit à de longues tresses brillantes qui lui tournaient dans la tête ou dansaient contre ses joues. Ouvrant les yeux, enfin, nostr'homme considéra avec surprise l'immensité du monde où il se trouvait, seul, sans ami ni ennemi, et sa longue patience l'abandonna. C'était maintenant le désir d'aborder, n'importe où, en dépit de ce qu'avait dit la reine, histoire de poser son pied sur la terre ferme, lâcher derrière lui cette maudicité de pirogue qui filait son train de bois mort, l'emportant le diable savait où. Il parlait à son corps, tenait de longs discours entrecoupés de cris qui lui servaient de compagnie, prolongés par

l'écho de la voûte. Ou bien il se mettait à rire de l'enchaînement
qui l'avait conduit là, sur ce fleuve sans queue ni tête, qui avait
bien l'air de tourner en rond, lui aussi, et son rire était une
moquerie de la vie qui se moquait tant de lui, et tout au fond
du rire il trouvait force de ne pas aborder. Et quand le rire lui-
même faisait défaut, Ti Jean se consolait en tonitruant la chanson du fleuve, un refrain cocasse qu'il avait inventé, musique
et paroles, et que lâchait en direction de la voûte de pierre,
debout au milieu de la pirogue, sur ses jambes d'homme :

> *Et zig zag zog*
> *Chez monsieur Chon*
> *On y fait des bouchons*
> *Pour boucher toutes les gueules*
> *Pour boucher tous les cris*

Un jour, tandis qu'il paradait ainsi, une tête vaguement
humaine se rapprocha de l'embarcation, la bouche entrouverte
sur l'eau sombre. Elle avait des écailles verdâtres, de vastes
yeux glauques aux paupières translucides, et de ses petites
dents aiguës s'écoulait un flot liquide, chantant, pareil aux modu-
lations savantes d'une flûte. Après que Ti Jean se fût exprimé
à son tour, tous deux demeurèrent à se regarder en silence,
non pas comme d'une espèce à l'autre, d'homme à poisson,
ou de poisson à homme, mais comme deux êtres qui avaient
l'intelligence profonde l'un de l'autre, le sentiment exact de
leur solitude en un monde hostile, incompréhensible et terri-
fiant. Puis, sur un plissement complice des paupières, la chose
esquissa un sourire et se laissa glisser dans les profondeurs du
fleuve; et Ti Jean sourit en lui-même, songeant... je suis vieux
comme les montagnes et ne dirai jamais, voici, il n'y a rien qui
vaille la peine d'aller encore : tout est intact, et le mystère
demeure entier...

Çà et là, des paquets d'herbes se tordaient dans le courant,
retenus par des éminences osseuses que Ti Jean évitait d'un
coup de gaffe. Il y avait des bifurcations, des branches entre

lesquelles la pirogue hésitait, tournoyait, semblait emportée par la loi du hasard. Et pour finir l'eau se jeta sous une voûte basse, à toucher de la main, et dont les bords plongeaient profondément dans le fleuve, enfermant son cours en un goulot de pierre. Ti Jean se souvint d'un bruit, une légende selon laquelle certains fleuves du Royaume vous conduisaient au bout du monde, et d'autres vous jetaient dans la bouche d'un dieu. Il criait maintenant sans discontinuer, ne s'endormant que pour poursuivre ses cris en songe. Une fois, le cauchemar fit place à un beau rêve d'espace et de lumière : un dôme de soie flottait au-dessus de lui, à des hauteurs vertigineuses, et deux ou trois étoiles étincelaient sous un croissant de lune. Par-devant la pirogue, il y avait un banc de sable couvert d'une multitude d'oiseaux aquatiques dont le plumage s'ébouriffait en mousse blanche, neigeuse ; et, attendant la fin du rêve, Ti Jean se régalait intensément de cette lune et de ces étoiles, et de ce fleuve aux eaux soudain scintillantes, et de ces arbres et de ces oiseaux qu'il ne reverrait plus...

Des ibis jaillirent du banc de sable et leur cri perça son tympan, en même temps que pénétraient en lui tous les bruits de la nuit africaine. Puis la pirogue fit un tour sur elle-même, s'orienta ; et, glissant sous le couvert d'un marigot, retrouva le cours du fleuve qui se rassemblait plus loin, nourri de toutes les eaux dispersées du bassin...

Soudain, comme sous l'effet d'un coup de vent, un voile recouvrit l'ensemble du ciel et se mit à descendre en nappe grise, floconneuse, qui se déposa peu à peu sur les arbres et le fleuve. Mais ce n'était pas la grisaille légère du Royaume, ni le brouillard qui tombait parfois sur les terres ensoleillées des Ba'Sonanqués, au début de la saison des pluies ; c'était l'ombre épaisse, aveugle et sans merci qui avait chu lentement sur Fond-Zombi, sur la Guadeloupe et sur le monde, en ce jour lointain où la Bête avait gobé le soleil...

Livre Septième

Comment Ti Jean enjamba les trois mers et les quatre royaumes, pour aborder aux terres arides et glacées de la métropole; et comment pour finir enjamba Mort soi-même, c'est pas de la blague non, messieurs, pas de la blague

1

Et puis il y eut un lendemain, un surlendemain avec un clair
de lune et des étoiles pour de vrai. Les rives offraient maintenant des signes de vie humaine, mais d'une vie qui semblait
effacée depuis fort longtemps : pirogues à ventre ouvert sur
la berge, ruines de villages aux pans de murs noircis, vernissés
par les incendies. Sa cervelle écumait, tressautait en tous sens,
semblait vouloir sortir de son crâne tandis que le canot du
Royaume des morts filait paisiblement entre de hautes falaises,
dont les parois se renvoyaient les cris de la faune des sommets.
La barque tirait doucement le vieillard qui rêvait, tentait de
mettre un peu d'ordre dans son esprit. Mais les falaises succédaient aux falaises et les questions s'effaçaient toujours devant
des questions nouvelles, et il roulait de mystère en mystère,
ainsi, sans y voir plus clair en lui-même qu'au-dehors, dans la
clarté indécise des étoiles. Une idée frappa subitement sa poitrine : d'où venait bonsoir que ce monde ne fût pas entièrement effacé, alors que des siècles s'étaient écoulés depuis la
disparition du soleil?... et pourquoi cette agitation sur les rives,
cette pulsation d'insectes, d'oiseaux, pourquoi cette végétation
luxuriante quand tout devait reposer sous des couches de froi-
dure et de silence?...

Un jour qu'il se tenait à l'avant de la pirogue, un coup de
feu partit depuis la berge et il vit un groupe d'hommes à l'air
farouche, les uns à cheval, brandissant des fusils, et les autres
s'empressant déjà vers des barques hérissées de lances, de cou-

teaux de jet et de massues. Soudain une pluie de flèches vola,
plusieurs bois vibrants se fichèrent dans sa poitrine; et, comme
il n'en paraissait pas autrement affecté, un guerrier se dressa
dans l'une des barques d'assaut, pointant un doigt d'épouvante :

— Regardez, mes frères, un esprit des morts est sur le fleuve!...

Les voyant refluer en désordre, qui faisant rame vers le rivage,
qui se jetant à l'eau pour fuir l'apparition, Ti Jean immobilisa
sa barque par le travers et lança d'une voix navrée :

— Ne partez pas, oh ne partez pas...

Et comme ses appels restaient sans effet :

— Au moins dites-moi les hommes : en quel temps sommes-
nous?... en quel siècle?... siècle?... siècle?...

Demeuré seul, le voyageur de l'Ombre considéra avec étonnement son torse bardé comme une pelote d'aiguilles. Les
flèches avaient pénétré sans douleur, il savait déjà qu'elles
s'en iraient de même. Et les arrachant une à une de son corps
mort, vivant, ne savait plus, l'un et l'autre sans doute, il rit
du bon tour que lui avait joué la jalousie de la reine : vivant
et mort à la fois, il appartenait aux deux mondes et leur était
à tous deux étranger, aussi déplacé sur la terre, incongru, que
s'il venait de choir du haut d'un astre...

Le reste du voyage s'écoula dans un état de torpeur énorme
qui l'écrasait, ralentissait son sang. Debout au milieu du fleuve,
sans faim ni soif, rien, il était fasciné par cette pirogue d'enfer
qui n'avait de cesse de parer les obstacles, îlets, troncs flottants,
roches affleurantes comme des os. Une fois, il crut voir au loin
une ville moderne brûlant de tous les feux de l'électricité. Un
grain s'était levé, et l'embarcation avançait entre deux rafales,
lorsque lui apparut un groupe d'immeubles aux façades quadril-
lées de nombreux points lumineux. Mais le courant était rapide,
les éclairs se réfléchissaient dans l'eau qui les renvoyait sous
forme d'éclats aigus, perçants comme des escarbilles; de sorte
que passée la fulgurance de l'instant, il en garda plutôt le souvenir d'un rêve, enchantement né de la foudre...

Quelques jours plus tard, le rideau de brouillard se levait sur l'embouchure du fleuve, un vaste delta au cours divisé par d'innombrables langues de terre sablonneuse. Certaines branches du delta étaient recouvertes d'une couche de glace, et sous un ciel bas, violacé, une lune molle traînait son immense bedaine au ras du miroir brisé des eaux. Un rouleau d'écume barrait l'horizon en masse énorme, grondante, qui donnait l'idée d'une forêt en marche. Sur le point de s'y engloutir, la pirogue se cabra et monta dans l'air à l'horizontale, survolant la crête neigeuse pour venir se déposer sur la mer, de l'autre côté de la barre..., où elle fendit les vagues en direction du large, comme poussée par une hélice invisible...

Des infinités de cristaux étincelaient en surface et une gelée blanche recouvrit la peau de Ti Jean, mêlée à l'éclat vitreux des grains de sel. Inquiet, l'idée lui vint de se transformer en oiseau pour rejoindre les rives de l'Afrique : un bec fendit l'intérieur de ses joues, et, tandis que ses yeux se déplaçaient vers les tempes, des milliers de plumes noires percèrent le haut de son corps, lui faisant de grandes ailes de vautour. Mais des bras d'hommes remuaient par-devant ces ailes et toute la moitié inférieure du corps était restée humaine, avec un bengala qui se dégageait confusément du duvet et de la plume. Puis la métamorphose reflua et quelques secondes plus tard, seules deux petites hampes s'obstinaient encore à son flanc, qu'il arracha d'un geste vif, indolore...

Ti Jean connaissait maintenant des états de léger délire : tantôt il se rêvait poisson, et tantôt une rumeur lui venait de l'au-delà, croyait-il, avec l'accent d'un vieux nègre de Guadeloupe qui répétait inlassablement : *Ho, comment fais-tu aller la vie, petit garçon?...*

Par endroits, les cristaux s'aggloméraient en des collines, des montagnes flottantes qui arrêtaient la pirogue, l'obligeaient à un large détour. Des bêtes jamais vues s'y ébattaient, par troupeaux entiers qui se traînaient lourdement sur leurs nageoires, et rugissaient comme des lions, au passage de l'intrus, en secouant la tête d'un air fâché, fâché, comme si n'arrivaient pas à comprendre un pareil toupet. Puis la mer se fit humaine, sillonnée de navires haut pontés et dont les sirènes donnaient sans relâche, dans le brouillard, à longues envolées mugissantes, jusqu'à l'apparition d'une première étoile. Des côtes apparaissaient au loin qui n'avaient plus rien de celles d'Afrique. C'étaient des quais, des hangars, des lumières par centaines et milliers, certaines allant jusqu'à éperonner le ciel; et brusquement on voyait des amas de ruines noircies, vernissées, des cadavres de villes saisis dans une gelée dure, qui renvoyait l'éclat des étoiles. Un jour, un frémissement parcourut la pirogue qui se rapprocha de la terre, entra sans plus de façons dans l'estuaire d'un fleuve. Une grande animation y régnait, une frénésie, une bacchanale de navires entrant et sortant, certains pourvus de socs qui envoyaient des monceaux de glace par côté, les rejetaient sur les rives en hautes falaises d'argent. Puis il y eut comme un coup d'arrêt et des hommes blancs se portèrent aux bastingages, de plus en plus nombreux à désigner l'extravagant esquif qui se faufilait entre les géants de la mer, avec, carré en poupe, figé comme en un trône de glace, un vieux nègre aux allures de mage et qui tenait gravement, précautionneusement, un vague semblant de pétoire entre ses genoux...

Soudain l'esquif tomba en panne, pointant le nez de gauche, de droite, encore incertain de son gibier. Fila vers une ligne de projecteurs qui se dressaient en muraille, masquant presque entièrement la ville. Seule, dépassant de la frange de lumière, l'ombre d'un clocher se perdait dans le bleu transparent du ciel. Nostr'homme jeta le mousquet à son épaule et comme il s'élançait à quai, la pirogue fut prise d'un long frisson de bête; enfin, après un tour sur elle-même, une sorte de salut badin, vif et narquois, elle piqua délibérément vers le fond et s'enfuit entre deux eaux, tel un squale, sans doute pressée de retrouver sa place au bord de la crique, sous la voûte de pierre du Royaume...

Ti Jean courait au hasard des docks, amoncellements de ballots, caisses, une troupe endiablée de vivants à ses basques.

Il se vit brusquement devant une haute clôture métallique dont les barres s'étendaient à l'infini. Ne sut comment lui vint l'image d'un oiseau : au même instant, un vent de panique le souleva et il fit aussitôt corps avec les fortes membrures de ses ailes, tandis que ses bras demeurés humains retenaient le mousquet et la besace contre sa poitrine. L'envergure des ailes allait bien chercher dans les trois mètres cinquante. Mais il eut beau les mouliner et mouliner, les secouer comme un perdu, elles n'étaient pas assez puissantes pour l'amarrer solidement au ciel. Et retombant sur le pavé, de l'autre côté des grilles, il fit une nouvelle enjambée de plusieurs mètres, une autre encore, une autre, à la manière d'une balle de caoutchouc : il s'élevait dans les airs, deux, trois étages, venait mollement choir entre les maisons et repartait d'un coup de talon léger, désinvolte... tandis que les hommes blancs criaient, s'écartaient au passage de l'ange noir bondissant dans la ville...

2

Se démanchant ainsi, mi-homme mi-oiseau, vers les étages, l'idée ne lui venait pas que les grandes vergues de ses ailes pouvaient subitement le lâcher, comme elles avaient fait sur les côtes d'Afrique. Tout affamé de nouvelles, il attrapait un mot sur une façade, une devanture de magasin et s'étonnait grandement de la chose : quand même, quand même, non, se disait-il, me voilà donc en France. Et puis c'étaient des enfilades de vieilles rues malséantes, malodorantes, où stagnaient des blancs comme Ti Jean n'avait jamais vu, de vrais fantômes de blancs, osseux et pouilleux, en loques... et les yeux de nostr'homme papillotaient devant l'incroyable : quand même, quand même, non, se disait-il, regardez-moi cette qualité de blancs-là. Quelques soldats tenaient faction à un carrefour. Et voyant arriver l'ange, l'un d'eux lâcha nerveusement une ou deux rafales de mitrailleuse, qui traversèrent son corps de néant; puis Ti Jean s'envola par-dessus le blockhaus et fut dans une autre ville, plus grande que la première... ruines sur ruines qui s'étendaient à l'infini : noircies, elles aussi, vernissées par la fumée des incendies...

Là, notre voyageur trouva un asile étrange, vraiment, simple pan de mur qui retenait une cage d'escalier, jusqu'au deuxième étage, où une chambre était suspendue dans le vide. Il en sortait pour voir le monde, le siècle, juste à la pointe de l'aube, au moment où les étoiles dissipaient les dernières lèches d'un brouillard blanc, laiteux, qui vous trempait en soupe. C'est du cœur même de ce brouillard qu'il surgissait, tous les matins, ayant appris à bondir haut, le corps très droit et les bras soutenant l'action de ses ailes. Il ne faisait que se déposer sur un toit n'importe lequel, et, si on ne l'avait pas décelé en vol, s'allongeait près d'une gouttière pour mieux contempler le monde : le siècle, comme il se disait à lui-même...

Le haut de la ville était entouré de soldats en uniforme, même pareils que ceux de la garnison de Basse-Terre. Les maisons y étaient grandes et belles, les rues larges, propres, bien dignes de ce qu'on avait toujours pensé de la métropole à Fond-Zombi. Il arrivait ordinairement à la pointe du jour. Et tout à coup, les réverbères s'allumaient comme des lucioles et des volets s'ouvraient, des taches jaunes apparaissaient aux fenêtres. Il y avait maintenant des passants, sous la lune naissante, et les vitrines des magasins s'illuminaient, les cafés exhalaient une merveilleuse vapeur chaude, chaque fois que la porte vitrée s'ouvrait, se refermait, un merveilleux nuage, brillant et irisé, qui évoquait une bulle de savon. Mais il n'en était pas de même, non, rien de comparable quand Ti Jean atterrissait sur un toit de la ville basse, au-dessus des rues sombres, malodorantes, qui s'étendaient jusqu'à la mer. Et voyant cette horde de loqueteux, qui s'en allaient une main devant une main derrière, maigres à ne pas les croire blancs, l'étonnement de la première fois lui revenait et il se disait dans sa tête, comme au jour de son arrivée : quand même, quand même, non, regardez-moi cette qualité de blancs-là. Parfois, penché au-dessus de sa gouttière, il en oubliait mystérieusement de les voir blancs et se fâchait de partout, et sa tête était en colère et le cœur aussi, sans parler de son foie qui sautait dans son ventre, par intolérance de certaines choses qui se passent sur la terre. Alors il remontait vers la ville haute où de nombreux chars l'attendaient, aux carrefours, cependant que des filets transparents étaient tendus en travers de certaines avenues, dans l'espoir de le faire choir dans leurs mailles; et c'étaient des retours triomphants, le soir, par les ruelles des bas quartiers, où tous les misérables l'attendaient aux fenêtres et le saluaient, l'applaudissaient même, discrètement, depuis l'intérieur de leurs cases...

Il en fut ainsi trois semaines, puis ses ailes s'avachirent et il cessa de venir tourner les sangs du beau monde. Peu à peu, il cessa même toutes ses tournées en ville, haute ou basse, à cause d'une lourdeur qui était tombée sur ses os, lui interdisant jusqu'au moindre saut de puce. Il ne quittait plus son abri solitaire, enfoui sous des hardes et demeurant là, poulpe aveugle, avec son sac d'encre noire sur le cœur. Un jour, il découvrit des petits points de moisissure à ses joues, comme des plaques de lichen verdâtre : la mort s'était remise au travail, et sans doute ne l'avait-elle jamais quitté d'un pas, depuis sa sortie du Royaume... elle lui avait seulement donné un peu de corde, voilà...

L'action de la mort se précipita et déjà, le lichen occupait toute la surface de ses joues, s'attaquait au plumage qui laissait de grandes traînées végétales sur les murs. Il y avait cette transpiration invisible d'oiseau, suintant sous la plume et le duvet, il y avait les quelques pas jusqu'au robinet pour boire, faire semblant de boire une gorgée d'eau, ou laver les humeurs vertes qui brûlaient le coin de ses yeux : et puis le gouffre noir dans lequel plongeait aussitôt regagnée sa couche. Et c'était toujours le même rêve qui le poursuivait. Il n'y avait pas de village, nul bourg, ville, aucune région habitée, la terre était une immense forêt au milieu de laquelle il se tenait immobile, fouillant l'ombre, dans l'espoir de trouver une clairière. Autour, les arbres s'élevaient à une hauteur vertigineuse, puissants, noueux, envoyant des racines profondes, et il les regardait comme des frères à cause de leur belle couleur verte. Alors une voix montait des ténèbres avec les accents d'un vieux nègre Guadeloupe, en genre commandement lointain, à peine audible, la voix même entendue au milieu de l'océan. Un espoir le soulevait et il marchait allègrement à travers les troncs d'arbres. Mais à peine faits trois pas, les fûts vacillaient sur leur base et s'effondraient sur lui, les uns après les autres, se réduisaient en une âcre poussière, moisissure dans laquelle se débattait, criait, lançait des appels dérisoires, car il n'y avait que le ciel en haut et puis cette forêt trompeuse : la terre était déserte...

Quand il se réveillait, l'air avait goût de cendre et il se sentait embarrassé de lui-même, embarrassé de son corps, embarrassé tout bonnement. Et il se souvenait avec reconnaissance de cette voix amicale qui le hélait au milieu de la forêt, une voix qui se faisait de plus en plus pressante, de nuit en nuit, dessinait maintenant autour d'elle comme le halo familier d'un visage, et c'était la petite figure de noix de cajou creusée et ridée d'Eusèbe l'Ancien. Une fois, comme il ouvrait les yeux, il s'aperçut que les arbres continuaient de tomber à grand fracas. Puis toute la forêt disparut et prêtant mieux l'oreille, il crut entendre des coups frappés à la porte du palier, des coups légers, mais singulièrement impératifs, et qui s'accompagnaient du clapotis d'une voix humaine. A la fin, hâlé comme du fond d'un gouffre, Ti Jean se leva et fit quelques pas chancelants vers la porte, donnant de l'aile chaque fois que ses jambes faiblissaient sous lui; trois petits coups retentirent à nouveau, et une voix chuchota distinctement en créole : *Ho, dans quel trou à crabe t'es-tu encore enfilé, petit garçon?... ho?...*

La voix était celle-là même entendue au milieu de l'océan, puis de la forêt, à la fois grave et douce et munie de cette pointe de solennité qui marquait le ton si particulier des vieillards de Fond-Zombi, leur servait de coquetterie. Ti Jean ouvrit la porte d'un geste calme et la lune tomba sur les épaules d'un nègre très ancien, aux cheveux totalement blancs, à la figure ravinée comme noix d'acajou. Il était vêtu à l'ancienne, caleçon vague et tunique de toile et large sacoche de cuir brut à la hanche, avec cet éternel chapeau de paille qui frémissait, lui battait mollement les épaules, comme la dernière fois, voici des siècles, parmi les cases écroulées du plateau d'En-haut : ses pieds rongés de chiques étaient nus, et l'enveloppe de peau qui maintenait ses os avait conservé toute la couleur, toutes les apparences de la vie...

Averti par une longue expérience, Ti Jean vit aussitôt que l'homme ne se tenait pas sur le palier, non, dans un autre monde il se tenait, et sans doute à l'intérieur même de son esprit; il considéra un instant le mirage, et, sur un soupir, souleva un index réprobateur et murmura pour lui-même, en souriant à sa propre folie :

— Alors, Eusèbe l'Ancien, vieille fouine que vous êtes, fouine éternelle, je dis : voilà que vous vous glissez à l'intérieur de mon rêve ?

3

L'apparition glissa dans la pièce avec légèreté, et, craignant de la voir disparaître en fumée, Ti Jean referma vivement la porte. Il se souvint de la première impression qu'il en avait eue, enfant, cette idée d'un esprit qui plane entre ciel et terre, éternellement indécis sur le lieu, l'endroit, la place exacte où il déposera ses pieds transparents d'esprit. Un instant, les yeux d'Eusèbe le considérèrent avec effroi, comme s'ils le reconnaissaient sans le reconnaître; puis son regard se détourna, erra parmi la pièce abandonnée à la poussière et aux toiles d'araignées, tandis qu'il reprenait d'un ton ironique :

— Pourquoi ne m'ouvrais-tu pas la porte ? Ah, jeunesse, jeunesse qui n'a pas le moindre respect de mes cheveux blancs...

— Jeunesse?... s'écria amèrement Ti Jean.

Sur ces mots, l'apparition se tourna vers Ti Jean et le considéra d'un œil rêveur, étonné et plein d'indulgence, comme si elle voyait en lui le jeune garçon d'autrefois, l'adolescent aux membres lisses et à la grâce de jeune pachyderme; et, soulevant un poing glacé, elle en effleura les tempes grises de nostr' homme, disant d'une voix sourde, peinée :

— Enfant, enfant, quel âge t'imagines-tu donc avoir?

Les traits d'Eusèbe s'attendrirent, à cette évocation indirecte du passé, et il paraissait véritablement voir un enfant dans la personne du vieillard qui lui faisait face. Soudain, changeant d'expression, il fronça des sourcils et ses narines d'ombre tressautèrent, comme si elles reniflaient quelque chose de suspect; son visage avait pris un air d'attention extrême, et il dit sur un ton froid :

— Il y a comme une odeur de mort, autour de toi?

Ti Jean sourit à cette feintise :

— Rien d'étonnant, l'Ancien, rien d'étonnant pour une âme trépassée...

— En es-tu bien certain?

Ti Jean éclata franchement de rire et l'apparition reprit, nullement affectée par ce rire qui aurait dû la mettre en pièces, la renvoyer d'où elle était venue :

— Je veux bien te croire, mais peut-être dis-tu cela par ignorance, ne connaissant ni la mort ni la vie, mon fils...

— Alors comment appelez-vous celui qui descend sous la terre : un galant qui s'en va au bal?

— Écoute, je ne voudrais pas te flatter, mais je n'ai jamais vu de mort aussi resplendissant que toi. Et si je sens bien cette foutue odeur, je sens en même temps une odeur de vie, une odeur de peaux demeurées vertes par en dessous; alors je te demande quelle odeur il faut croire, si tu veux bien éclairer ma lanterne...

— Veuillez d'abord répondre à une petite question, et je vous dirai ensuite tout ce que je sais : sauf le respect, l'Ancien, êtes-vous autre chose qu'une lubie dans ma tête?

Une lueur amusée passa dans les yeux du sorcier, et, une fois

encore, Ti Jean s'étonna de se voir dévisagé non pas en homme
chargé d'ans, mais comme l'adolescent qu'il avait été, autrefois, dans les temps et les temps, avant de choir dans la grande
nuit étoilée de l'Afrique :

— Enragé comme tu es, si tu veux me prendre pour une lubie,
rien au monde ne pourra t'en dissuader, je le crains. Vois-tu,
poursuivit Eusèbe d'une voix soudain fêlée : nous avions perdu
tout espoir lorsque nous avons entendu ta voix, il y a quelques
semaines...

— Ma voix? s'étonna Ti Jean.

— Tu appelles ça chanter, peut-être?... alors disons que nous
avons entendu un chant qui venait de très loin, du milieu d'un
grand fleuve, quelque part au cœur de l'Afrique. La voix était
faible et se déplaçait, quittait l'eau douce pour l'eau salée,
jusqu'à ce qu'un jour on l'entende très distinctement cette fois,
qui venait de la terre de France. Alors je me suis mis à ta recherche et ça m'a d'abord conduit à Paris, et sais-tu ce qu'est
Paris?

— C'est une ville, dit Ti Jean, une grande ville en capitale...

— Non, c'est un tas de pierres, un tas de pierres aussi grand
que la Guadeloupe, mais seulement un tas de pierres. Et tu ne
te trouvais pas au milieu de ces pierres, et j'ai tendu l'oreille
jusqu'à ce que j'entende à nouveau tes cris... tu ne dis rien,
cette fois?

— Alors vous avez entendu mes cris, fit Ti Jean d'une voix
sage.

— Oui, confirma l'autre en souriant; mais ils avaient changé,
bien changé, par rapport à ceux que j'avais entendus depuis la
Guadeloupe. C'étaient maintenant des cris effilés, aigus, on
aurait dit un oiseau qui s'égosille. Et quand je suis arrivé ici,
je les entendais si fort qu'ils défonçaient tout dans ma tête.
On m'a presque aussitôt parlé de toi, de tes grandes ailes d'ange
noir et je me suis dit : c'est mon petit garçon. Mais à la vérité,
je ne m'attendais pas à te voir mariner dans un tel bain de mort
et de soucougnantise. Plus je te regarde, plus je me demande si
je puis t'être d'un grand secours. Je suis un nègre de connaissance, exact, et j'ai taillé mes yeux comme on taille le cristal,
afin qu'ils puissent voir toutes choses visibles et invisibles. Mais

ce qu'il te faudrait, je le crains, c'est plutôt un vieux congre
à peau raide, coriace, comme était Wademba, avec de grands
crocs faits pour déchirer les Puissances des ténèbres. Dis, qu'en
est-il au juste de toi : donnes-tu carrément dans les morts ou
t'arrive-t-il de sentir des peaux vertes, par en dessous?

— Vous allez rire, dit Ti Jean : certains jours je me sens
plus frétillant qu'un jeune chien, et d'autres jours, bien plus
vieux que monts et vallées, plus vieux que la terre elle-même...

— Ce n'est pas très original, dit Eusèbe l'Ancien.

— Vous allez rire, dit Ti Jean : j'ai marché et marché, et,
finalement, je suis remonté du Royaume pour rien...

— Mais encore?

— Vous allez rire, vous allez rire : tel que vous me voyez,
présentement, je ne suis pas plus des vivants que des morts et
n'appartiens à aucun monde...

— A quoi appartiens-tu donc?

— J'appartiens à la chambre, dit Ti Jean.

Depuis un bon moment, Eusèbe sautillait d'un pied sur
l'autre en émettant des petits bruits sourds de la glotte, à un
rythme très vif, impatient, cependant que son grand chapeau
de paille vibrait comme les ailes d'un maringouin qui cherche à
vous piquer. Tout à coup, faisant glisser son couvre-chef dans
le dos, l'homme libérait un curieux museau de fouine qu'il
poussa contre toutes les parties du corps de Ti Jean, comme pour
y chercher un signe, un avertissement enfoui au plus profond
de la lymphe et des os. Enfin, pinçant le bengala entre deux
doigts, il le souleva et glissa prudemment le nez par-dessous,
disant :

— La mort est là, dans le creux de tes graines. C'est la première fois que je la découvre en ce lieu. D'habitude, elle se pose
dans les yeux des gens, elle court dans leurs veines ou s'assied
à l'intérieur de leur gorge, les empêchant de respirer. Un pli
apparut à son front, tandis qu'il s'exprimait d'une voix son-
geuse, visiblement pour lui-même : j'aurais dû m'en douter,
comprendre qu'elle s'installerait au siège même de la vie, au

berceau de toutes choses, car les Anciens disaient que son nom est Renaissance...

Puis, fermant d'un geste vif la bouche de Ti Jean, il poursuivit d'une voix lourde d'effroi :

— Non, tais-toi, car notre vieille amie écoute et risque au moindre mot de t'effacer des mondes, si ce n'est déjà chose faite. Tu le sais, elle a des oreilles fines et un cœur jaloux. Alors attention à ce que je vais te dire, mon fils, réfléchis et n'emploie que des mots vraiment nécessaires. Tu ne dois rien me révéler, bien qu'il me faille tout comprendre. Ainsi : es-tu surpris que l'odeur vienne de par là ?

— Non, murmura Ti Jean, je n'en suis pas surpris...

— Tout le monde sait que les morts boivent et mangent, et certains disent qu'ils se réjouissent comme nous : pourquoi ne se réjouiraient-ils pas ?

— Pourquoi ne se réjouiraient-ils pas ? déclara Ti Jean d'une voix indifférente, comme s'il se contentait de répéter les paroles du sorcier qui sourit, laissa échapper un petit rire satisfait.

— La feuille qui se détache de l'arbre ne tombe jamais loin de ses racines ; mais la graine s'envole au loin, et c'est elle qui emporte le secret de l'arbre. On dit aussi que la graine connaît le secret qui l'habite, mais le connaît-elle ?

— Sans doute, la graine connaît le secret qui l'habite...

— Est-ce une certitude ?

— La graine connaît son secret, dit Ti Jean.

A ces mots, l'homme au visage d'esprit se figea, seul son chapeau de paille vibrant au-dessus de lui, cerf-volant en tremblement dans le ciel. Il paraissait hors du temps et de l'espace, de la nuit et du froid, de la mort, mais tous ses traits étaient si parfaitement dessinés qu'on avait peine à le voir en lubie, en figure simplement surgie d'un rêve. Soudain il revint au monde, et, posant une main sur l'épaule d'oiseau, en écarta précautionneusement le duvet jusqu'à retrouver le contact de la peau humaine. Toute trace d'ironie avait disparu de ses yeux où ne se voyaient plus que la chaleur, le rayonnement voilé d'un fanal ancien, d'un regard de nègre ancien :

— En vérité, garçon, que sais-tu au juste ?

— A quel sujet ? s'enquit paisiblement Ti Jean.

— Au sujet des esprits et des dieux, des puissances de toutes sortes : ne t'a-t-on rien appris là-bas, en Afrique ?

— On ne m'a rien dit, fit Ti Jean après un silence, on m'a tenu à l'écart de toutes choses. Je sais, je sais que la Force est partout à l'œuvre, mystérieuse, souriante ou terrible, jusque dans le tremblement de l'aile d'un moustique... et je sais aussi qu'il y a des bois derrière les bois, des mondes derrière les mondes et toutes sortes de puissances inconnues : est-ce là ce qui vous intéresse, maître ?

— Malheureusement non, dit Eusèbe l'Ancien. Je me demandais si tu avais glané quelque lumière en chemin, mais je vois que la souffrance t'a seulement un peu décrassé les oreilles. Je dois t'en avertir : avec ton consentement, cette pièce sera tout à l'heure le lieu d'un combat inégal, où tu n'as guère chance de remporter la victoire. A supposer que tu ne sois pas tout à fait une Ombre, la mort qui est dans tes reins ne se laissera pas expulser facilement. Elle fera appel à toutes ses ruses, à tous ses alliés de par le monde et principalement à celui qui est en toi-même...

— Et quel est cet allié de la mort ?

— La peur, dit Eusèbe l'Ancien.

— Et que devrais-je faire devant elle : pouvez-vous me le faire savoir, maître ?

— Rien, dit Eusèbe. Il faut seulement que tu imposes silence à tes entrailles, que tu deviennes pareil à un rat dans la nuit...

– Je serai un rat dans la nuit, dit Ti Jean.

Eusèbe le fit s'allonger sur le dos et tira une craie de sa sacoche, dessina soigneusement une forme autour de lui, enfermant le voyageur de la mort en une petite barque. Ensuite, il déposa dans les bras du gisant le mousquet et la besace de man Éloise dont il examina le contenu, pièce par pièce : le couteau et la corne à poudre, la pierre à feu et son bois mâle, un dernier rond de fil de fer à collets et l'ultime balle d'argent, celle que le héros avait préservée comme la prunelle de ses yeux. Il sautillait, sautillait d'un pied l'autre, soulevé par une mystérieuse

236

gaieté intérieure qui s'exprimait en de petits bruits furtifs de la glotte ; et, retenant d'une main le chapeau de paille qui frémissait, semblait sur le point de prendre son envol, il s'écria plaisamment :

— Voyez-moi ça, hélas : Ti Jean qui s'en va dans la ménagerie des mondes, une cage d'oiseau à la main...

L'homme tomba en contemplation devant les ustensiles et ingrédients divers, fioles, goussets de cuir, petits paquets d'herbe qu'il avait disposés sur le sol, avec l'ordonnance et le soin d'une ménagère ; puis, dénudant sa poitrine, plongea la pointe d'un court stylet à la base de son cœur...

Il recueillit le sang dans une écuelle, y ajouta une poudre tirée d'un gousset de cuir verdâtre, tout racorni. Et, se servant du petit doigt comme d'un pinceau, toucha de son sang les paupières de Ti Jean, ses mains et ses pieds, toucha les encadrements de la porte et des fenêtres. Le flot de sa poitrine cessa de couler et il fut subitement enveloppé de vapeurs, fumeroles qui montaient de ses joues, ses épaules, comme s'il sortait d'un bain. Il versa encore un peu de poudre dans le récipient et il y eut un remous, et chaque goutte diffusait autour d'elle une transparence, jusqu'à ce que tout le sang fût changé en eau pure. Alors il s'assit en bordure de la petite barque de craie et dit, sa bouche noire dégorgeant une fumée légère, bleuâtre :

— J'ai arrangé les quatre points de cette pièce, je l'ai fermée à toutes les influences et j'ai disposé quelques fils de lumière sur ton corps. Tout à l'heure, tu boiras lentement cette eau de sang. Laisse-moi te dire ceci : on t'a appris qu'il y a des bois derrière les bois, et c'est la vérité. Mais je t'apprends qu'il y a aussi des bois à l'intérieur des bois. Ainsi, il y a plusieurs mondes dans cette pièce qui nous entoure, et dans chacun de ces mondes attendent des forces prêtes à bondir, il suffit d'une simple déchirure : c'est ce qui est arrivé avec la Bête, et c'est ce qui se produira tout à l'heure, quand tu gigoteras comme un lapin éventré dans les ténèbres...

— Que devrais-je faire ? demanda Ti Jean.

— Rien, tu ne dois rien faire, strictement rien et les forces s'arrêteront aux frontières de ton cœur. Mais si tu esquisses le moindre mouvement, ce sera comme une faille par laquelle elles s'engouffreront, pour tout saccager...

— Et quant à la mort, répondit Ti Jean, que devrais-je faire?

— Rien, fit l'homme en portant le breuvage aux lèvres de Ti Jean qui fut surpris par sa transparence parfaite et son goût : une eau légèrement amère, saumâtre, dans laquelle on aurait fait tremper des racines de salsepareille...

Ti Jean ressentit d'abord une impression de froid qui allait grandissant, et, parvenue à son extrême limite, neige et verglas, paillettes de glace qui se coulaient dans ses veines, se changea en une chaleur d'intensité égale. Un voile rouge s'était posé devant ses yeux. Il enveloppait toutes choses, sauf le visage d'Eusèbe qui était devenu entièrement bleu, tel qu'un linge trempé dans une eau de lamproie, avec deux taches plus claires au coin des mâchoires. Soudain, il lui sembla qu'une fenêtre s'ouvrait quelque part, laissant pénétrer un vent d'une rare violence qui tourbillonnait autour de lui, à la fois glacial et brûlant comme de la cendre chaude. Soulevant un coude effrayé, il se tourna en direction d'Eusèbe l'Ancien et lui dit :

— Maître, ne faut-il pas refermer la fenêtre?

Le sorcier ramena doucement le coude de Ti Jean à sa position initiale :

— Tais-toi, ce sont les Puissances...

Et, comme Ti Jean menaçait de poursuivre, sa bouche béante d'étonnement :

— La fenêtre est dans ta poitrine, murmura Eusèbe d'une voix à peine audible, tandis que le vent dans la pièce redoublait de violence, poussant par instants des mugissements qui semblaient vouloir disloquer les murs.

Une fente s'ouvrit au milieu du ventre de Ti Jean, lentement écartée par les griffes du vent; au bout d'un temps infini, il referma la déchirure de ses mains et dit :

— Maître, je ne puis en supporter davantage...

— Ainsi tu t'inclines, dit Eusèbe.

— Maître, le vent est entré dans mes entrailles et va m'emporter : lancez-moi une corde, afin que je me retienne à la terre...

La voix d'Eusèbe se fit encore plus lointaine, assourdie, presque entièrement noyée par les vagues furieuses du vent :

— Il n'y a pas de corde à laquelle te retenir, aucune autre corde qu'en ton esprit. Continue de t'y agripper, mon fils, et surtout ne va pas pousser une plainte, même en ton cœur, à la manière de certaines personnes qui poussent de tels cris de goret, qu'on les entend jusqu'au bout de la terre ; toutefois, si tu en ressens le besoin, tu peux prononcer quelques paroles du bout des lèvres...

— Lesquelles ? implora Ti Jean.

— N'importe lesquelles, pourvu que tù les lances vers moi, tranquillement, comme si tu m'envoyais une amarre ; mais surtout ne crie pas, ne crie pas...

— Maître, je suis très loin et les mots me manquent...

— Alors prends une petite respiration, et répète avec moi, lentement, sans prononcer un mot plus raide que l'autre :

> *Esprit de la terre*
> *Vaste vaste vaste*
> *Je m'adresse à toi*
> *Et tu me comprendras*
>
> *Oiseau qui passes dans la nuit*
> *Et parles la langue des hommes*
> *Je m'adresse à toi*
> *Et tu me comprendras...*

Une musique sereine s'élevait de l'incantation, et des sonorités voilées de tam-tam s'y mêlaient, portées par la brise qui s'insinuait entre les hautes herbes de la colline Barthélemy. Il était en train de détacher une feuille d'herbe-à-madame quand se produisit l'événement. Aussitôt, il déposa la hotte de man Éloise et demeura coi, s'efforçant de capter le chant qui traversait la vallée déjà plongée dans l'ombre. Là-bas, dans les lointains, le disque de bois rouge du plateau d'En-haut étincelait comme une glace au soleil couchant, cependant que montaient les derniers accents d'un chant plein de gloire, de tristesse et

de gloire, et qui ouvrait son âme d'enfant à d'autres mondes,
irrémédiablement. Déjà la voix mourait, les battements du
tam-tam se dissolvaient dans le soir et les jeux du soleil se réduisaient à un fil de lumière sur une cime, entre deux immenses
battants de porte du ciel. Stupéfié, nostr'homme découvrit
la silhouette d'Eusèbe l'Ancien assis en tailleur, de l'autre côté
de la barque de craie; un grand silence s'était maintenant répandu
dans la pièce et Eusèbe en semblait effrayé, étreignait convulsi-
vement la main du gisant :

— Je ne peux plus rien pour toi, maintenant, dit-il tandis
qu'une ombre immense montait soudain à l'horizon.

Une des mâchoires de l'ombre atteignit les nuages au-dessus
de la ville, et l'autre se traînait au ras des rues, prête à avaler
tout ce qu'elle trouverait sur son passage. Ses yeux étaient voilés,
recouverts d'une taie blanchâtre, et ses grandes dents transparentes comme du cristal de roche. Ti Jean saisit le mousquet,
jeta vivement la besace à ses épaules et s'enfuit d'une course
éperdue à travers les rues de la ville déserte, la gueule de Mort
à ses talons. Ses ailes battantes raclaient le pavé et il courait de
maison en maison, criant : je suis Ti Jean, pourquoi ne m'ouvrez-
vous pas? Mais les portes demeuraient obstinément closes et
il reprenait sa course, harcelé par le souffle énorme qui défon-
çait ses côtes, projetant un tourbillon de vent et de sable piquant,
froid comme de la glace. Comme il atteignait le bord de la mer,
il vit une femme noire debout dans l'eau, à quelques pas du rivage,
et qui tendait vers lui des bras dont la seule vue était une caresse.
Des fumerolles s'élevaient le long de ses joues, voilant les contours de son visage. Mais quelque chose de tendre et de familier
émanait de sa perfection noire et de lourdes tresses venaient
s'enrouler autour de son ventre, comme pour protéger la moisson
d'enfants qui rêvaient à l'intérieur d'elle, sous la peau translucide,
cinq ou six ou peut-être bien douze, enchevêtrés les uns dans
les autres, bouche pincée, dans l'attente qu'on leur donne vie. Il
y avait une ombre de sourire à ses lèvres, le sourire d'une femme
qui se sait aimée, désirée, poursuivie jusqu'au bout des couloirs
souterrains... et des larmes éclatèrent aux yeux de Ti Jean qui se
précipita dans la vague, pleurant comme un enfant : pourquoi
m'as-tu laissé, abandonné au pied de ce figuier banian, non?

Déjà, sans souffler mot, elle l'enveloppait de ses bras et l'entraînait vers les profondeurs de la mer, de palier en palier, toujours plus bas, plus sombre et plus glacé, jusqu'à le conduire sous une voûte rocheuse qui s'étendait à l'infini, semblable au ciel de pierre du Royaume. Elle rit et ses dents apparurent de cristal, tandis que ses cheveux se déroulaient telles des algues jusqu'au fond de l'océan. Ti Jean se débattait, s'efforçait vainement d'échapper à son emprise. Un voile de fureur l'envahit et son bengala se dressa comme une épée, à cause de Mort qui avait osé emprunter le sourire d'Égée, Égée Kaya, celle qui l'attendait au bord de la rivière avec une moisson d'enfants à l'intérieur de son ventre, cinq ou six ou peut-être bien douze, la bouche close, dans l'attente qu'on leur prête vie. Il creusait de ses ongles les reins écailleux de la créature qui le repoussait maintenant, affolée, ondulait sous lui comme une anguille. Tout à coup, il poussa méchamment son épée et Mort poussa un grand cri; puis il y eut un mouvement de flux, de reflux, un étrange silence s'étendit sur le monde et Ti Jean découvrit la silhouette d'Eusèbe l'Ancien, en bordure de la nacelle de craie...

Le mouvement de flux et de reflux se fit à nouveau sentir. Toutes choses semblaient se confondre dans une lumière mouvante qui émanait de l'intérieur des objets. La face d'Eusèbe était un soleil noir. Ti Jean n'avait jamais vu de visage aussi beau, mystérieux, aussi incroyablement neuf que celui du vieillard dont les traits semblaient naître, à chaque instant, s'arracher à quelque matrice inconnue. Des sons lui parvenaient comme à travers une épaisseur d'eau. Remontant en surface, il vit que ces sons provenaient des lèvres d'Eusèbe qui tressautaient continuellement, au milieu de son visage, tandis que l'homme répétait d'une voix suppliante :

> *Esprit de la terre*
> *Vaste vaste vaste...*

4

Chaque fois que Ti Jean écartait les paupières, il se retrouvait à l'intérieur d'une bulle où s'inscrivait l'image agrandie d'Eusèbe l'Ancien. Une main énorme crevait la bulle et il recevait un filet d'eau, sur la langue, ou bien un peu de nourriture au bout d'un doigt, ainsi qu'on donne le goût du lait à l'enfant qui vient de naître. Il demeura plusieurs jours dans cette bulle, hésitant entre vie et mort, comme si n'avait pas tout à fait choisi son camp. Puis il fut mieux et Eusèbe se mit en corbeau pour des incursions dans les beaux quartiers, dont il ramenait bonne chère et bon vin pour le convalescent, et du clair pour son propre gosier. Un soir, le sorcier se dit extrêmement surpris de lui voir cette masse de cheveux gris, qui auraient dû tomber avec ses ailes. Pourtant, il avait l'impression que certaines peaux du garçon étaient demeurées vertes par-dessous... et ça le chiffonnait de ne pouvoir démêler ce vert et ce gris et la question qu'il se posait : Ti Jean avait-il réellement vécu une vie d'homme, dans toute sa longueur et son poids, là d'où il venait?

— Une vie d'homme, c'est ça même que j'ai vécu, dit Ti Jean.

— En es-tu bien sûr?

— Plus sûr que surette, sourit Ti Jean.

- Ah, c'est bien embêtant une chose pareille, fit le sorcier en branlant un front soucieux.

— Et pourquoi ça : suis-je donc plus Ti Jean, avec ces cheveux-là?

— Ce que tu es, toi seul peux le savoir, toi seul, mais tu n'es certainement pas celui que nous a annoncé Wademba. Je peux te le dire aujourd'hui : quelques jours avant sa mort, le vieux nous a révélé qu'un enfant réchaufferait le soleil. Et comme nous le plaisantions sur cette idée bizarre, voyant pas comme une petite chair pourrait rallumer le grand fanal, à supposer qu'il s'éteigne un jour, que c'était plutôt travail d'homme et pas n'importe lequel, il nous regarda fixement dans les yeux et dit : mes petits babouins, ne vous méprenez pas sur les trois grimaces que vous savez faire, car la seule chose au monde qui surpasse la connaissance des plus sages, c'est l'ignorance d'un enfant...

— Et vous pensiez que mes cheveux gris allaient tomber ? sourit Ti Jean.

— Eh oui, j'espérais que vieillesse s'en irait avec Mort et voici qu'elle s'accroche encore plus farouchement que l'autre, celle que tu as balayée bien joliment, je dois dire, en vrai coq des ténèbres. Mais après tout, peut-être ne faut-il pas en croire tes cheveux ni tes paroles; les paroles surtout, mon garçon, car on en a vu plus d'un qui se figurait noyé pour avoir seulement bu une tasse. Aussi, ça me semble que l'heure a sonné de me raconter ton histoire, depuis le commencement : ce jour où tu as posé un pied dans la gueule de la Bête, il y a deux ans...

— Deux ans pour vous, sourit Ti Jean en tremblement, mais plus de quarante ans pour moi, l'Ancien, et vous pouvez même ajouter quelques éternités sur la balance...

Et, comme il s'interrompait, cherchait déjà l'air dans ses poumons, Eusèbe l'appuya en homme qui connaît les choses, qui devance vos pensées les plus secrètes et perdra son sang avec vous, goutte à goutte, au fur et à mesure que les paroles tombent de votre bouche :

— ... Et quelques éternités sur la balance, oui, je prends ça dans mon ventre, vieux guerrier...

Ti Jean appuya son dos contre le mur et l'autre détourna la tête, exposant seulement son profil au conteur, comme pour ne pas le gêner de ses petits yeux tristes et perforants. L'homme écoutait de toutes ses forces, de toutes les cordes de son corps vivant; et pourtant, c'était comme s'il avait déjà entendu une version de l'histoire, comme si les paroles de Ti Jean étaient déjà tombées dans le creux de sa cervelle, en un autre temps, un autre monde peut-être. Son œil ne s'alluma véritablement que pour l'oiseau niché dans l'oreille de la Bête et sur lequel il voulait tout savoir, jusqu'à la maniaquerie. Mais chacune de ses questions comportait en elle-même sa réponse : cet être avait-il tel plumage, telle forme de bec et tel regard demandait-il, en exaltation grandissante, sans se rendre compte qu'il battait tambour et dansait à la fois, obligeant nostr'homme à accepter la portraiture longue et minutieuse qui lui était ainsi faite, indirectement, du pélican...

Après cela, l'œil du magnétiseur cessa subitement de luire et Ti Jean poursuivit son chemin, débobina sa petite histoire, sans se presser, comme il avait déjà fait avec la jeune femme au bec de canard, et comme elle avait fait elle-même, pour commencer, détachant les mots grain à grain, pour épuiser complètement sa grappe de douleurs. Eusèbe se contentait de hocher la tête, avec componction, comme si connaissant tout ça de longue date, entendant parler d'un pays où il avait longtemps vécu. Ni la chute en Afrique ni la rencontre avec l'enfant aux anneaux d'or ne rallumèrent son regard, et Ti Jean se sentait maintenant en position d'écolier passant examen devant l'instituteur, un vieux monsieur infiniment mieux informé que lui. Une fatigue lui vint et sa bouche se mit à courir, légère, et il passa vivement sur ce qui était arrivé à Wademba, et déjà il s'apprêtait à poursuivre au galop, tout droit, sans volute aucune ni panache, lorsqu'un phénomène mystérieux arrêta le travail de sa langue : Eusèbe s'était figé, soudain, et ses joues changeaient lentement de couleur, devenaient pareilles à ces pommes-lianes, flasques et ridées, entièrement vidées par les colibris. Au même instant, apercevant le regard de Ti Jean, le bonhomme lui tourna brusquement le dos et posa ses deux mains bien à plat sur son crâne, en signe de deuil, cependant qu'il murmurait amèrement pour son propre cœur : *L'eau et le feu, c'est vrai, partout il y a l'eau et le feu, mais la terre n'est pas la même terre partout... ah, l'eau et le feu, et l'on voudrait bien cacher le ciel avec ses mains, mais se laisse-t-il cacher, celui-là, et la paume d'une main humaine y suffit-elle ?... non, c'est déborder que tout déborde de toutes parts, déborder même, déborder, et le ciel et*

*la vie et l'homme, et l'ombre de l'homme qui le suit à chacun de
ses pas... Alors ils ont fléché Wademba, ils l'ont fléché?... et que
ferons-nous maintenant je dis, si notre mère Afrique nous éloigne
de son sein, je dis?...*

Ti Jean était demeuré en angoisse devant le trouble de ce nègre
de Connaissance, maître homme s'il en est, pas morceau de
liège qui dérade au gré du vent; mais au bout d'un moment,
Eusèbe pivota doucement sur lui-même et les mains rabattues
sur son chapeau, comme pour masquer la bouleverse de ses
traits, il déclara d'un ton pincé :

— Hé oui, c'est pas lamenter qui recolle un vase cassé, et
tu vas me faire la faveur de reprendre ta petite histoire, garçon.
Seulement voilà, ajouta-t-il en un curieux rire sec : ne va pas
galoper comme tout à l'heure, mon cher... car un coup de langue
doit se donner comme il convient et la parole est parfois surprenante, surprenante...

Puis les épaules d'Eusèbe frémirent, comme sous l'effet d'un
rire intérieur, et il demeura silencieux tout de bon, lointain,
ne s'animant ni au coup de lance dans la poitrine de Ti Jean,
ni à sa longue existence au village du roi, jusqu'à la lapidation
finale. Toutefois, comme il relatait son arrivée au Royaume
des morts, et puis son rejet par les ancêtres, il crut percevoir
un léger tremblement sur la lèvre inférieure d'Eusèbe, qui venait
de rendre essor aux ailes de son chapeau. Mais le vieux ne dit
mot et Ti Jean poursuivit sur sa lancée, tandis que l'autre l'écoutait à peine, désormais, hochant parfois la tête d'un air rêveur,
loin, loin de tout ça, avec de temps à autre, au coin de l'œil,
une petite pointe brillante qui disparaissait aussitôt. Ti Jean
parlait toujours, mais c'était comme qui danserait devant un
aveugle, et c'est tout seul qu'il revécut les couloirs souterrains
et le fleuve, la mer et tout le reste; et lorsqu'il se tut, enfin, ne
fut pas surpris d'entendre le vieux murmurer, comme si rien
n'avait été dit dans l'intervalle :

— Et jamais tu n'as entendu parler de Wademba, dans les
couloirs du Royaume?

— Non, nul ne m'en a rien dit...

— Ça ne te semble pas qu'il soit en chemin, en chemin de la
Guadeloupe?

— Non, ça ne me semble pas, fit Ti Jean après un silence;
et j'ai plutôt dans l'idée qu'il erre à travers les couloirs, ne songeant guère à revenir au pays...

— Ah, je comprends, fit doucement le vieux, il est dans la
honte...

— La honte, dit Ti Jean.

5

Après cela, quelques journées lugubres s'écoulèrent dans la
petite niche au-dessus du vide, accrochée, quasiment encollée
à la façade, parmi le champ de ruines. Dès l'aube, Eusèbe se
mettait en invisible pour des incursions dans les beaux quartiers,
dont il ramenait, telle une pie voleuse, toutes sortes d'objets
biscornus qui avaient brillé à son regard : chapeaux, boutons
de porte, vieux réveils que faisait sonner avec des mines gour-
mandes. Puis, s'asseyant dans un coin avec une bouteille de
rhum, il ricanait et haussait les épaules en de petits soubresauts
juvéniles, farauds; et tout à coup l'ivresse le soulevait, l'emportait jusqu'au plafond de la chambre où son crâne venait donner
contre le dur, l'arrêté et le définitif, alors qu'il se croyait sous
les étoiles...

Or, un des ces matins-là, nostr'homme vit le magnétiseur
assis sur sa paillasse, le chapeau flottant sur sa tête et la sacoche
bien serrée à l'épaule, dans la tenue exacte où il lui était apparu
quelques semaines plus tôt. Ses yeux avaient retrouvé leur éclat
de diamants taillés par la Connaissance, un éclat dur et sec,
dont le rayonnement blessait, et Ti Jean comprit que le vieux
se mouvait à nouveau dans l'irrévocable. Se glissant hors de sa
couche, il vint silencieusement se placer sur les talons, en face
de lui, attendant que l'homme d'En-haut se décide à lui adresser
la parole. Il y eut un long dévisagement et l'autre prit un air
ironique :

— Vieux guerrier, je ne vais pas m'embarrasser la bouche de pierres avec toi : tu as parlé, je t'ai entendu, et c'est bien une vie humaine tout entière que tu as vécue depuis ton départ de la Guadeloupe. Aussi je te demande : es-tu toujours décidé à suivre ce chemin, quand bien même il n'est plus le tien ?

— Belle question pour un jour de pluie, dit Ti Jean.

— Bon, alors sache que je t'ai trouvé passage, enfin un genre de passage, sur un genre de cargo qui appareille ce soir : mais il te faudra rester en corbeau jusqu'à la Guadeloupe, car il n'y a pas grand'place sous la bâche du canot de bâbord, où tu voyageras...

— Et vous ne m'accompagnerez pas, naturellement, insinua Ti Jean.

— Naturellement, dit Eusèbe.

— Et vous croyez retrouver Wademba ?

— Je vois que tu deviens intelligent, fit Eusèbe en un bref sursaut.

— Je ne sais rien, dit Ti Jean, mais il me semble que le Royaume des morts est vaste...

— Vieux guerrier, il est plus vaste que tu ne crois, car tu n'as fait que l'effleurer en surface : il existe bien d'autres étages en dessous, sans compter les salles réservées aux dieux et dont nous n'avons qu'une connaissance très vague...

— Je ne sais rien, répéta Ti Jean, mais vous ne trouverez Wademba que s'il le veut...

— C'est vrai, c'est vrai ; mais j'ai toujours entendu dire que le léopard meurt avec ses couleurs, et j'ai vécu aux couleurs de ton grand-père, comprends-tu ?

— Je ne sais rien, mais il me semble que la Bête...

— Mon cher, que cela te plaise ou non : le sort du monde me laisse froid s'il faut que cet homme erre dans les couloirs, seul, comme il fait, avec ce sac de fiel sur son cœur...

— Cela me plaît, fit doucement Ti Jean.

— Alors, tout est en ordre, et temps vient maintenant de nous séparer. Donne-moi le ceinturon et l'anneau, afin que je les glisse tout à l'heure dans le cargo, et disons-nous adieu en vieux fous que nous sommes, vieux fous définitifs, qui avons toujours aimé les tâches inutiles. Écoute, ajouta-t-il en un sourire misérable, cette vieille bourrique d'Eusèbe a décidé de donner dans les lunatiques, mais il arrive que le monde soit encore plus lunatique que le cœur humain, ça s'est déjà vu : et si jamais je rencontrais Wademba au bout de ma folie, aurais-tu un message à lui transmettre, une bonne petite parole?

Ti Jean sourit à la fantaisie incroyable contenue dans cette pauvre vieille cervelle, sous les apparences du savoir et de la raison :

— La seule parole que je connaisse, murmura-t-il, enfin, c'est que la terre de Guadeloupe était généreuse autrefois, avant la disparition du soleil : si l'on coupait une branche d'arbre et qu'on l'enfonçait comme ça tout sec, et si la force de la branche était intacte, elle finissait toujours par envoyer ses propres racines, dites-lui...

— Vieux guerrier, je lui parlerai de cette branche d'arbre, fit Eusèbe l'Ancien.

— Dites-lui, reprit Ti Jean en détresse, dites-lui que nous sommes peut-être la branche coupée de l'arbre, une branche emportée par le vent, oubliée; mais tout cela aurait bien fini par envoyer des racines un jour, et puis un tronc et de nouvelles branches avec des feuilles, des fruits..., des fruits qui ne ressembleraient à personne, dites-lui...

Les yeux d'Eusèbe le fouillaient, s'efforçant vainement de comprendre cette histoire de branche d'arbre. Au bout d'un temps, il poussa un soupir plein de bonhomie; et, touchant d'un doigt léger les tempes grises de son compagnon, comme si elles étaient celles de l'adolescent d'autrefois :

— Folie pour folie, je t'en baillerai moi aussi une bien belle : si jamais tu rencontres à nouveau la Bête, souviens-toi que sa force n'est pas en elle-même, mais en l'oiseau qui se niche dans son oreille...

6

Ti Jean tomba vers la chaussée en tournoyant sur lui-même ; puis, reprenant conscience d'Eusèbe, dont les grandes ailes filaient déjà au loin, il s'éleva d'un seul élan à la tête de l'immeuble, évita un rang de fils électriques tendus au-dessus de la rue, atteignit le plein ciel...

Les lumières de la ville foisonnaient comme un feuillage au milieu des ténèbres. Mais plus il s'élevait, se rapprochait des nuages, et plus cet entrelacs de fils argentés se recomposait selon un ordre nouveau, ébauche d'un visage dont le secret apparut tout à coup en avant du port : l'estuaire enfoncé comme un coin dans la ville qui semblait à la fois s'élancer vers la mer, et capter l'immensité, la retenir au fond d'un entonnoir. Un brise-glace bramait dans le brouillard, suivi d'une file de navires qui tentaient de quitter le port. La mer était cet espace sombre au-delà des lumières, et les deux corbeaux s'y dirigèrent en vol calme, comme allant à la rencontre d'un arbre à graines, avec une sorte de bonheur paisible dû au sentiment de leur solitude totale, quelque part, dans les forêts de la nuit. Eusèbe examinait son compagnon avec une attention troublante. Son bec était ouvert sur une pointe de langue plate qui bougeait, palpitait de façon curieuse, à la fois amicale et ironique, comme pour marquer les sentiments que lui inspirait leur position actuelle dans la vie. Soudain il s'ébroua et descendit en plané, suivi de Ti Jean qui voletait lourdement, les ailes toutes empêtrées de froid et de mélancolie...

Quand ils atteignirent le navire, juste aux portes de l'estuaire, le brise-glace était en train d'effectuer une manœuvre tournante vers la ville. Devant la proue du cargo ne s'offrait plus que l'immensité de la nuit. Rasant les vagues, Eusèbe vint s'agripper au rebord d'un canot de sauvetage fixé contre le flanc du navire. Sous la bâche attendaient le fusil de Ti Jean, son ceinturon de puissance et son bracelet, sa besace, ainsi qu'un petit sac de graines. Eusèbe lui donna un léger coup de bec sur le crâne, tiralla les petites plumes couvrant sa nuque, et, sur un dernier rire muet, il étendit ses grandes ailes noires et s'élança au-dessus de la mer, vers l'Inconnu...

Livre Huitième

Comment nostr'homme ramena le soleil;
et ce que vit dans le miroir des eaux, ce jour-là.

1

Se glissant sous la bâche, Ti Jean coula son corps de vent dans un lit de cordage et n'en bougea plus, la tête perdue sous une aile. Quelques grains de blé, quelques gouttes de rosée étaient tout son ordinaire. De temps en temps, il faisait sa petite gymnastique sous l'habitacle, à cause du sang qui se figeait dans ses veines, charriant d'imperceptibles cristaux de glace ; puis il s'endormait, se réveillait avec la même sensation d'ailes fragiles comme verre, et qui se briseraient au moindre mouvement...

Il y avait tous les bruits traditionnels du bord, le halètement des machines, le crissement des poulies et cabestans, la claque aigre des portes secouées par grand-vent. Cependant, quelque chose d'indéfinissable manquait à la rumeur du navire. Nuls cris ne parcouraient le pont. Et à plusieurs reprises, se faufilant dans une chatière de la coque, il s'était étonné de la manœuvre silencieuse de l'équipage, presque tous nègres de la Guadeloupe. C'était comme une machinerie d'un nouveau genre : les Maîtres faisaient des signes et les esclaves procédaient aux opérations voulues, dans une sorte de consentement morne, détaché, les rares coups de fouet ne s'exerçant qu'en l'air, ronronnant sur eux-mêmes, dans le vide, pour ainsi dire, comme pour activer le sang de bêtes parfaitement domptées...

Après cela, quand il ramenait son bec sous la bâche, la qualité inhumaine du silence lui inspirait de drôles de pensées ; et parfois même, le duvet hérissé d'angoisse, il se demandait si le navire tout entier n'était pas actionné par des Ombres...

Au bout de cinq à six semaines, le vent se fit doux et flatteur, consolant, et toutes les glaces disparurent de la surface des eaux. Des mouettes arrivaient par petits groupes, traçaient méandres sur méandres à l'avant du navire, comme pour lui signaler le chemin vers des terres que l'on sentait proches, maintenant, toutes prêtes à surgir de la vague. L'océan bleuissait. Il n'y avait plus une seule paillette de glace et le vent charriait des effluves de poivre, d'eau croupie et de soufre, mêlés à une rumeur lointaine qui semblait jaillie de milliers de poitrines. Un jour, des cris retentirent sur le pont, cris nègres et cris blancs, cris d'esclaves et cris de maîtres, curieusement réunis dans une même bonhomie familière. Apparurent alors les pentes nues de La Désirade, avec son plateau égalisé d'un coup de truelle, Marie-Galante au loin reposant toute lisse et plate sur la mer, telle une gabarre à l'ancre; et enfin, sous un quartier de lune très jaune, qui semblait se souvenir du soleil, ce furent les premières avancées d'une terre à laquelle il n'osa pas donner de nom, une terre qui lui parut soudain chargée d'un mystère plus vaste que celui tombant des étoiles...

La sirène mugit et retenant ses machines, le navire s'engagea dans le chenal qui s'insinue entre la côte et l'îlet Brumant, dont les canons commandaient l'entrée de la rade. Le ceinturon et l'anneau bien en place, autour de son col, Ti Jean pinça la corde effilochée de la besace et puis s'élança vers la côte, brusquement exposé aux feux tournants qui balayaient les eaux de la Pointe. Une petite plage de sable noir s'offrit, juste avant le promontoire; et lâchant ses richesses au bord de l'eau, en plein vol, il retourna vers le canot pour y extraire le mousquet de la bâche, s'aidant vaille que vaille de son bec et de ses griffes. Un cri s'éleva du pont et une main blanche désigna l'oiseau qui s'enfuyait, déjà, enserrant la courroie du mousquet dans ses griffes. Chaque battement d'ailes lui était une agonie. Et, comme il approchait d'une région d'ombre, maigre cible dansant dans les feux de la darse, une pétarade éclata et il vit quelques plumes voler par-devant son bec...

La crosse du mousquet affleurait la crête des vagues lorsqu'il

atteignit le rivage, la petite anse de sable noir derrière le promontoire. Là, tirant armes et bagages dans un taillis, il gagna le
creux des racines d'un palétuvier et s'y blottit, soudain de pierre :
seules ses pattes bougeaient sous son corps, allaient et venaient,
grattant doucement le sable humide, feutré, natif natal, en une
caresse qui n'en finissait pas...

La dernière étoile glissa dans la mer et une épaisse ouate
grise recouvrit toute la Guadeloupe. Toujours niché sous son
palétuvier, Ti Jean tendait le bec dans toutes les directions de
l'ombre, s'efforçant de capter des senteurs derrière l'âpre relent
des varechs. Il perçut d'abord le bouquet acide de raisiniers
voisins. Puis ce furent les effluves plus discrets d'arbres amis
de la mer, amandiers et acacias, sabliers, mancenilliers à l'odeur
agaçante, pointue, en soupir de punaise ; le parfum surprenant
d'un crabe honteuse qui vint lancer ses pinces au-dessus de son
abri. Et enfin, l'essence chaude et fraternelle d'un oiseau qu'il
essaya vainement de reconnaître, nommer, avant de choir dans
un trou obscur qui venait de s'ouvrir sous son abri et se creusait
dans les profondeurs de la terre, avec des sortes d'échappées
lumineuses sur des paysages que frôlait dans sa chute, mais sans
pouvoir s'y accrocher : petites cases rondes du plateau d'En-
haut, qui se découpaient étrangement sur la plaine infinie des
Ba'Sonanqués, termitières du village de l'Hippopotame, hautes
falaises trouées de regards et c'était la ville des blancs qui fuyait
déjà par-dessus sa tête, disparaissait en fumée, tandis qu'il tombait
à l'horizontale, bras écartés et les joues parcourues d'un léger
vent noir, frais, dans le gouffre qui l'attendait au cœur de la Bête...

2

A son réveil, des languettes de brouillard s'enroulaient encore
aux racines des palétuviers, mais de nombreuses étoiles pique-
taient un ciel tout rond et lisse, brillant, avec des reflets laiteux

de vieille faïence. S'extirpant du fouillis de racines, il fit quelques pas sur le sable humide et se délecta à la vue d'un crabe rose qui semblait courir vers son destin, à la manière des hommes, les petites billes de ses yeux tournées en sens inverse de la marche. Un croassement jaillit de la gorge de Ti Jean et c'était un rire : à peine sauvé de la noyade, l'insensé s'élance à la tête d'un cocotier, et voici qu'il s'en remontait des morts pour dégringoler une deuxième fois dans les entrailles de la Bête, ne savait même pourquoi...

La trompe d'un navire résonna derrière le promontoire. Et revenant à l'heure présente, il songea que temps était venu maintenant de se couvrir de peau humaine, pour s'en aller au-devant de la nouvelle histoire qui l'attendait, la plus abracadabrante et saugrenue de toutes, en couillonnade, car elle n'était même plus la sienne. Indécis, il sautilla vers le buisson où avait abandonné le mousquet, le ceinturon et l'anneau de Connaissance. Mais une nouvelle vague de rire le prit, comme il en approchait, et l'idée lui vint d'une petite virée de jeune homme par-dessus la Guadeloupe, afin de voir ce que le pays était devenu depuis la dernière fois. Une patte en l'air, il se demanda un instant comment démêler son vouloir; puis, soulevé par le rire, franchit d'un trait la ligne de mangrove...

Sur la route coloniale, un groupe de négresses se dirigeaient vers la Pointe-à-Pitre, à la queue leu leu, chacune surmontée d'un lourd plateau de fruits et légumes. Bien qu'elles n'eussent aucun surveillant, elles avançaient silencieuses et d'un pas soutenu, ne s'arrêtant que pour uriner debout, les jambes écartées sous un amas invraisemblable de chiffes, toiles à sac, lambeaux de couvertures que retenaient sur leurs épaules, tant bien que mal, de leurs mains engoncées dans des moufles. Le cœur étreint d'une crainte obscure, qui lui rappelait celle qu'il avait connue dans le canot, à observer le jeu mystérieux des maîtres et des esclaves, Ti Jean survola successivement un âne, un attelage de bœufs, une troupe d'esclaves qui se rendaient au travail, la houe sur l'épaule, apparemment libres comme l'air. Sitôt après, il eut la vision d'un véritable carrosse d'antan, une voiture dorée comme dans les livres d'images et qui cahotait sur la route, conduite par un vieux cocher noir en livrée et haut-de-forme. Deux esclaves luisants de sueur couraient au-devant des chevaux, un fanal allumé à bout de bras, et un vertige le saisit à ce spectacle : serait-il pas tombé dans un autre temps, une autre Guadeloupe, de même qu'il avait chu autrefois dans une Afrique oubliée, révolue...?

Ti Jean sentit bouillonner sa cervelle, et, comme un coup de vent humide l'emportait au-delà de la route, il s'aperçut que la pluie au contact de ses plumes se transformait en paillettes de givre transparentes, pareilles à des éclats de verre. Il ne fut bientôt plus qu'une petite boule d'épouvante qui tournoyait au hasard, d'un morne à l'autre, n'en finissant pas de s'étonner au spectacle de villages tout entiers réduits en cendre, et de ruines de sucreries à l'odeur poisseuse, nauséabonde, autour desquelles des squelettes de bovins dressaient leurs pattes d'ivoire vers le ciel. Franchissant en trombe la Rivière salée, il aperçut enfin les premières plantations vivantes, survivantes, avec leurs troupes d'esclaves qui pullulaient dans les champs, comme d'épais tourbillons de moustiques au-dessus de mares d'eau pourrie. Mais c'était partout le même silence de mort, les mêmes échafaudages de toile à sac sous lesquels les gens avançaient comme des forteresses. Le froid avait donné un assaut fantastique et pénétrait tout, les chairs humaines et les arbres qui dépérissaient, et le ciel où des vapeurs grises et froides s'élevaient par à-coups, retombaient en néant. Soudain un filet musical vint à sa rencontre, montant de longues files qui bêchaient une pente de terre blanchie par le givre. Nul projecteur pour éclairer cette troupe, nul craquement de fouet, nul chien savant à happer les fuyards. Seuls deux ou trois commandeurs se tenaient à distance, sur des chevaux habillés de couvertures, cependant qu'un chant inconnu montait des hommes recourbés vers la terre, un chant sans espérance ni douleur, sans lassitude ni ennui, vide comme l'espace :

Os de mon genou travaille
Os

Plie-toi os de mon genou
Os
Plie-toi bien jusqu'à terre

Ce fut aussitôt comme si le chant avait accroché le cœur de Ti Jean et l'avait lancé, éparpillé, avait dilapidé sa substance dans le ciel. Ah, larguez-moi les amis, larguez-moi, un vieux crabe tout au fond de la mer il voulait, un vieux crabe, se disait-il haletant, défaillant, tandis qu'un vent le portait violemment à l'autre bout de la colline. Les cris d'un coq retentirent sur sa droite, à une dizaine de mètres du sous-bois. Écartant le feuillage, il vit un vieil infirme en train de désherber un jardin non loin d'une case à une pièce. L'homme se retenait d'une main à une béquille, tandis que l'autre actionnait doucement une houe toute menue, qui rappelait un jouet d'enfant. Tout en désherbant son carré d'ignames, le vieillard parlait à son propre corps, à coups de petites interjections destinées à se donner du courage, ainsi que le faisaient, autrefois, ceux des anciens qui ne renonçaient pas à se pencher sur un lopin de terre. Une haie de sang-dragon le séparait du monde : rassuré par cette haie, et par l'allure inoffensive du vieillard, Ti Jean vint se poser en lisière du sous-bois et reprit forme humaine...

Il avait soulevé les ailes dans l'attente et se retrouva nu, dans l'herbe, les bras légèrement écartés de son corps frissonnant. Le froid le couvrit aussitôt d'un habit de givre. Et déjà ses mains allaient le long de sa peau, suivaient le contour de ses membres pour s'assurer de leur conformité à la nature. Toutes choses étaient en place, semblait-il, bras et jambes et le reste, et jusqu'à la profonde cicatrice du coup de lance au milieu de sa poitrine. Mais une perle de sang gouttait à son poignet gauche, et, envoyant ses mains derrière lui, il grippa une petite plume demeurée fichée à l'omoplate : avertissement discret des dieux, se dit-il en souriant. Puis il quitta carrément le sous-bois et le vieux souleva la tête, l'examina avec curiosité, attentivement, et lui dit en un souffle :

— Mets-toi par là, contre ma haie de sang-dragon, parce qu'autrement on pourrait te voir depuis la colline...

Abandonnant sa houe, le vieux clopina vers Ti Jean et l'observa longuement de ses petits yeux malins, plissés, de simples entailles dans une figure de bois :

— Tu n'es pas de première jeunesse, toi non plus, et ça me semble que tu as besoin de t'asseoir, fit-il, en désignant une grosse pierre à côté de la haie.

Il ajouta curieusement :

— Ne me tue pas, je fais juste un saut hop à la case; et, toujours naviguant autour de sa béquille, il s'en revenait avec une gamelle de racines froides qu'il tendit à Ti Jean.

Une deuxième fois, il pria son hôte de ne pas l'occire et s'en retourna cahotant vers sa case, dont il revint avec une vieille couverture de cheval, disant :

— Jette-moi ça autour de tes reins, afin que nous puissions causer en chrétiens, sauf respect...

Quand Ti Jean eut vidé la gamelle, le vieux enfonça sa béquille en terre, se laissa doucement glisser dans l'herbe; et tendant le cou avec avidité, soupirant déjà comme une fournaise :

— Et maintenant raconte, raconte, chuchota-t-il après un coup d'œil alentour.

Les fentes de ses yeux tournées vers le ciel, vieux fou qui s'adressait au vent, il poursuivit d'une voix insinuante et plaintive :

— Regarde, je n'ai pas trop à me plaindre : ma carcasse ne prend pas la pluie et avec cette case, j'ai mon petit jardin et mes poules. On me laisse une respiration, sauf quand il s'agit de soigner les arbres et de les marcotter, car j'ai la main fine et ce n'est pas demain encore qu'on me détrônera : le marcottage, j'ai fait ça toute ma vie. Oui, j'ai toujours travaillé la terre des autres et je continue, je ne vois pas la différence. La seule chose qu'il y a, c'est qu'on commence à manquer de bonnes histoires. Autrefois, il arrivait toujours quelque chose à tel ou tel, il y avait toujours de bonnes histoires. Mais maintenant il n'arrive plus rien. Chacun suit bien sagement son chemin comme un rat sur une corde, et pour tout dire je m'ennuie; je me languis d'une bonne petite histoire. Alors tu vois, coquin, je t'ai caché derrière ma haie, je t'ai nourri et j'ai couvert ta honte, et maintenant ne suis-je pas en droit de te dire : raconte?...

— Tu m'as aidé, et je ne t'ai pas cassé ta béquille sur le dos : d'après moi, nous sommes quittes...

Le vieux eut un haut-le-corps et voyant que Ti Jean riait doucement, de la bonne manière, comme il convient de rire d'un vieux fou, il se mit lui aussi à rire de lui-même, un bon moment, afin d'effacer toute trace de malentendu. Puis il se pencha et reprit de cette même voix implorante :

— Je peux te le dire, maintenant que nous sommes en confiance, il y a longtemps qu'on n'a pas vu d'homme des bois par ici. Et avant que tu ne surgisses, tout à l'heure, je croyais qu'il n'y en avait plus un seul dans toute notre bonne Guadeloupe, que le dernier avait été crocheté il y a trois mois, du côté de la Soufrière. Seulement te vlà et ça me paraît qu'il en existe au moins un, bien que tu m'aies l'air de l'avoir échappé belle, l'ami, avec ta vieille peau en guise de chemise et de pantalon. Tu es bien sûr de n'avoir rien à me raconter, hein ?

Et comme Ti Jean braquait sur lui des yeux rouges, absents, il eut un air de crainte et ajouta précipitamment :

— Mais ça ne fait rien, l'ami, je n'ai qu'à te regarder et c'est quasiment une bonne histoire que j'entends. Vois-tu, il y a si peu de choses qui arrivent, que j'en viens à ne plus sentir le goût de la vie dans ma bouche. Les soldats sont partis, les maîtres se sont calmés, ils poudrent leurs cheveux de riz et roulent carrosse, comme autrefois, et le nègre peut dire tous les jours qu'il est heureux, il peut dire ça, ouais, pour peu qu'il marche droit. Ici, la dernière fois qu'on a entendu claquer le fouet, c'était il y a plus de six mois, à cause de ce... enfin il y en a qui l'appelaient maudit, cochon marron, mais je suppose que ça ne plairait pas beaucoup que je parle ainsi d'un garçon que les maîtres ont fini par pendre haut et court, après l'avoir rudement tourmenté dans son corps; rudement asticoté, tu peux dire ça, ouais...

Tout à coup, Ti Jean comprit bonnement dans quel monde il venait d'échouer et sa voix se cassa :

— Et qu'avait-il donc fait, ce ... *maudit* ?

— Ho, ho, tu te décides enfin à parler, ma petite histoire t'intéresse et tu me montres la couleur de tes dents. On vous connaît vous autres, tous les mêmes que vous êtes les nègres des bois : c'est bien ces choses-là qui vous font dresser l'oreille.

Mais vois, je n'ai point de rancune et te dirai que si on a pimenté
ce nègre, c'est parce qu'il s'était mis en tête de nous dresser
contre les maîtres, rien que ça. C'est comme le fameux Jeune-
homme-poursuivi-en-pure-perte : nous l'avons eu plusieurs
semaines à la plantation, l'année dernière, et lui aussi nous
serinait le même refrain. Vous n'aurez donc jamais que ça dans
la bouche, vous les nègres des bois : liberté, liberté chérie ? J'ai
vu beaucoup de choses dans la vie, et ce que j'ai vu de plus sûr
et de plus certain, c'est que l'oiseau qui file dans le ciel lui-même
n'est pas libre... il n'est pas libre, non monsieur...

— Tu parles comme un ange, dit Ti Jean, mais quel drôle
de nom tu viens de prononcer, un nom si drôle que je ne suis
pas sûr de l'avoir bien entendu : le Jeune-homme-poursuivi-
en-pure-perte, disais-tu ?

— Oui, expliqua posément l'infirme, c'est un enchanté qui
arrive dans les plantations et auquel nul ne prend garde, les
premiers temps, car on s'imagine aussitôt qu'il est là depuis
toujours. C'est l'enchantement qui nous le fait croire, et on y
croit dur comme fer. Et puis il se met à rire, à rire de nous,
bien sûr, à se moquer de la voltige des uns et des autres, jusqu'au
jour où il tente carrément de nous monter contre les maîtres.
Alors l'enchantement cesse et tout le monde voit qu'il s'agit
du Jeune-homme-poursuivi-en-pure-perte. On l'a occis vingt
fois : toujours il reparaît dans une plantation. On l'a fait brûler
dans un four à charbon et on a répandu ses cendres jusque dans
la mer. On lui a fait diable et ses cornes, et je ne dirai pas combien
de fois on l'a découpé en petits morceaux et dispersé dans la
nature, pour éviter qu'il ne se reconstitue. Mais on ne perce
pas le souffle du vent, et un bon sortilège sera toujours plus fort
que la main de l'homme : ainsi, pas plus tard qu'hier, il vient
d'être reconnu à la plantation Hennequin...

— Ceux de la distillerie, du côté de Petit-Bourg ? fit machinalement nostr'homme.

— C'est ça même... à mi-chemin des hauteurs de Montebello, approuva le vieil esclave.

Puis il ajouta d'une voix insidieuse, les yeux soudain fermés
et comme gonflés par l'attente :

— Je t'ai caché au pied de ma haie, je t'ai fait manger de

mes racines et j'ai couvert ta honte, je viens même de te raconter la plus belle histoire qui court dans les plantations, depuis la mort du soleil. Je te demande juste quelques mots, l'ami, une bonne petite histoire qui t'est arrivée dans les bois, une chose qui me fasse bien rire, ou qui me fasse pleurer, ou qui me fasse les deux à la fois, comme ça arrivait si souvent autrefois : juste quelques mots, si c'est pas dans tes habitudes, l'ami, juste quelques mots pour ce soir, afin que je me couche avec un goût de vie dans la bouche...

— Je ne connais pas d'histoires, dit Ti Jean.

Et il ajouta d'une voix vibrante :

— Non, rien de ce que j'ai vu sur la terre ne mérite le nom d'histoire, à côté de celle que tu viens de me raconter...

— Merci, fit l'autre en écrasant une larme de contentement.

Ti Jean ne put s'empêcher de sourire, désarmé par tant d'innocence et de folie :

— Écoute, dit-il enfin, si ma vue est déjà pour toi une histoire, alors je peux te raconter une histoire et demie. Seulement voilà : ne va pas avoir peur, ne va pas craindre pour un simple conte, qui ne dérangera même pas l'ombre d'un de tes cheveux...

— Tu ne me joues pas un mauvais tour, au moins?

— Non, dit Ti Jean en quittant la forme humaine.

Quelques instants, l'infirme hésita entre épouvante et ravissement. Puis il étala sur l'oiseau un grand regard placide et enfantin, un regard de croyant-né, et Ti Jean s'inclina avec de petits croassements farceurs. Enfin, d'un seul coup d'aile, il fut au-dessus de la case et de la haie de sang-dragon, du vieillard en merveille qui applaudissait maintenant des deux mains, comme on faisait à Fond-Zombi, certains soirs, quand le conteur avait bien fait son travail : parlé d'une bouche si claire qu'on voyait au-delà de ses paroles, jusqu'au moment où on ne voyait plus rien...

3

Il atterrit au bord de la crique, fit quelques pas dans le sable humide et noir, suivi d'une traînée lumineuse qui s'écoulait de la blessure ouverte, à l'extrémité de son aile. Quand il reprit forme humaine, le sang coulait en abondance de son poignet gauche. Il se fit un mauvais garrot d'une liane et enfila négligemment le ceinturon. Un vent humide s'était levé, répandant des gouttelettes glacées sur toute la surface de son corps; mais, comme il fermait la boucle de son ceinturon, une chaleur très vive partit de ses reins et le sang s'arrêta de couler, cependant que sa peau se recouvrait d'une pellicule étrange, une sorte d'écaille transparente, pareille à du verre, sur laquelle toutes choses glissaient sans l'atteindre. Intrigué, il enroula l'anneau de divination à son bras et une corde se défit, quelque part, dans les profondeurs de la nuit : alors il sut qu'après des éternités de mutisme, l'anneau venait à son secours et lui indiquait enfin le signe et la voie, le sentier qui avait du cœur...

Il enfila son vieux harnais d'errance et s'en fut, écoutant la voix de l'anneau. Ce n'était pas exactement une voix humaine. On aurait dit des branches qui le cherchaient dans la nuit, le trouvaient, le perdaient encore, lançaient de nouveaux fils qui s'enroulaient autour de sa poitrine, pour le haler dans la bonne direction. Suspendu à ces fils, il traversa la ligne de mangrove survolée tout à l'heure en oiseau. Arrivé à la route coloniale, un grondement le fit plonger dans l'herbe et un camion fila, en trombe, sa cabine surmontée d'un projecteur qui balayait tout l'espace, d'un bout à l'autre de l'horizon; alors, s'enfonçant dans les terres, nostr'homme suivit désormais la grandroute de loin, traçant une large boucle à chaque fois qu'il rencontrait une étendue rase, où pouvait le cueillir un pinceau de lumière...

Une à une, la nuit grise subtilisait les étoiles et Ti Jean avançait lentement, laissant à ses yeux le temps de deviner les formes tapies dans le brouillard. Curieusement, les formes lointaines lui apparaissaient avec plus de netteté que les autres, celles qui se trouvaient proches de ses yeux de chair. Il comprit alors que c'était un effet de l'anneau, et, au bout d'un certain temps, abaissa les paupières sur ses organes imparfaits, afin de se laisser guider uniquement par sa vision intérieure. Les yeux fermés, il s'enfonçait dans une Guadeloupe morte sous son linceul de brouillard. Les routes étaient désertes. Les villages traversés n'étaient que des masses d'ombre. Nul chant, nulle stridulation d'insecte, nulle course d'un animal effrayé par son passage. Au voisinage de la Pointe-à-Pitre, quelques taches lumineuses pareilles à des melons suspendus aux carrefours : des lampadaires qui n'éclairaient rien, ne suscitaient aucun envol de phalènes. Et devant le pont de la Gabarre, sous le cône aigu d'un projecteur, un poste de garde à l'abandon, portes et fenêtres closes sur les ténèbres. Il traversa docilement le pont désert, prit la route coloniale jusqu'à Petit-Bourg où l'anneau le hala vers la montagne, en direction des hauteurs de Montebello. Là, il suivit un chemin de cannes qui ceinturait une colline, déboucha sur une espèce de plateau au milieu duquel étaient disposés de longs bâtiments en fer à cheval. Un peu plus loin, la roue d'une distillerie tournait avec ennui sur elle-même, actionnée par un bras détourné de la rivière d'Onze-heures. Une clôture courait tout autour du plateau, s'achevant en un haut portail de fer forgé : c'était l'habitation Hennequin, celle dont lui avait parlé le vieil infirme et où devait se jouer, incessamment, un nouvel acte de l'histoire du Jeune-homme-éternel...

Depuis quelques instants, Ti Jean se demandait pourquoi l'anneau le tirait vers les lieux dont avait parlé l'infirme. Découvrant le portail, il retrouva l'impression qu'il avait eue à plusieurs reprises, depuis sa chute dans le ciel étoilé de l'Afrique : d'être promené à travers les mondes, comme une bête que l'on hale par les naseaux. Il ne voyait pas ça très bien, nostr'homme, pourquoi on l'aurait ainsi halé dans l'obscurité, comme un bétail. Mais quoi, son affaire à lui était de marcher et non pas d'y voir, marcher à toute heure, marcher dans la nuit, ventre plein de nuit, c'était là son affaire depuis le jour de sa naissance et pour sûr, il y avait acquis un talent. Il sourit, poussa le portail sur une cour vide, longea une plate-forme où attendaient des wagonnets emplis de tronçons de cannes. Plus loin, l'odeur un peu écœurante du vesou fit place au fumet d'une baraque où s'entassaient des dizaines d'esclaves, allongés, côte à côte, dans l'humidité d'une paille qui n'avait jamais vu le soleil. Contournant le bâtiment, Ti Jean se dirigea vers une cour intérieure qui abritait un manguier. Un îlot de clarté s'y tenait au milieu de la coque de brouillard. C'était un feu de bois auprès duquel rêvaient deux esclaves en armes, l'un debout, appuyé sur le canon d'un fusil, et l'autre assis près de la flamme et s'appliquant à faire rôtir quelques patates douces sous la cendre. Le premier garde avait la tête levée vers une silhouette humaine qui pendait d'une branche maîtresse de l'arbre ; il éclata en un rire gêné, malsonnant :

— Te voilà beau maintenant, pendu comme un quartier de mouton ; et dire que ça voulait faire trembler le monde, tiens donc...

— Ne parle pas de mouton, l'implora son compagnon d'une voix suppliante, rien qu'à entendre ce mot, ça me rappelle un de ces ragoûts d'autrefois avec des pois boucoussous bien fondants, tu vois ce que je veux dire ?

— Oui, l'approuva l'autre d'un air d'extase, des pois boucoussous qui trempent dans une bonne vieille sauce malice, avec oignon et citron vert, laissez mariner le temps d'une pipe, et puis lâchez piment et trois gousses d'ail, quatre, si tu préfères, couvrez encore votre marmite un petit brin, pour y faire mourir le piment, et puis vous retirez du feu et ajoutez la marinade. Aïe, quand je pense à tout ça, je n'arrive pas à croire qu'il m'est arrivé de manger une bénédiction pareille. Et toi l'ami, ajouta-t-il en regardant à nouveau le pendu, crois-tu que ça te ferait du bien, en ce moment, un petit ragoût en sauce malice ?

— Il aurait surtout besoin d'une chaise, ce Poursuivi, une bonne petite chaise pour s'asseoir et allonger ses pauvres jambes. Mais quoi?... les allongera bientôt pour toujours, ses jambes de coureur des bois...

— Jusqu'à la prochaine fois, tu veux dire. Ah, poussière, j'aime guère t'entendre blaguer ce malheureux sur sa branche. Et si tu veux mon avis : il risque de s'en souvenir, à son prochain retour sur la terre...

— Ça m'étonnerait, fit l'autre après un temps de silence, ça m'étonnerait que le Jeune-homme aille se souvenir d'une petite parole dite comme ça, sans y penser; ça m'étonnerait rudement, si tu veux le savoir...

Cependant, une inquiétude lui était venue et, vaguement conscient d'une infamie qui le dépassait, l'enveloppait de toutes parts, il ajouta à l'intention de la silhouette qui vacillait au vent, sous la branche maîtresse du manguier :

— Qui que tu sois, garçon, ne va pas te fâcher pour un petit jeu de paroles innocentes, sans méchanceté aucune; oublie ça, camarade, considère que c'est un grand courant d'air qui t'est rentré par une oreille et fais-le traverser ta tête à toute vitesse, qu'il s'en aille ressortir de l'autre côté, bonsoir. Et puis ne nous en veux pas de te laisser sur ta branche; vrai, on a beau blaguer, on aimerait pouvoir détacher cette corde et te faire descendre près de ce feu...

— Oui, que tu te réchauffes un peu, que tu te reposes avant demain matin. Mais tu le sais aussi bien que nous, l'Enchanté : pour des malheureux ce qu'il faut, c'est pencher où penche le vent, être souple, non?

Le garçon était simplement pendu par les poignets, mais ses bras retournés dans le dos portaient le buste en avant et ses épaules pointaient, tous os désarticulés. Pétrifié, nostr'homme contemplait ce visage surgi de son enfance et certaines images remontaient du passé, qu'il avait cru définitivement englouties : Ananzé dissertant mélancoliquement sur l'âme du nègre, puis tenant des propos enflammés devant le portail de l'usine à sucre, porté à bout de bras par les grévistes, tel un empereur romain. Plus tard, réfléchissant à la chute de l'homme, devant la case du pere Kaya, tandis que tout Fond-Zombi descendait bien sagement à la distribution de farine et de pétrole. Enfin, son sourire mystérieux avant de monter sur la plate-forme entourée de soldats; comme s'il était déjà animé par la résolution qui devait le conduire, un jour, sous la branche maîtresse d'un manguier, tel un quartier de viande sans vie...

Se décidant enfin, Ti Jean entra dans le cercle de lumière et les gardes eurent un sourire incrédule, béat, devant la silhouette fabuleuse aux yeux clos de défunt. Les attrapant par le cou, Ti Jean se mit à choquer leurs crânes ensemble, non pas pour les faire éclater, comme des cocos, non, mais seulement pour brouiller un peu l'eau dans leurs têtes et les endormir. Puis il les allongea l'un à côté de l'autre, sur le dos, confortables, et murmura avec douceur : gardez-vous bien, les frères, prunelle claire et sang vermeil, c'est tout ce que vous souhaite un nègre ci-présent qui s'en va-t-à la mort. Il vint au manguier et laissa filer la corde, étendit le corps de son ami en bordure du feu. Les liens à ses poignets étaient si resserrés qu'il fallut les trancher d'un coup de machette. Brusquement détendues, les articulations des épaules se remirent en place avec un bruit de linge mouillé, et les yeux d'Ananzé se murent lentement, en oblique, comme des sources que la sécheresse n'aurait pas tout à fait vaincues, taries... et qui calangeraient avant de reprendre élan...

Alors, très vite, il attrapa tout ce qu'il put autour du feu, le fusil et sa cartouchière, un sabre d'abattis, une gourde, une défroque dont il revêtit rapidement Ananzé : il enroula le supplicié dans une couverture, le fit glisser avec délicatesse par-dessus son épaule...

La charge lui parut extraordinairement légère; et, comme il s'enfonçait à nouveau dans le brouillard, il s'arrêta pour essuyer les larmes qui l'aveuglaient, brouillaient sa vue par-dessous ses paupières closes, dans un déferlement liquide qui s'élevait jusqu'au ciel...

4

Le « Jeune-homme » dormait encore quand ils atteignirent la chute du Bradefort. Au pied de la falaise, l'ancienne cabane de rondins était intacte, nul n'était venu en ce lieu depuis la mort du soleil. Ti Jean déposa son ami sur le lit de branchages et tira de sa besace les humbles ingrédients du feu : la pierre percée, le bâton de bois mâle et quelques bribes d'étoupe qui avaient survécu au voyage. Dehors, il retrouva l'immense vasque qui recevait une colonne d'eau de plus de trente mètres. Une émotion étrange lui vint à constater l'immuabilité des choses au milieu des ténèbres. Les arbres continuaient de dresser leurs fûts jusqu'au bord de la falaise, d'où retombait une pluie de lianes qui tapissaient le roc d'un vêtement étroit, serré, épousant jusqu'aux moindres accidents de la pierre. Et le grondement de la chute était celui-là même qu'il avait entendu voici qua-rante, cinquante ans, et quelques éternités sur la balance, lors de ses randonnées dans les bois. Parvenu au bord de l'eau, il se pencha vers une large feuille de siguine et en embrassa la surface lisse et tendre, moirée, comme il aurait fait de la bouche d'une femme. Puis, se dressant sur la pointe des pieds, il plongea dans l'eau bouillonnante et se laissa aller contre la paroi, comme jadis, cherchant les trous au fond desquels se logeaient mulets et dormeurs aux babines de chat. Un peu plus tard, tenant sa pêche enfilée dans un rond de lianes, il fit lentement quelques pas dans le voisinage, à la recherche de médecines qu'il y cueillait autrefois pour man Éloise. Il retrouva aussi la petite friche de racines, les deux ou trois bananiers sauvages qui dressaient encore leurs palmes, au milieu d'une clairière, dernières traces d'un certain Sainte-Croix qui s'était réfugié par là et y avait vécu, seul, entièrement nu, quelques années avant sa naissance. Tandis que bananes et poissons cuisaient doucement sous la cendre, il écrasa quelques feuilles d'aloès entre ses mains et se pencha sur le corps souffrant de son ami. Il le frotta de la tête aux pieds, nerf à nerf, muscle à muscle, s'efforçant de faire vibrer chaque centimètre de peau et de suivre jusqu'au cours le plus intime du sang, ainsi que faisait man Éloise pour lever les blesses des mortels, de ses fins doigts verts d'anoli. Au bout d'un moment, une nuit claire se répandit par la porte ouverte et Ananzé souleva lentement ses paupières. Les grosses lèvres tuméfiées s'écartèrent en un sourire ambigu, à la fois ruse et espoir, attente folle, comme d'une personne qui aurait deviné l'attrape dont elle est l'objet et garderait sa confiance, un peu de sa confiance, malgré tout :

— Père, déclara-t-il, me direz-vous où je suis?

— Tu es à la chute du Bradefort, dit Ti Jean.

— La chute, mais quelle chute?... ne suis-je donc pas de l'Autre côté?

— Non, tu es sur la terre des vivants, lui dit Ti Jean d'une voix rassurante.

Le gisant eut un rire énigmatique et déjà son cerveau repartait battre les cieux, loin de la cabane, tandis qu'il murmurait pour lui-même, avec une sorte de moue surprise, désolée, tel un enfant qui voit se dissiper une bulle d'or :

— Je commençais à me sentir bien, au bout de cette corde; je voyais un grand trou à mes pieds et j'y glissais doucement, doucement, comme au fond d'une rivière...

Soudain Ananzé s'endormit, et ses yeux du malheur continuaient à fixer le vieillard au travers du sommeil, de la folie et de la mort, comme pour lui parler de victoire au cœur de la nuit, d'une patience inépuisable, plus longue que toutes les défaites à venir. Ti Jean continuait de faire pénétrer le baume, s'attachant surtout aux bras qu'il soulevait, de temps à autre, comme s'il avait espoir de redonner vie aux ligaments distendus. Bientôt il tomba lui-même en sommeil, et ce fut une brusque plongée dans le bassin de la cascade où des sangsues en nombre infini voltigeaient autour de sa tête. L'une d'elles se planta comme un clou dans sa tempe gauche et il se dit en lui-même : à cet endroit, j'ai du mauvais sang que la bête est en train de pomper. Puis il eut un sursaut et se réveilla dans la cabane, aux côtés d'Ananzé, avec la sensation qu'une ventouse invisible demeurait fixée à sa veine, s'efforçant d'y pomper quelque substance inconnue...

Le lendemain, après avoir lavé les membres du garçon et l'avoir fait boire, l'avoir nourri de ses propres mains, Ti Jean comprit subitement l'état dans lequel se trouvait son ami. Trait pour trait, le visage d'Ananzé était celui d'autrefois. Mais une torpeur errait sur tout cela et ses sens réagissaient avec retard, comme si les images et les sons devaient parcourir un long chemin avant d'atteindre son cerveau. Il s'exprimait avec lenteur, sans trop se soucier de vous répondre, d'établir un lien entre ses paroles et ce qu'il venait d'entendre. Et Ti Jean s'interrogeait, se demandait ce qu'il pouvait être aux yeux de l'adolescent, qui regardait sans étonnement ce nègre immense dressé dans la cabane, nu comme un arbre, avec une petite plume d'un bleu très noir dépassant de la hanche. Le poursuivi ne s'était même pas enquis de son nom et s'adressait à lui comme à une personne âgée, vénérable, en disant simplement, père, à la mode ancienne de Fond-Zombi. Par instants, des souvenirs lui revenaient qu'il traitait lui-même de rêveries, ne sachant plus très bien distinguer entre les inventions de son esprit, et la fantasmagorie inscrite au cœur du monde. Il évoqua la Bête entrevue à plusieurs reprises, de loin, et raconta certaines conversations avec les âmes des morts qui remontaient de la terre, à la pleine lune, pour observer leurs descendants revenus à l'esclavage. Mais un halo d'incertitude planait sur tout cela, et il disait avoir vécu trop seul, trop longtemps seul pour affirmer quoi que ce soit.

— Le regard de l'homme ne suffit pas, murmura-t-il un jour en souriant, et il faut être au moins deux pour s'assurer d'une chose, fût-ce de la réalité d'un brin d'herbe...

Il ajouta gravement :

— Père, il faut me croire, un seul regard n'est jamais qu'une moitié d'homme...

Troublé, déchué par l'identité exacte de leurs expériences, par-delà les temps et les mondes, Ti Jean feignit de ne pas comprendre :

— Que veux-tu dire, un seul regard ne serait qu'une moitié d'homme ?

— Ne vous moquez pas de moi, poursuivit l'autre d'une voix hésitante; mais je ne suis pas tout à fait sûr que l'instant présent existe, qu'il ne s'agit pas d'un nouvel enchantement...

— L'instant présent, donc moi-même ? fit Ti Jean en un sourire contraint.

— Ne riez pas, ne riez pas je vous prie : au commencement, quand les choses sont arrivées, j'ai cru tout d'abord que je devenais fou...

— Les choses ?

— Eh bien, reprit Ananzé avec une pointe de raillerie... c'est quand j'ai commencé à mourir et à renaître, et mourir encore et renaître. La première fois, c'était à l'habitation Belle-feuille où ils m'avaient pendu haut et court, tel un congre salé. Ils m'ont laissé trois jours sur la corde et je ne bougeais pas. Je savais bien que j'étais mort et pourtant, j'entendais leurs paroles, je sentais la brise sur mon corps. Quand ils m'ont jeté dans le trou, j'ai creusé la terre au-dessus de moi et je suis sorti, j'ai été vers une autre plantation. Je ne croyais pas à ce qui m'était arrivé, c'était pour moi comme dans un rêve. Et même après la deuxième, la troisième fois, je n'y croyais pas tout à fait et il me semblait que j'avais perdu la tête. Mais un jour, je présente mon corps à l'habitation Sans-fâché et les gens de se sauver à ma vue, criant qu'ils m'avaient déjà pendu oui, haut et court, pas plus tard que l'année précédente : alors j'ai compris que je n'avais pas perdu la tête, mais étais victime d'un enchantement... qui dure encore, en ce moment où je vous parle, acheva-t-il en un sourire ambigu, incertain.

Durant les jours qui précédèrent la fin, avant que sa barque n'aille à la mer, chavire pour de bon, Ananzé se montra d'une humeur étrangement sereine, dans cette petite cabane d'éternité qui fut son dernier refuge sur la terre, aux pieds de la falaise du Bradefort. En dépit des soins de Ti Jean, son bras gauche n'avait pas consenti à recevoir la vie. Il demeurait inerte, légèrement en retrait, comme s'il aspirait à retrouver la position que lui avait infligée le tourment. Mais ses jambes avaient retrouvé leur souplesse, sa langue obéissait à sa volonté et ses yeux commençaient d'y voir clair, bien qu'avec un peu de retard, ce qui le faisait parfois donner contre les obstacles. Cependant il riait, plaisantait, se livrait à certaines facéties qui rappelaient le petit garçon au bord de la rivière. Et, sa silhouette noyée dans la dépouille du gardien, feutre noir et chemise flottante, pantalon retenu par une longue ficelle, en genre épouvantail, il suivait Ti Jean au bord du bassin, le regardait plonger une écrevisse, un mulet, un dormeur moustachu, déterrer quelques racines ou trancher une patte de bananes, cueillir goyaves, pommes-cannelle, grains de tamarinier que le vieillard lui glissait dans la bouche, précieusement, après les avoir dégagés de leur cosse, tels des diamants. Jamais une question ne lui vint aux lèvres, pas même sur la petite plume noire qui partait de la hanche de Ti Jean. C'était entre eux un causement sans paroles, pas besoin de désherber, d'éclaircir, non, tout était clair de soi-même, les yeux d'Ananzé étaient sa parole : de grands yeux de poulain malade qui ne lâchaient pas le vieillard, comme si ce dernier était à lui seul le monde dans lequel il se mouvait, le sol sur lequel déposait ses pas. Et captant ce regard posé sur lui, Ti Jean, le cœur un peu pincé, songeait qu'avec sa vieille face d'errance et ses cheveux blancs, il occupait aujourd'hui la place de son propre souvenir dans l'esprit d'Ananzé...

Un soir il s'entendit appeler en songe, et, ouvrant les yeux, il vit que le « Jeune-homme » dormait paisiblement. Un peu plus tard, la même voix se faisait entendre, mais cette fois très distincte et Ti Jean souleva les paupières et répondit : me voici. Il se leva, fit quelques pas autour du campement. Le brouillard commençait à monter, telle une vapeur, des eaux bouillonnantes du bassin. Parvenu au bord de l'eau, il décida que le sort d'Ananzé l'emportait sur le reste du monde et dit très fort, afin que sa volonté soit bien perçue des invisibles : jamais, non, jamais. A ces mots, un vent se leva sur le bassin, emportant de nombreuses rumeurs dans ses plis. Chaque rumeur avait l'accent confidentiel et goguenard des sorciers du Plateau, et nostr'homme répéta : jamais, non, jamais. Puis, secouant la tête, il rentra

dans la cabane et se coucha silencieusement auprès de son ami,
bien décidé à ne plus répondre à l'appel. Mais au lieu de prendre
sommeil, le bougre entra en lui-même et de sages pensées lui
venaient dans la tête, et chacune d'elles lui inspirait un soupir.
La nuit grise s'effaça lentement, sans qu'il s'en aperçoive ; et,
l'aube venue, il se leva et dit à son ami :

— Ananzé, Ananzé, il faut nous quitter maintenant...

Sans le vouloir, il lui avait pour la première fois donné son
nom ; mais le « Jeune-homme » n'y prit pas garde, et, tournant
vers lui une face écrasée d'étonnement :

— Père, que dites-vous là ?

— Il faut nous quitter, car une tâche m'attend où tu n'as
pas de place...

— Où est ma place, si ce n'est auprès de vous ?

— Je te le répète, insista Ti Jean, il n'y a rien pour toi dans
ce qui m'attend...

— Il n'y a rien ailleurs, dit Ananzé.

Ti Jean considéra longuement son ami, et, traçant une ara-
besque dans l'air, il enveloppa en un même geste d'adieu tout
le paysage environnant. Quelques instants plus tard, tous deux
contournaient le bassin pour enfiler une vieille sente de coureur
des bois qui monte vers la Matéliane. Une arme à chaque épaule,
et la cartouchière du garde autour de ses reins, Ti Jean allait
du pas tranquille et mesuré d'une vieille mule qui connaît toutes
les pierres, et il lui suffit de se laisser aller à la mémoire de ses
sabots. A côté de lui, emmitouflé jusqu'aux genoux dans des
chiffes, les larges pieds d'Ananzé ne décollaient presque pas
de terre, et, à chacun de ses pas, il crispait ses orteils sur tout
ce qui s'offrait à leur prise, comme pour suppléer au balance-
ment de ses bras engourdis, qui n'équilibraient plus rien. Ti
Jean dressait l'oreille et s'avançait d'un pas docile en direction
de la voix, suivi d'Ananzé qui chantonnait doucement, sans
paroles, une sorte de râle continu... et parfois il lui venait une
mélopée bizarre, absurde, une manière de chant de cannes qu'il
donnait dans les règles, un doigt contre le tympan et la tête
légèrement rejetée en arrière, le regard lointain, perdu :

O mes amis
Je reviens je reviens
J'ai rempli ma mission au-delà des collines
Et je vous dis
Bonjour

5

Le froid montant avait modifié l'équilibre entre les terres
sauvages, en friche, et celles domestiquées par l'homme. Des
régions autrefois florissantes étaient devenues déserts, et des
habitations nouvelles apparaissaient au pied des volcans, aux
alentours des sources chaudes, au voisinage des geysers d'eau
bouillante, partout où l'activité souterraine maintenait quelque
espérance de vie en surface. Une profonde tristesse était sur
tout cela. On aurait dit une jeune fille endormie pour l'éternité
et elle lance un appel silencieux par-dessous ses paupières;
et, chaque fois qu'il croyait entendre cet appel, Ti Jean accé-
lérait le pas et disait en lui-même : me voici, me voici...

Suivant toujours la voix de l'anneau, ils atteignirent le lendemain un morne surplombant un vague tracé de route, au fond
de la vallée, une ligne à peine visible au milieu de la végétation.
Ti Jean sentit ses jambes se dérober sous lui et glissa dans l'herbe.
Pour se donner contenance, il posa le mousquet sur ses genoux
et contrôla la pierre, contrôla l'arrivée de la poudre, contrôla,
du tirant de la baguette, la présence de l'ultime balle d'argent,
contrôla ses mains et son œil, contrôla chaque battement de
son cœur. Ananzé le regardait faire sans comprendre. Sur les
indications de Ti Jean, il remplit distraitement le chargeur
de son propre fusil et inséra une nouvelle balle dans le canon.
L'enfant ne voyait, ne reconnaissait rien à ce paysage, attentif

uniquement à la haute silhouette qui le précédait, et sur laquelle il maintenait un regard de chien fidèle, joyeux, empli d'une confiance totale. Déjà, ils atteignaient le pont de l'Autre-bord, longeaient silencieusement la Rivière-aux-feuilles jusqu'à la cascade, où nostr'homme souffla, hésita, souffla encore, et puis se dirigea vers le sentier d'En-haut...

Ti Jean flattait honteusement sa chance. Le cœur serré, c'est vrai, c'est vrai, écartelé entre le sort du monde et celui de son ami, il caressait l'idée que la Bête avait changé d'île, à moins qu'elle n'ait bondi vers d'autres étoiles, emportant avec elle le pauvre soleil des humains. Mais à mi-côte, la voix obliqua en direction de la montagne, vers le marécage ; et, pris d'une nouvelle faiblesse, il s'assit lentement le dos contre un arbre, les jambes inondées de sueur. Alors le Jeune-homme-éternel lui dit :

— Père, je ne peux rien pour vous ?
— Tu ne peux rien, dit Ti Jean.
— Et faut-il vraiment que vous suiviez ce chemin ?
— Le faut-il ? fit Ti Jean en riant.

Et l'enfant le suivit dans son rire et tous deux se remirent en marche, riant chacun pour son propre compte, jusqu'à ce que leurs pieds nus rencontrent finalement un sol spongieux, sillonné de filets d'eau qui annonçaient le marécage ; et là, faisant signe à son ami de s'arrêter, nostr'homme, plus mort que vif, s'avança vers la première ligne de roseaux...

Sa première impression fut qu'il avait déjà vécu cet instant. Le marécage étincelait faiblement à la lune qui tremblait, vers l'horizon, défaisait ses derniers voiles avant de plonger dans la mer. Allongée de l'autre côté de l'eau, le mufle tourné vers la lune mourante, l'apparition était toute blanche et lumineuse dans l'ombre et vagissait, douloureusement, en se battant les flancs de la queue. Elle semblait l'attendre et un froid surnaturel se répandit en Ti Jean, transformant sa sueur en coulées de givre. Il se retourna, eut un signe ultime pour l'ami Ananzé, un geste qui l'implorait de ne pas le suivre, de l'attendre bonne-

ment là où se trouvait, là même. Et, se redressant de toute sa
hauteur d'homme qui sait, connaît les mondes et les arrière-
mondes, les tremblements et les éboulis, les chutes, il écarta la
ligne de roseaux et fit quelques pas dans la boue noire qui cer-
nait les abords du marécage. La dévoreuse des mondes frémit
et le faisceau lumineux de son regard s'alluma, balaya lentement
l'espace autour d'elle, ainsi que le rayon d'un phare. Puis elle
fut sur ses pattes et se mit à galoper autour du marécage, en
direction de Ti Jean qui rêvait, la tête vide, s'efforçant de se
souvenir il ne savait de quelle parole entendue ne savait où,
en quel temps, en quel monde. Il s'interrogeait sur ce phénomène, ne ressentant ni froid ni chaud dans son sang, simplement
un grand vide, tandis que la Bête trottait paisiblement dans un
paysage de mangles et de fougères arborescentes, hautes comme
des clochers d'église, et dont les troncs les plus gros s'écartaient
devant elle ainsi que toiles d'araignées. Une lueur jaillit du monstre et vint se ficher en lui, fulgura jusque dans les replis les plus
secrets de son cerveau. Et son esprit s'en allait, chavirait dans
le regard immense, lorsqu'une silhouette humaine jaillit d'un
bosquet, à trente pas sur sa droite. Un coup de feu éclata et
le faisceau lumineux se détourna, cependant que la Bête char-
geait le tireur caché derrière les fougères. Au même instant,
une forme ailée s'échappa du vaste pavillon de l'oreille du monstre, et, retrouvant ses esprits, nostr'homme se souvint de l'avertissement d'Eusèbe l'Ancien : *la force de la Bête n'est pas en
elle-même, mais dans l'oiseau qui se tient à l'intérieur de son
oreille.* Déjà le mousquet sautait à son épaule, visant l'oiseau à
front d'homme sage qui s'élevait dans les hauteurs de la nuit.
L'espace d'un éclair, Ti Jean distingua le sursaut du pélican
frappé en plein vol; et, en même temps, avec une simultanéité
parfaite, l'énorme bond que fit la Bête sur elle-même, comme si
touchant l'oiseau, la balle d'argent avait atteint l'un de ses
organes essentiels...

L'oiseau poussa un cri d'oiseau. La vache lui répondit, et
c'était la plainte ordinaire montant des entrailles d'une vache;

puis, se relevant avec peine, elle eut un galop d'une lenteur
irréelle, comme si dansait une pavane, un coup de sabot à gauche, à droite, à gauche encore, pour venir s'abattre d'une pièce
au bord du marécage, le mufle enfoncé dans l'eau noire et
boueuse. Enfin il y eut un cri humain, et l'on n'aurait su dire
s'il venait de l'homme ou de la femme, ou bien s'il émanait
de la gorge d'un enfant : seulement un cri humain, et le silence
retomba sur le marécage...

*
* *

Ananzé gisait au pied d'un mahogany, derrière un bosquet
de fougères écrasées, piétinées, dilapidées par le sabot de la
Bête. Ses yeux étaient ouverts très grands, comme s'ils voyaient
encore venir le monstre, s'efforçaient encore d'opposer l'éclat
d'un regard humain à celui de la foudre. Ce qui l'avait poursuivi
si longtemps venait enfin de l'atteindre. Ti Jean s'assit dans
l'herbe et souleva son ami, le berça distraitement contre sa
poitrine. Il caressa un moment les cheveux du défunt. Puis, se
penchant par côté, il vit sur son visage la même expression qui
avait été la sienne, l'autre année, l'autre siècle, dans les hauteurs
sombres et enchantées de Fond-Zombi : la même fureur désespérée, le même élan rogue et définitif, sans recours, qui avait
été la vérité secrète du héros...

A quelques pas de là, l'apparition reposait au bord du marécage, le museau ancré dans la boue, en posture d'abandon. Ti
Jean la crut encore vivante, à cause d'une phosphorescence qui
émanait d'elle, en rayonnement diffus, incertain. Et puis l'idée
lui vint que c'était la lumière des mondes engloutis, et il déposa
doucement Ananzé dans l'herbe, le pria de l'excuser pour un
instant. S'approchant de la Bête, il retira de son ceinturon la
machette prélevée sur les gardes, et, arqué sur l'extrémité des
orteils, souleva son arme à deux mains, avec l'intention de
frapper de toutes ses forces et de tout son poids, en plein mitan,
du geste même dont les Ba'Sonanqués ouvraient le ventre de

l'éléphant. Et puis une voix le retint, une pensée, et il se souvint
du récit de la femme au bec de canard, au Royaume des
Ombres, de ces cris que poussaient les créatures vivantes enfermées avec le héros de son village, Losiko-Siko, lorsque ce dernier entreprit de s'ouvrir un passage de la pointe du couteau :
prends garde, tu nous déchires, disaient les créatures, tu nous
déchires même. Alors, redescendant sur le plat de ses pieds,
Ti Jean tendit la pointe de sa lame juste en dessous des longues
mamelles, traça une ligne le plus délicatement qu'il put...

Ce fut comme s'il avait déchiré une étoffe de songe : le flanc
de nacre avait cédé, une large fente s'était ouverte, emplie d'air
noir; et, sous les yeux éblouis du vieillard, apparut un globe
doré qui écarta les lèvres de la plaie et s'éleva lentement au-dessus des arbres, avec la fragilité émouvante d'une bulle, enfin
gagna les hauteurs sombres du ciel où il se mit à luire, comme
autrefois, soleil...

6

Par la fente bâillant sous les mamelles, s'échappait un entrelacs de tubes qui semblaient de verre et se brisaient avec un son
léger, cristallin, en dégageant de petites bouffées bleuâtres.
Tout n'était que verre et fumée, verre se muant en fumée au
contact de la lumière du jour. La plaie s'élargit et une déchirure
courut le long de la peau nacrée, y creusant des zones profondes
de néant. Comme elle atteignait une mamelle, un lait fluide
inonda tout à coup le sol, un genre liqueur huileuse, odorante,
qui avait un peu l'apparence du vin d'oranges amères. Aussitôt,
effleurées par cette liqueur, les herbes alentour furent en proie à
une diablerie, avec frissons et gonflements de sève, poussée
de feuilles et de tiges nouvelles. Puis une voix parla à l'esprit
de Ti Jean et il déboucha sa gourde, l'emplit jusqu'à ras bord
du lait des ténèbres : le lait de foudre, comme avait dit la voix
de l'anneau...

Ensuite de quoi, pris d'une tristesse devant la dépouille, il considéra ces entrailles qui n'avaient pas voulu délivrer leur secret. Mais voyez : comme ses yeux se plissaient, il s'aperçut que les lueurs bleuâtres traçaient toutes sortes de figures, dans l'air, avant de se dissoudre. Montagnes et vallées, rivières, silhouettes humaines s'échappaient des entrailles de verre, en fumerolles, parmi un débondement et une presse de soleils et de lunes de toutes les couleurs, qui s'élevaient en hâte, filaient aux quatre points cardinaux pour se perdre, subitement, à la tête des grands arbres. Penché sur le ventre fertile, Ti Jean n'en finissait pas de suivre la fééric des mondes qui regagnaient leur bercail, chacun pour soi, vitement, vitement, en se bousculant les uns les autres au passage, avec une frénésie qui l'inquiétait, amenait sur sa bouche des reproches souriants : aye mes amis, je vous dis aye s'il vous plaît, car trop pressé fait accoucher d'un enfant sans tête...

Soudain, une méchante douleur le poignit tout au fond de sa personne et il eut un cri. Son corps dégageait une fumée légère, fumée de bois bien sec, un coup bleue, grise, bleue, pareille à celle qui montait des entrailles de la Bête : il vit ses bras devenir transparents, à mesure, et puis ne vit plus rien...

Quand Ti Jean reprit conscience, il était à plat ventre dans l'herbe avec un gros soleil sur la nuque. Il se retourna et son corps émit un bruissement d'élytres. Alors, portant les yeux sur lui-même, il s'aperçut qu'une pellicule vitreuse le recouvrait en entier, soulevée par endroits sur des plages de peau lisse et noire. Il contempla un instant sa poitrine intacte, où avait disparu toute trace de la lance des Sonanqués; puis vint au marais, s'y agenouilla doucement pour découvrir l'image d'un adolescent immense, surmonté d'une masse incroyable de cheveux, avec une figure comme neuve et des yeux étonnés, puérils, en dépit des trois poils qui ornaient son menton...

Livre Neuvième

La fin et le commencement*.

Baissez, baissez la voix
Car la nuit est très douce
Et le jour va bientôt s'ouvrir
Baissez, baissez la voix...

* Jacques Roumain, *Gouverneurs de la rosée*.

Ti Jean resta trois mois à l'ombre de ce mahogany tout droit, et qui ne penchait pas, auprès duquel avait enterré son ami. De jour, le monde était un seul ruissellement de couleurs et il pensait qu'Ananzé ne pouvait rien en voir, lui qui avait réchauffé le soleil. Et puis l'air s'imbibait de verdeur, tournait à la nuit, la montagne tombait par blocs violets du côté de la mer et il se levait, partait à la chasse. Et c'étaient des courses singulières, où il était à la fois le chien et l'agouti, à cause d'un don qui lui était venu depuis la mort de la Bête, une façon d'attirer les proies à distance, jusqu'à ses pieds, et puis de les endormir doucement d'un trait de son esprit; alors il faisait un feu auprès du mahogany et tendait sa bouche à la nourriture, et il mangeait...

Or, un après-midi qu'il rêvait sous son arbre, des coups de feu traversèrent la montagne, et, pour la première fois, son oreille s'ouvrit aux voix qui montaient de la vallée. Les hommes allaient et venaient sous les nuages, quelque part, entre la terre et le ciel, et c'est bien sur cette terre que lui fallait marcher, exact, même si elle brûlait à ses pieds comme un fer rouge. Ainsi, de songe en songe, des nœuds se dénouaient dans son ventre d'où s'élevait une rumeur, une parole d'acquiescement : et tout soudain se décidant, les yeux fermés, nostr'homme projeta sa voyance aux bas des pentes, ouape, non loin de la buvette de man Vitaline...

Ses antennes allaient et venaient, promenant sur toutes choses un regard qui comptabilisait le désastre, comme après un cyclone. Il additionnait les cases remises sur pied, branlantes encore, et puis les personnes à l'intérieur des cases. Et, à deux ou trois reprises, il crut bien reconnaître des gens avalés par la Bête, en ce jour ancien où elle avait fait son entrée dans le village, en galopade frénétique et mugissante, comme si elle s'enfonçait déjà dans les cœurs. Il s'arrêtait, secouait là cette berlue qui lui venait, en pleine jeunesse, alors que n'avait jamais perdu la carte sous ses cheveux blancs. Tout à coup, une silhouette le frappa au fond d'une hutte, et, la considérant avec attention, posant son esprit sur le visage de l'enfant endormie, il reconnut décidément la petite fille au cabri qui chantonnait un air léger, ironique, avant de disparaître à l'intérieur du souffle de la Bête, aspirée toute vive, intacte :

> Ma mère est partie
> Avec le bocal de sucre...

A ce moment, tout se brouilla et il frotta longuement ses doigts contre ses paupières, du geste dont on essuie des verres de lunettes, jusqu'à ce que sa vision retrouve la transparence et la précision voulues. Puis, longeant d'un trait l'emplacement vide des Kaya, il arriva tout au fond du village où l'attendait la case à man Éloise, à nouveau debout sur ses quatre roches. De longues perches retenaient ses cloisons disjointes, et des traînées de chevaliers-du-midi montaient à l'assaut des roches, les transformant en massifs éblouissants, multicolores. A l'intérieur, une jeune fille était assise sur une petite caisse vide et regardait du côté de la rue, d'un air d'attente. La nuque lisse, les cheveux bien tirés sur les tempes, à l'embusquée, elle était bonnement vêtue d'une robe en toile de sac à farine France. Mais la sérénité de la fille, son air posé, majestueux, et jusqu'au petit panache de gaîté que lui donnait la robe fraîchement lavée, repassée, empesée à la poudre de moussache, tout cela ne pouvait appartenir qu'à une autre, bien que cette autre fût également Égée. Soudain ses yeux perdirent tout leur éclat; et, portant une main devant sa bouche, comme pour cacher ses dents, elle fredonna en un élan subit de mélancolie :

> On m'a appelée la femme sans chance
> On dit que je n'ai pas la couleur rose

Mais si pas rose je suis verte
Et ma chance viendra, car j'ai mon espérance...

Alors, la retrouvant telle quelle, négresse sans fard ni pose, ni do ni dièse, une nature nature pure, qui ne masque ni la laideur ni la gloire de la paume de sa main, Ti Jean ouvrit brusquement les yeux sous les frondaisons du mahogany au pied duquel reposait son corps, ainsi qu'un navire à l'attache ; et attrapant besace, mousquet, sans oublier la gourde qui pendait à une branche basse, il s'inclina devant la tombe et s'inclina, s'inclina, puis contourna le marécage et s'en redescendit vers la vallée...

Passé le pont de l'Autre-bord, le vent poussa un troupeau de nuages et ce fut l'obscurité totale, à peine piquetée de lueurs diffuses, incertaines, les unes tombant du ciel et les autres clignotant de chaque côté de la route, en provenance des cases habitées. Cheminant au milieu de la route, dans une zone d'ombre que n'atteignaient pas les faibles lueurs rasantes des cases, Ti Jean avançait d'un pas lent et mesuré d'Ancien, à croire, se disait-il surpris, à croire qu'il avait conservé un cœur de vieillard dans sa poitrine lisse et bombée de jeune homme. Les cases habitées étaient rares, reconstruites de bric et de broc, et les autres se réduisaient à quelques planches pourries émergeant d'un amas de verdure. Toutes cases ayant abrité de vieilles personnes étaient en ruine, et dans les autres, celles qui avaient retrouvé vie, les portes closes sur les esprits de la nuit n'abritaient aucun visage à cheveux blancs. Nul chien errant sur son passage, nul attroupement de personnes. Il n'y avait que le silence et de faibles lumières qui n'atteignaient pas le milieu de la route où Ti Jean avançait d'un pas lent, traînant, ses jeunes épaules couvertes de fantômes. Parfois un élan le soulevait, de vénération immense, et il précipitait le pas et puis aussitôt ralentissait son allure, à l'extrême, tout raidi par la volonté de conserver son port d'âme. Durant toutes ces années, qui avaient eu pour lui la durée d'une vie, rêvant à Fond-Zombi il avait toujours envisagé son retour comme une fin, comme le terme de l'histoire que lui avait annoncée Wademba, au soir de sa mort, une histoire qui se nomme tristesse, obscurité, malheur et sang avait dit le vieillard sur un ton étrange, navré peut-être, cependant que l'enfant posait sur lui des yeux brûlants d'impatience. Mais il voyait maintenant, nostr'homme, que cette fin ne serait qu'un commencement; le commencement d'une chose qui l'attendait là, parmi ces groupes de cases éboulées, ces huttes, ces abris de fortune sous lesquels on se racontait à voix basse et l'on rêvait, déjà, on réinventait la vie, fiévreusement, à la lueur de torches simplement plantées dans la terre...

IMP. BUSSIÈRE A SAINT-AMAND (CHER).
D.L. 1er TRIM. 1981. No 5769 (2587).

Collection Points

SÉRIE ROMAN